Oscar scrittori moderni

di Dino Buzzati

nella collezione Oscar

Un amore
Bàrnabo delle montagne
Bestiario
La boutique del mistero
Il colombre
Il crollo della Baliverna
Le cronache fantastiche di Dino Buzzati
(2 voll. in cofanetto)
Cronache terrestri
Il deserto dei Tartari
Dino Buzzati al Giro d'Italia
La famosa invasione degli orsi in Sicilia
I fuorilegge della montagna
(2 voll. in cofanetto)
Il grande ritratto
Il meglio dei racconti
I miracoli di Val Morel
I misteri d'Italia
La «nera» di Dino Buzzati
(2 voll. in cofanetto)
Le notti difficili
Il panettone non bastò
Paura alla Scala
Poema a fumetti
In quel preciso momento
Il segreto del Bosco Vecchio
Sessanta racconti
I sette messaggeri
Siamo spiacenti di
Teatro

nella collezione I Meridiani

Opere scelte

Dino Buzzati

I FUORILEGGE DELLA MONTAGNA

Uomini, cime, imprese

A cura di Lorenzo Viganò

VOLUME SECONDO

Scalate, discese e gare olimpiche

OSCAR MONDADORI

I edizione Oscar scrittori moderni ottobre 2010

Questo volume è stato stampato
presso Mondadori Printing S.p.A.
Stabilimento NSM - Cles (TN)
Stampato in Italia. Printed in Italy

Anno 2012 - Ristampa 2 3 4 5 6 7

I fuorilegge della montagna

CIME

... per chi guarda dal fondo delle valli, che colore risulta? È bianco? giallo? grigio? madreperla? È color cenere? È riflesso d'argento? È il pallore dei morti? È l'incarnato delle rose? Sono pietre o sono nuvole? Sono vere oppure è un sogno?

Ma le Dolomiti cosa sono?

Ma le Dolomiti cosa sono?

In certe giornate limpidissime di autunno, perfino dai tetti più alti di Venezia si possono distinguere, anche senza bisogno di binocolo, le Dolomiti. Non solo il loro confuso profilo di montagne, misteriosa barriera che chiude il Nord (e al di là che cosa esiste? quali mondi si stenderanno di là della muraglia?). Ma se ne riconosce anche il colore. Dalle 11 del mattino a pomeriggio inoltrato una piccola macchia lucente risplende infatti all'orizzonte. È la faccia sud dello Schiara, una delle poche grandi pareti dolomitiche che guardano direttamente la pianura.

Di che colore? Si può trovare un aggettivo esatto per definire quella tinta così diversa da tutte le altre montagne, che al sottoscritto, ogni volta che ci fa ritorno e la rivede, provoca un trasalimento interno, risollevando ricordi struggenti? No, un aggettivo preciso non esiste. Più che di un colore preciso, si tratta di una essenza, forse di una materia evanescente che dall'alba al tramonto assume i più strani riflessi, grigi, argentei, rosa, gialli, purpurei, viola, azzurri, seppia, eppure è sempre la stessa, così come una faccia umana non cambia anche se la pelle è pallida o bruciata.

A dimostrare quanto è inafferrabile il colore delle Dolomiti sta un singolare fenomeno: che noi si sappia, esse rappresentano l'unico spettacolo della Natura col quale i pittori, per quanto bravi, non ce l'hanno mai spuntata. Fare nomi sarebbe perfino ingeneroso. Perché quando un artista è riuscito a fissare sulla tela la luce vera che in una cert'ora mandava la montagna – qualche rara volta è accaduto – andava perso tuttavia tutto il resto: la struttura, i lineamenti, la somiglianza insomma; e il risultato si riduceva a un appunto coloristico, a un abbozzo insufficiente. E quando invece – come l'inglese Compton, uno dei pochi – l'artista riusciva invece a «prendere» la somiglianza, a definire cioè la forma in modo persuasivo, il colore gli sfuggiva.

Avvicinatevi, vi prego, esaminate attentamente questo spettacolo che per noi Italiani è diventato di ordinaria amministrazione, e non ci facciamo più caso, eppure senza ombra di dubbio è una delle cose più belle, potenti e straordinarie di cui questo pianeta disponga. Soltanto per vederlo di sfuggita meriterebbe di venire apposta dall'Australia. E quando ci mostrano in fotografie a colori o in cinerama le rupi dello Zion o del Yosemite Park, in America, celebrate in tutto il mondo, a noi, scusate, viene semplicemente da ridere.

Risaliamo, se non vi dispiace, la valle del Piave che, a parte le Dolomiti, è una valle affascinante, piena di incanti veneziani e, in alto, una atmosfera di romanticismo rimasta intatta dai secoli andati. Le propaggini del Grappa, i colli Euganei, poi ben presto si innalzano altri rilievi più massicci. La stretta di Fener. Sono vere montagne ormai, anche se verdi. Qua e là si notano dirupi, brevi pareti a picco. Ma niente di speciale; salti di roccia come se ne vedono in tutte le Prealpi.

Soltanto dopo Feltre, all'improvviso, verso sinistra, la prima Dolomite. È il Sass da Mur, ben pochi la conoscono. Ansiosi dei picchi più famosi, i viaggiatori passano oltre, senza neppure rallentare. Eppure è una Dolomite già perfetta, con tutti i segni della grande razza, gli apicchi rosa e gialli, le cenge orizzontali spolverate di bianco, i coni di ghiaia, la nudità, le rotte creste. Guardatela un momento, fissatevi bene in mente quella tinta, la ritroverete tale e quale nell'empireo.

Scompare il Sass da Mur, nascosto da una quinta della valle. Ecco, sempre a sinistra, un'altra rupe: la parete ovest del Pizzocco, picco ambiguo il quale dopo poco, quando ci si gira intorno, perde ogni prestanza dolomitica. Ormai, da Feltre a Belluno, è un accavallarsi ininterrotto di sagome precipitose e strane. Monti a piramide e a focaccia frammezzati da strapiombi, pascoli miti, tenebrosi precipizi. Ma, Dolomiti, niente.

La seconda vera grande Dolomite, con i colori e l'architettura in regola, è lo Schiara, sopra Belluno. Egli porta a sinistra, sulla spalla, un gingillo graziosissimo, un monolite di quaranta metri, che si chiama Gusella del Vescovà, ago del vescovo cioè.

Ma in Cadore non siamo ancora entrati. Queste sono le mura del perimetro. La porta d'ingresso si apre, stretta e cupa, poco più sopra di Belluno; chiusa da monti che di Dolomiti hanno ben poco, benché selvaggi: con l'erba che li ricopre fino in cima ma ripidi, di bizzarre forme, con lastronate oblique, spacchi, protuberanze dirupate, becchi, corni. A difesa del regno stanno i gregari d'altre razze, con faccia selvatica e camusa, scontrosi, arcigni, dai muscoli tozzi e pesanti. I cavalieri, i nobili, i principi, i sovrani stanno dietro, invisibili ancora. Fra poco li vedrete.

Fra poco lo spettacolo comincia. Dalla strada infossata sulla quale incombono sempre più tetri e inospitali i fianchi di questi monti (che pure hanno un loro nome e una cima aperta ai venti, e forse sono abitati dagli spiriti e sanno forse meravigliose storie di spettri, di briganti e di eremiti, ma che nessuno ama), gli sguardi tendono continuamente in su, cercando il principio della grande saga dei cosidetti monti pallidi. Ma non si vedono che sinistri valloni, barbacani ricoperti di cespugli, scoscendimenti disperati, forre, cucuzzoli, gibbosità dalla fisionomia proterva.

Il sipario si apre dopo Perarolo, quando si è superata la salita della Cavallera, la strada sbocca dall'umido antro della valle e la natura improvvisamente cambia, con scenari di prati, abeti e larici: Cadore!

Allora, nel giro di pochi chilometri, le Dolomiti esplodono veramente tutto intorno biancheggiando sopra i dossi verdi e, se risplende il sole, vi appaiono come una immagine di felicità piena e solenne.

Sono ormai tante, che si stenta a rendersene conto. Il Duranno solitario, la bastionata fantastica di Vedorcia e di Toro, in fondo il Ciastellin, a sinistra i giganti delle grandi famiglie nobiliari, con schierate le Marmarole in prima fila («Care al Vecellio»? E perché? Un'espressione fortunata senza dubbio che ci terrà compagnia tutta la vita. Ma ai tempi di Tiziano le montagne, Dolomiti comprese, non interessavano, non esistevano neanche si può dire, erano soltanto delle immense cose incomode e complessivamente ostili. Sono stati i romantici a scoprirle. Del fatto, assolutamente certo, che Tiziano non le avesse capite e non se ne curasse, è prova la completa assenza delle Dolomiti nei suoi quadri. E sostenere, come molti fanno, che son le Marmarole le rupi di maniera sullo sfondo della *Presentazione al tempio*, significa non saper che cosa siano le Dolomiti e soprattutto dubitare del Maestro; delle vere Marmarole, quelle generiche montagne non hanno assolutamente né la forma, né il colore, né lo spirito cioè la cosa che soprattutto importa).

Non c'è qui spazio per poter fare le presentazioni in piena regola. Dopo le Marmarole, viene Sua Maestà l'Antelao, scortato dalla Torre dei Sabbioni, la Cima Scotter, la Croda Marcora, mentre a sinistra, dopo le propaggini del Bosconero, comincia a giganteggiare il Pelmo, seduto sul trono come un dio. Lo spettacolo ha questo di drammatico: che la tensione, per così dire, è progressiva. Le Dolomiti esterne infatti, le prime che si incontrano, per quanto splendide, non hanno la terribilità e la potenza di quelle che ci aspettano più in su. Lo stesso Antelao, che pure è la cima più alta del Cadore, lo stesso Pelmo che è fra i massimi colossi, hanno poco di inquietante e minaccioso. Ma già il successivo apicco della Croda Marcora che al mattino fiammeggia formidabile, sospeso sopra Borca, ha già un volto differente, dalle pieghe sinistre e dure. Nella maestà della fanfara trionfale cominciano a mescolarsi dei rintocchi profondi e cupi, e questo motivo impressionante a poco a poco salirà di tono, di cima in cima, fino a tuonare con implacabile potenza fra le muraglie a strapiombo delle Cime di Lavaredo o sotto le ciclopiche colonne della Tofana di Rozes, o fra le sghembe vertigini, intarsiate di ghiaccio, della Croda dei Toni.

Ci siamo, dunque. Da Calalzo a Cortina, da Cortina a Misurina, per esempio, poi ancora più su, sempre con l'auto, fino al piedestallo dei picchi celebri il cui ritratto in cartolina è diventato banale addirittura come la Torre di Pisa o il Ponte di Rialto. Eccoci, per esempio, ai piedi delle Cime di Lavaredo, al rifugio Caldart, dove si arriva in macchina. Di qui, una passeggiata, niente di più, fino alla forcella Lavaredo. Poca fatica. E allora si spalancano le prospettive di un santuario allucinante. Le parole diventan poverelle di fronte alla spaventosa rigidità di quelle mura immense, bieche e solitarie.

Ma fin qui si è visto solo quello che le fotografie turistiche riproducono in migliaia di esemplari. Per capirle, le Dolomiti, veramente, occorre un po' di più. E non vogliamo dire arrampicate in piena regola. Bastano i sentieri. Entrare, avventurarsi un poco fra le crode, toccarle, ascoltarne i silenzi, sentirne la misteriosa vita.

Se ci si trova dentro a una parete – e non occorre che sia di sesto grado, ce ne sono di quelle attraversate da comode cenge su cui corrono sentieri sicurissimi – si comincia a decifrarle, queste rupi, a distinguerne la personalità e le voci. Da lontano sembravano lisci e compatti fortilizi tutti d'un pezzo. Ora non si riconoscono più, hanno perso la forma, si sono frantumati in un intrico di guglie, di spaccature, di massi pencolanti, di segreti recessi pieni di intimità, di architravi che vacillano, di allarmanti baldacchini, di diruti altari, di precipitosi botri, di pilastri dall'equilibrio inverosimile.

Adesso si cominciano a intravedere gli ingredienti di cui è composto l'indescrivibile colore. Sono le ghiaie bianche, sparse sui ballatoi, sui terrazzini, sulle minime sporgenze. Battute dal sole, esse risplendono, e riverberano intorno una diffusa luce. Proprio a queste ghiaie candide è dovuto in gran parte la magnificenza delle rupi, la loro serenità sontuosa; tanto è vero che d'inverno, quando la neve le ricopre, i picchi risultano alquanto immiseriti.

Poi ci sono i colori delle rocce. Quelle grigio-chiare dove le pareti sono rotte. Quelle bianche, levigate dai ghiacci dei millenni. Quelle nere e viscide, coperte dai licheni, nelle tenebrose fenditure. Le grigio-scuro, pulite, solidissime, perfette, butterate qua e là da piccoli buchi tondi come orbite, senza neppure un sassolino negli interstizi tanto rigorosa è la verticalità della struttura (delizia massima degli arrampicatori). Le rocce gialle, per lo più malferme e perfide, risparmiate dalla pioggia perché piegate in fuori a strapiombo o riparate da soverchianti tetti; sinistro colore giallo che per i rocciatori è sinonimo di passaggio maledetto. Ci sono poi le rocce rosse, ancora peggio, ancora più marcie e impraticabili. E infine i mille straordinari abbellimenti: minuscole caverne, nidi di gnomi forse, scavate negli apicchi; lugubri strisce di antichi stillicidi; cicatrici, di un candore quasi osceno, lasciate da qualche notturno crollo; pulpiti da predicatore sospesi sulle voragini, fessure che come enigmatiche iscrizioni tagliano in diagonale le pareti; macigni da ciclope in bilico che sporgono proiettando nell'abisso lunghe ombre; occhiaie nere che trasformano i pinnacoli in devastati teschi; facce di cane, monaci incappucciati, scontrose vergini, guerrieri del Duecento, preti, ceree statue che sulle creste confabulano, vitrei fantasmi di calcare erosi dal vento, che si sporgono in fuori e guardano, guardano fissamente.

E da tutto questo, per chi guarda dal fondo delle valli, che colore risulta? È bianco? giallo? grigio? madreperla? È color cenere? È riflesso d'argento? È il pallore dei morti? È l'incarnato delle rose? Sono pietre o sono nuvole? Sono vere oppure è un sogno?

Introduzione a AA.VV., *Olimpiade nelle Dolomiti*, Aliroma, Milano 1956

L'amico Schiara

Esco dalla casa, attraverso il prato che c'è davanti, e mi volto. Tutte le estati, quando torno alla nostra casa di campagna qui a due passi da Belluno, al mattino esco, attraverso il prato che c'è davanti alla casa e quando sono arrivato in fondo, mi volto. Allora vedo lo Schiara.

È una bella giornata, il cielo è quasi completamente sereno, so benissimo che più tardi le nuvole verranno ma per adesso non ce ne sono, del resto anche se è una giornata coperta è difficile che lo Schiara sia nascosto dalle nubi e questa è una cosa che una volta mi dispiaceva come se fosse il segno che lo Schiara non era una grande montagna, infatti le vere grandi montagne basta che ci sia in ballo una vaga idea di cattivo tempo perché si coprano tutte di una massa di schifosissime nubi e allora non si vede più niente. E io scrivo lo Schiara anziché la Schiara, mi dispiace se è sbagliato, Piero Rossi l'altro giorno mi ha dimostrato che il nome è femminile, ma per tutta la vita ho continuato a dire lo Schiara e adesso è troppo tardi per cambiare.

Quando ero ragazzo lo Schiara mi faceva una specie di tenerezza, perfino di pena, proprio perché avrei voluto essere ancora più orgoglioso di lui e il mondo non me lo permetteva.

Ci tenevo moltissimo che lo Schiara fosse un'autentica dolomite, il fatto che il posto dove ero nato si trovasse ai piedi di una autentica dolomite mi pareva che dovesse valorizzarlo enormemente in tutti i sensi, ma il mondo in certe cose è cretino e non c'è verso di distaccarlo dai luoghi comuni. Per la gente, dolomiti vuol dire Cortina d'Ampezzo, Val Gardena, Madonna di Campiglio e basta così. È già tanto se i competenti ammettono che anche in Val Pusteria, in Cadore, nell'Agordino esistono delle vere dolomiti. Figurarsi a Belluno. Se dite Belluno subito la gente dice Frìuli con l'accento sbagliato sull'i, di Belluno in genere non sanno niente di niente, è inutile farsi illusioni, le cose sono un po' cambiate dopo il disastro del Vaiont però mica tanto.

Ora nessuno o quasi sa che su Belluno incombe una dolomite autentica con un accidenti di parete di buoni ottocento metri. Quelli che vanno su a Cortina di solito passano per Belluno con una furia tale, manco si fermano a prendere un caffè, manco levano per un istante gli occhi a guardare lo Schiara con la sua immortale Gusella, lo Schiara e la Gusella non sono catalogati fra le dolomiti di repertorio mondano, e anche se lo vedono immaginarsi se quelli si accorgono che lo Schiara è una dolomite con tutte le carte in regola né più né meno che le Cime di Lavaredo e il Sasso Lungo.

Mi ricordo che da bambino, avrò avuto cinque o sei anni, cercai di disegnare le montagne che si vedono dalla nostra casa a due passi da Belluno. E tutte le altre montagne riuscirono nel disegno delle gobbe più o meno tonde o accentuate, al posto dello Schiara invece risultò un mazzo di punte acuminatissime, una pazzesca selva di guglie inverosimili che allo Schiara non assomigliavano per nulla. Questo per dire che nella mia fantasia infantile lo Schiara incarnava già la personalità delle grandi dolomiti terribili, castelli inaccessibili e selvaggi. In seguito, pensando a questo disegno, mi resi conto perché gli antichi quadri e stampe davano, delle montagne, ritratti assurdi e senza alcuna somiglianza. Gli antichi, per i quali le montagne non avevano il minimo interesse, non sapevano «vederle», non le capivano, di fronte alle montagne si trovavano esattamente com'ero io all'età di cinque sei anni.

In seguito, naturalmente, l'idea di salire alla cima dello Schiara divenne una meravigliosa fissazione. E un bel giorno si partì, mio fratello Augusto, l'amico Emilio Zacchi, io, e un cacciatore bellunese di nome Nane Min, che ci doveva fare da guida. Senonché, per chi seguiva la via normale su per la Val Vescovà, lo

Schiara non si presentava più come il superbo tipo che si vede da Belluno, bensì come un bestione accovacciato, grasso, floscio e stanco. D'accordo: dalla cima si vedeva laggiù in fondo Belluno con intorno tutto il resto e io pensavo che in quel momento giù a Belluno qualcuno forse alzava gli occhi da quella parte e si diceva perdio che bella montagna arrivarci in cima deve essere maledettamente difficile e sulla cima proprio in quel momento ci stavamo noi in carne ed ossa e questa era una bella soddisfazione. Ma lo Schiara che avevo salito non era lo Schiara che avevo amato e sognato fin da bambino piccolo, per me salire lo Schiara voleva dire una cosa immensa cioè arrampicarsi su per la grande parete che si vede da Belluno e tutto il resto erano balle.

Poi venne anche il giorno della parete. Prima un tentativo con l'amico Emilio Zacchi, cugino del primo salitore Luigi Zacchi, magnifico ufficiale degli alpini detto, chissà perché, «Cornacchia». Tentativo interrotto dalla pioggia quando già si era in groppa al costolone erboso che tutti sanno. Con una calata a corda doppia nella nebbia appesi a un chiodo che si muoveva da una parte e dall'altra solo a soffiarci sopra. Poi la scalata intera con perfino una nuova variante sulla cengia alta, in cordata con Silvio Sperti, fratello di Gianangelo, straordinario e geniale ragazzo che se n'andò per sempre qualche anno dopo. Quel giorno fui abbastanza felice. Ma, come succede spesso nelle dolomiti, la montagna, quando ci si è dentro, diventa irriconoscibile, completamente diversa da come appare dalla valle, tutta rotta, complicata, crollante, con erbe qua e là, macerie, frantumi, perfino brutta al paragone delle stupende muraglie liscie, compatte e pulite che si vedono dalla valle. Insomma non era proprio lo Schiara che mi immaginavo di trovare. Comunque, come potrei negare che lo Schiara in fondo è la montagna della vita mia? Forse avrei preferito che la montagna della vita mia fosse stata più ragguardevole e famosa, per esempio uno dei giganti della terra, che so io, la Civetta, le Grandes Jorasses, il Gaurisangar (il Cervino no perché sarebbe stato eccessivamente plateale). Lo Schiara, a dire la verità, faceva un poco provinciale. In società non suscitava nessun effetto. «Ho fatto la parete dello Schiara.» «Cosa? Come? Dove?» Nessuno l'aveva sentito nominare.

Eppure è una faccenda rispettabile. Quando vengono le dieci, dieci e mezza del mattino, comincia a tirar fuori dei colori straordinari, comincia a essere la vera grande classica potente parete dolomitica con quella tinta anzi quelle tinte che nessuno è mai riuscito a dire bene e tanto meno io, e parlare di rosa, di madreperla, di argento, di trasparenze, di smalto, di pallore, di viola, di polvere antica non serve a niente, penso proprio sia impossibile esprimere il senso di quei colori, di quella fisonomia, di quella espressione assorta intensa e misteriosa che a me ha sempre dato un'emozione secca e precisa come un rintocco profondo e sensuale.

Seduto su un gradino della piccola scala di pietra, mentre il sole gira lentamente, io guardo la montagna della mia vita, ma lei no non mi guarda, essa è chiusa nei suoi impenetrabili pensieri e nelle concavità dei suoi precipitosi grembi le ombre si dilatano e si rattrappiscono lungo gli apicchi, rammemorandomi strani incanti della giovinezza perduta.

Introduzione a Piero Rossi, *La S'ciara de oro*, Tamari, Bologna 1964

Strapiombi

La gente che si accontenta di guardare le montagne dal basso non li conosce, gli strapiombi, e non sa neppure bene cosa siano. Prova ne è che abbastanza di frequente si sente parlare di pareti «strapiombanti per centinaia e centinaia di metri».

Pareti simili non ne esistono, almeno finora. Uno strapiombo di cento metri è già cosa rara, degna della massima considerazione. Anche la parete nord della Cima Grande di Lavaredo, che è forse la parete più audace di tutte le Dolomiti, presenta un netto strapiombo solo alla base, una specie di pancia. Poi si raddrizza, come fanno certi abeti, dapprincipio piegati e contorti, e in alto diritti come candele.

Strapiombi, anche abbastanza belli, si incontrano nelle strade di montagne, specialmente nelle gole strette, dove gli automobilisti, vedendo pencolare sul loro capo minacciosi baldacchini di roccia che piangono stillicidi, premono, ad ogni buon conto, l'acceleratore. Ma sono stra-

piombi secondari, diremmo quasi finti, che non hanno altro scopo che di aggiungere un pizzico di pittoresco ai cosidetti «orridi» alpini.

Gli strapiombi di cui qui si fa cenno li incontrano gli alpinisti, su per le crode, durante le ascensioni. Allora essi si presentano in tutta la loro personalità, per lo più con atteggiamento beffardo e sornione. Una volta, a dir la verità, si davano molte più arie. Credevano di essere l'espressione materiale del «di qui non si passa». E in verità, fino ad un certo tempo, gli arrampicatori si guardavano dall'affrontarli a meno che non fossero modesti strapiombini, che meglio si potevano definire protuberanze o non si trattasse di camini (cioè spaccature in cui si entra con tutto il corpo, schiena da una parte e ginocchia e piedi dall'altra)

o anche fessure nelle quali si potesse far presa, come la rinomatissima Pichlriss sulla Torre Delago delle Vajolett.

Sviluppatasi la tecnica alpinistica e ampliatosi l'ardimento delle concezioni, anche gli strapiombi più venerandi e superbi, che ritenevano incrollabile la loro fama, hanno dovuto capitolare. Non si vuol dire che su di essi passino intere carovane di escursionisti. Anzi, strapiombi come quello che si ammira nella serie delle quattro fotografie riprodotte in alto rimangono tuttora un piatto riservato a pochissimi buongustai. Ma la loro verginità è passata alla storia.

In gergo alpinistico gli strapiombi più sviluppati sono chiamati tetti. Ne abbiamo un esempio nelle positive riprodotte qui sopra. Non è più una gobba, una pancia, un'escrescenza, ma piuttosto una piccola tettoia che ripara dal sole e dalla pioggia le rocce sottostanti. Vengono detti confidenzialmente anche ombrelli o ombrelloni.

La tecnica per vincere simili ostacoli è stata perfezionata in questi ultimi anni, tra gli altri, dalla guida Emilio Comici, il quale, disponendo di un corpo smilzo, fortissimo e leggero, nonché di un coraggio di primissimo ordine, si è potuto concedere lussi di nuovo genere. «Basta che ci sia il posto da piantare chiodi» egli stesso afferma «si può sempre andare avanti.»

Tutti son buoni con questo sistema – pare di sentir obiettare dai soliti criticoni –, anche un muratore sarebbe capace! No. Un muratore anche abilissimo, anche il più bravo muratore di questo globo, non riuscirebbe a fare un bel niente. Soprattutto se lo strapiombo avesse sotto di sé quattro o cinquecento metri di precipizio.

Sarebbe troppo lungo descrivere – in modo da farsi capire – il sistema con cui il Comici si porta sempre più in fuori e poi riesce a sorpassare il ciglio di quel mastodontico davanzale. Basti dire che egli è legato a tre corde, due delle quali – fissate man mano ai chiodi e trattenute dal compagno fermo più sotto – si avvicendano nel sostenere l'arrampicatore sul vuoto. Per superare il bordo estremo, che è forse la manovra più delicata, il Comici fissa una specie di anello di corda, detto «staffa» in cui infilare un piede e appoggiarsi per il balzo finale. È inutile aggiungere che per tutto questo occorre una certa abilità.

Se l'ultimo chiodo piantato si stacca, si stacca anche l'arrampicatore, restando penzoloni, attaccato al penultimo chiodo (a meno che non si stacchi per l'urto anche questo). Appunto in vista di questa eventualità il Comici è legato a una terza corda. Se egli cadesse, si troverebbe nell'impossibilità di aggrapparsi a qualcosa. E anche se il secondo di cordata lo lasciasse calare a poco a poco, il Comici non riuscirebbe probabilmente a toccar roccia, data la sporgenza dello strapiombo. Allora entra in azione la terza corda, con la quale l'alpinista viene tirato verso la parete, come un pendolo, e così recuperato.

Per fare gli strapiombi all'ingiù non occorre invece nessuna particolare abilità. La calata a corda doppia per quanto possa essere emozionante, non richiede destrezza speciale, né forza, ed è perfettamente sicura. Essa rientra nell'ABC dell'arrampicatore dolomitico. Nelle fotografie qui riprodotte se ne vedono due esempi, eseguiti in Val Rosandra, presso Trieste, dove è la sede della scuola nazionale d'arrampicamento. La prima (nella pagina precedente [qui a p. 19]) è una calata con il sistema Dülfer. L'altra (nell'ultima fotografia [qui a p. 21]) è un po' più capricciosa. Emilio Comici si diverte qualche volta, beato lui, a scendere a capofitto e a vedere le nuvole allontanarsi sotto ai suoi piedi. Questo metodo è generalmente poco usato.

La prima volta che si scende nel vuoto a corda doppia non si evita una certa impressione. Quando si è rimasti penzoloni, si comincia a girare su se stessi. Il pianerottolo d'arrivo, laggiù in fondo, per quanto si faccia scorrere la corda, sembra estremamente lontano. Se poi la fune,

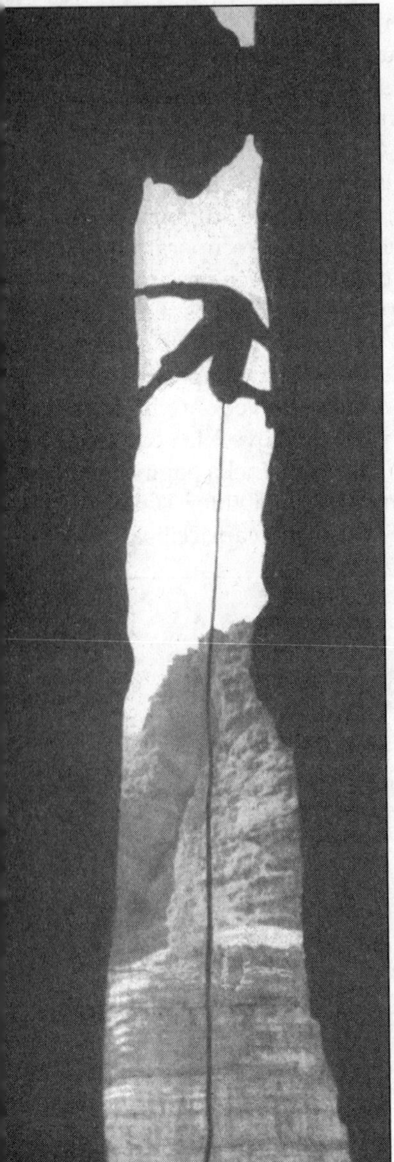

per il peso, comincia ad allungarsi come un elastico di gomma, ci si meraviglia di ricordare con tanta dovizia di particolari varie sciagure alpine avvenute molti anni prima, che si credevano dimenticate. Quelle fibre di canapa assumono in quei momenti un interesse eccezionale, diventano cose assai più importanti e più serie della crisi economica, ad esempio, o del problema delle riparazioni.

Appena i piedi toccano nuovamente la roccia, la corda riposa oscillando floscia ai colpi di vento. È ritornata un'umile corda senza importanza, una corda da tre lire (o da tre lire e cinquanta) al metro.

Un esempio di acrobazia pure assai elegante è offerto dalla fotografia a sinistra. Siamo verso la fine della classica via Dülfer sulla parete ovest della Cima Grande di Lavaredo. La fotografia è stata presa dal fondo della spaccatura. Le due pareti, svasate verso il basso, sono troppo distanti per permettere la consueta manovra che si adotta nei camini, cioè di appoggiare i piedi da una parte e la schiena dall'altra. Ci si deve perciò innalzare a «spaccata», un piede per parte. L'arrampicatore, che è sempre il Comici, si deve sentire abbastanza sicuro perché non ha piantato nessun chiodo di sicurezza. Tra poco lo si potrà scorgere appollaiato sopra il macigno che da chissà quanti secoli è piombato dall'alto, incastrandosi tra le due rocce.

«La lettura», agosto 1933

Tribolazioni delle Dolomiti

Una grave perdita indubbiamente subirono le Dolomiti con la scomparsa degli gnomi. Tre teorie al proposito si disputano il campo.

La prima sostiene ch'essi non siano veramente mai esistiti e li identifica con leggende vaghe di origine medioevale; opinione questa contraddetta dalle testimonianze di antichi autorevoli montanari, tramandate fino a noi attraverso i secoli, di padre in figlio.

Altri vogliono invece fissare per la sparizione degli strani personaggi una data precisa, che oscilla però a seconda delle varie interpretazioni. Sono concordi però nell'affermare che di veri gnomi non restassero più tracce agli albori del Rinascimento.

Secondo una terza opinione, infine, la razza degli gnomi non si sarebbe ancora del tutto estinta; ne rimarrebbero alcuni esemplari, di carattere quanto mai selvatico, in certi vallonetti ripidi del Cridola, del Sasso Piatto e (incredibile a dirsi perché località intensamente battuta dall'ultima guerra) sul versante orientale del Monte Paterno. Questa teoria però non offre sufficienti documentazioni.

Certo che la presenza degli gnomi, di cui scientificamente si ignorano le origini, le abitudini, le leggi e persino la precisa statura, salvaguardava le montagne dagli indiscreti. Non lasciando avvicinar curiosi, essi garantivano alle crode la solitudine e la quiete. Erano ottimi guardiani.

Allontanatisi poi gli gnomi e affievolitosi il loro ricordo, gli uomini presero un po' di coraggio. Quando franava qualcosa lassù sulle pareti altissime e giungeva il rombo in fondovalle, le donne e i vecchi guardavano sì ancora alle cime scuotendo il capo e facendosi il segno della Croce, ma intanto qualche cacciatore di camosci osava avanzarsi oltre il limite dei boschi, per i ghiaioni, le rocce, i canaloni, le aeree forcelle.

Poi cominciarono gli alpinisti. Le montagne superbe non riuscivano a comprendere che cosa volessero quei cosini che arrancavano ansimando ore e ore su per le rupi. Strano: non avevano fucili e quindi non potevano essere cacciatori; era anche da escludere che andassero alla ricerca di tesori, sprovvisti com'erano di picconi e di martelli. Salivano coscienziosamente fino alla cima più alta e quando si trovavano in piedi sopra l'estremo sasso si mettevano improvvisamente a gridare agitando le braccia, senza apparente motivo, traevano poi fuori dal sacco una bottiglia di spumante e bagnavano con il vino le rocce. Qualche volta, in segno di festa per la felice ascensione, nel fondovalle venivano sparati mortaretti e colpi di spingarda.

Quella faccenda dello spumante venne riferita ai quattro venti e piacque molto alle Dolomiti. E tutte le cime vergini, per una infantile golosità, non vedevano l'ora che arrivassero gli alpinisti con le bottiglie. Solo in seguito ci si rese conto che più di una volta sulla stessa cima il vino battesimale non veniva sparso e venne posta più seriamente la domanda: che cosa venivano a fare gli uomini?

Troppo tardi le Dolomiti capirono che gli alpinisti si proponevano soltanto di umiliarle. Organizzare una difesa era oramai impossibile. Da diecine e diecine di secoli le crode avevano assunto la loro definitiva fisonomia, avevano scelto per sempre il loro «tipo». Non sapevano quindi, come le sorelle occidentali, manovrare le valanghe, preparare i crepacci in agguato, predisporre nutrite scariche di sassi ed energiche tormente. Unica loro arma era la verticalità delle rupi. Ma gli uomini diventavano di anno in anno sempre più accaniti e intraprendenti.

In un periodo relativamente brevissimo le più famose e già temute fortezze dovettero capitolare. A uno a uno vennero conquistati i torrioni, le muraglie, i mastii, i contrafforti. Esaurite poi le cime, gli uomini cercarono il nuovo sulle pareti più assurde, sugli spigoli, per le creste, segnando sulla stessa montagna diecine di itinerari.

Quest'anno il prestigio delle Dolomiti ha avuto il più clamoroso tracollo. La scalata della parete nord della Cima Grande di Lavaredo ha dimostrato che sulle crode per gli alpinisti *non esiste più l'impossibile*, anche dove le rupi si protendono all'infuori come tettoie. Gli uomini sono oramai i padroni.

Anche i singoli valori delle cime sono di conseguenza decaduti. Fino a dopo la guerra, si può dire, le Dolomiti avevano mantenuto intatta la loro aureola. Lo stesso loro nome, nel grosso pubblico, faceva sempre impressione; ricorrevano subito alla mente le idee di manicomio e di olio santo. Chi aveva scalato per esempio la Croda da Lago o la Piccola Cima di Lavaredo (terzo grado scarso) veniva indicato a dito nei ritrovi pubblici, e le dame più elette se lo contendevano accanitamente.

Oggi invece chi scende a Cortina dopo una salita inferiore al quinto grado (straordinariamente difficile) non solo risponde con frasi evasive a chi l'interroga al proposito, ma spesso si vergogna di farsi vedere per la via e si rinserra a doppia mandata nella camera d'albergo. Non si sa mai: se lo venissero a sapere, i villeggianti, compresi i portieri degli alberghi, sarebbero capaci di dargli la baia, rincorrendolo clamorosamente con sibili e cachinni.

Intanto le Dolomiti meditano con angoscia alle mortificazioni future, sempre più degradanti. Per trovare qualcosa d'inedito gli alpinisti finiranno per tracciare sulla stessa parete diverse vie «obbligate», secondo schemi geometrici prestabiliti, a forma di «S» per esempio o a zig-zag; sullo stesso versante si conteranno diverse vie «diagonali», innalzantisi l'una con un angolo di 56°, un'altra di 58°, una terza di 60° e così via.

Infine, per rinnovare la loro palestra, gli arrampicatori si vedranno costretti a bombardare le pareti, demolendo i più noti camini, le cenge troppo spesso percorse, gli spigoli battuti centinaia di volte. Nelle vetrine dei negozi di articoli da montagna vedremo esposti piccoli cannoncini, colubrine e mortai per il tiro indiretto. Ogni cordata, il giorno precedente all'ascensione, si preparerà a suo piacimento la via, riempiendo le vallate di formidabili spari.

Questo giustifica l'attuale sconforto delle Dolomiti. Non le avevamo mai viste in uno stato di così profondo abbattimento. Se fosse possibile, ci verrebbe spontaneo di batter loro una mano sulla spalla e di dire: «Coraggio, coraggio».

Anche stasera si sente, nei valloni ricolmi di nebbie, brontolare l'Antelao, il re. «Si ha un bel dire,» borbotta piagnucoloso «si ha un bel dire le vertiginose pareti, i paurosi strapiombi: con tutto questo siamo ridotti peggio, molto peggio...» Qui il gigante è colto da un violento colpo di tosse che si ripercuote in tutta la valle. E gli uomini, nei paesi, credendo che si faccia avanti un temporale, corrono a prendere impermeabili e ombrelli.

Ripreso poi il filo del discorso, il monarca continua a lamentarsi: nelle belle giornate, dice, gli alpinisti sono tanto numerosi sui suoi fianchi da procurargli un insopportabile prurito. Fa veramente pena, povero vecchio.

«Corriere della Sera», 5 ottobre 1933

«Direttissime» sulla Civetta

Visita alla parete della Civetta, la muraglia di roccia più bella delle Alpi. (Ci dispiace per molte altre montagne degne della massima considerazione, ma è proprio così.)

C'è tra i gitanti un medico sui quarantacinque anni, figura classica di escursionista, quale si trova effigiata sui cataloghi di abiti sportivi, mantelline impermeabili e fasce mollettiere. Egli è il villeggiante-tipo, sensibilissimo alle bellezze della natura (con particolare riferimento ai tramonti e agli «orridi»). La saccoccia destra dei suoi calzoni contiene in permanenza un podometro; la sinistra, una fialetta di siero antiviperico. Il suo sacco da montagna corrisponde al tipo approvato al Congresso internazionale d'igiene alpina del 1912; si chiama «tipo 36-7» perché ha trentasei tasche fra interne ed esterne e sette ganci per appendervi vari strumenti, tra cui un temperino «record» a 12 usi. Ciononostante il medico è un'ottima persona e nutriamo per lui il maggior rispetto.

La stagione, a dire il vero, è un po' avanti per la montagna, ma in compenso l'atmosfera è più limpida. Il dottore al proposito ci ha fatto leggere ieri sera un Manuale di turismo, a pagina 283, dove dice: «... stia all'erta l'escursionista avveduto, e sappia fiutare il vento, dappoiché non son rare le annate cui particolarmente si addice il turismo alpino autunnale...»; ed è sempre un grande conforto trovare che i libri ci danno ragione.

Dal rifugio Coldai, andiamo costeggiando il massiccio, sul versante del Cordevole. Sopra di noi è la celebre parete nord-ovest che lo Stoppani, se la memoria non ci tradisce, paragonò ad un organo immenso con ciclopiche canne di roccia. È solo da questo sentiero che si può ammirare in pieno la fantastica muraglia. Da Alleghe, cioè dal fondovalle, non se ne può scorgere che la parte superiore; da Caprile, il paese successivo, essa appare già troppo lontana. Ma per ora non si vede un bel niente. Alla base della croda si è steso un cordone di nebbia col preciso incarico di togliere la visuale.

Ma non per questo il dottore si duole. Le nebbie si limitano alla parete. Per il restante l'atmosfera è serena e permette un magnifico panorama. Ora bisogna sapere che il saggio turista di panorami è ghiottissimo, e che per lui l'alpinismo può definirsi «lo sport per mezzo del quale ci si possono procurare grandi panorami». Una cima sola, anche se di splendida struttura, non gli dice niente; due lo lasciano indifferente; tre non bastano a scuoterlo. Egli ne vuol vedere insieme mille, duemila. L'ideale suo sarebbe di poter abbracciare con un solo sguardo tutte le Alpi dalle Marittime alle Giulie, con annesse alcune cime degli Appennini, dei Pirenei e magari anche dei Carpazi e del Caucaso.

Ora il saggio turista sfodera un treppiede metallico e si accinge a fare fotografie (al panorama, naturalmente). Egli volta la schiena alla parete quando le nebbie in pochi minuti si sfaldano, annichilendosi; la muraglia resta libera e nuda. Il dottore allora istintivamente si volta; egli ha la precisa sensazione (questo poi ce l'ha confessato alla sera) che un essere minaccioso gli si sia fatto alle spalle. «Che grande!» egli esclama.

Uno gli spiega che su per la orribile rupe, proprio dove è più liscia, sono passati degli uomini. «Ah, questo poi non lo capisco:» lui esclama «che bisogno ci sia di andare a cercare la strada difficile se dall'altra parte si può arrivare alla cima con facilità.» Quando si sente esprimere tale concetto, consigliamo di non impiantare discussioni; sarebbe perfettamente inutile.

Nonostante la presenza del saggio turista, la parete si alza tremenda. C'è, nelle sue pieghe, una espressione torva e maligna. Dai suoi strapiombi pendono lunghe colate di inchiostro. Essa è rigorosamente immobile, ma si vede bene che è sveglia. Di tanto in tanto crollano giù dei sassi e fino a noi giunge il loro misterioso suono. Anche guardandola per lungo tempo, non si avverte senso di noia o stanchezza. A una cosa simile gli occhi non si abitueranno mai.

Notiamo che il saggio turista non riesce più a proseguire le operazioni fotografiche con la calma di prima. Ogni tanto pare costretto a voltarsi e a guardare.

Gli viene mostrato dove passano, su per la muraglia, quelle strade per pedoni con 88-89 gradi di inclinazione. Verso destra, dove la verticalità delle rocce rallenta, sono gli itinerari vecchi che un tempo parvero follie e oggi entrano nell'ordinaria amministrazione. Bisogna passare più a sinistra per trovare i capolavori. Ecco la via Solleder-Lettenbauer, direttissima dalla base alla cima, 1050 metri di apicco; risale al 1925, anno in cui si apre l'era dei grandi «sesti gradi» delle Dolomiti. (Il grado sesto qualifica le salite più tremende, al limite estremo delle possibilità umane.)

La via Solleder procurò alla Civetta una nuova gloria paurosa che non si è più affievolita. La salita della Solleder basta per definire un capocordata senza possibilità di equivoci. Ancor oggi arrampicatori vengono dalla Germania e dall'Austria unicamente per tentare la Solleder; quando l'hanno fatta se ne tornano, come se non ci fosse più nulla da desiderare di meglio.

«Non è pane per i vostri denti» dicevano gli alpinisti tedeschi ai colleghi d'Italia. E si può ammettere che allora l'impresa sembrasse superiore alle nostre forze. Ma si maturava la rivincita, e quale. Erano la preparazione e la scuola che mancavano, non la materia prima. Si trattava di rompere un incanto.

Fu Attilio Tissi, con G. Andrich, nell'estate del '30. Il Tissi, che a trent'anni scoperse in sé istintive prodigiose doti di arrampicatore, con all'attivo una carriera alpinistica di poche settimane, andò, con una certa ansia, a provare. Quasi con sua meraviglia riuscì a passare; riuscì anzi meglio di tutti gli altri perché seppe per il primo evitare il bivacco. (Da notare che fin dall'anno precedente gli Italiani si erano aggiudicati nella Civetta un sesto grado, se pure inferiore alla Solleder; la via Videsott-Rudatis-Rittler sullo spigolo SO della Busazza.)

Da quel giorno i nostri balzarono alla testa. Anche in questo era un magnifico frutto del clima nuovo. Di questo stupefacente progresso basta a dare un'idea l'attuale bilancio della Civetta: dodici vie di sesto grado, di cui dieci italiane; e di queste ultime almeno cinque sono ben più ardue della celebre Solleder. (Un sesto grado è il sommo privilegio per una rupe, come la più ambita onorificenza. La Civetta ne ha una dozzina, come nessun'altra montagna.)

Sesto grado vuol dire una croda dall'aspetto agghiacciante, vuol dire anni di speranze, mesi di paziente allenamento, lunghe ore di lotta disperata, interminabile gelo di bivacchi, angosciosi dubbi che più avanti non si possa più proseguire, là donde il ritorno è irrimediabilmente precluso, vuol dire anche paura, sì, autentica paura, che anche nel cuore dei più forti scende giù dai tetri strapiombi, paura tanto più grande quanto più è stato grande il coraggio. In ciascuna di quelle vie alcuni uomini hanno impiegato il pezzo migliore della loro vita.

Il sentiero passa sotto le porte di quelle dodici folli strade lanciate nella verticale: la direttissima Tissi-G. Andrich-Rudatis sul Pan di Zucchero; la direttissima sulla Punta Civetta, lungo una fessura di 800 metri che continua a rovesciarsi all'infuori con orribili strapiombi; è opera fresca del giovanissimo A. Andrich, splendidamente rivelatosi di colpo quest'estate con tre nuovi sesti gradi e dell'accademico Faè, entrambi militi della 43ª Legione di Belluno. Ecco la direttissima Comici nel centro della parete, itinerario forse illogico, ma glorioso, compiuto unicamente per dimostrare, a poche decine di metri dalla Solleder, come gli Italiani sappiano eclissare anche le somme vittorie degli altri. Freschissima, di quest'anno, è pure la direttissima Benedetti-Zanutti sulla Punta De Gasperi, che chiude, a destra, lo scenario dell'immane parete.

Il saggio turista ha chiuso nel sacco la macchina fotografica e non fa che guardare in su, alle rupi, camminando, col rischio di prendere un maledetto incespicone. Si profilano altre crode potenti, altri sesti gradi, oggi certo deserti. È tardi oramai per avventurarsi in quelle estenuanti battaglie. Già da parecchi giorni il vento ha girato ai piedi delle crode fischiando: «Si chiude! Si chiude!».

Sfilano la Torre Su Alto, il Campanile di Brabante, la torre più difficile delle Dolomiti la cui cima fu toccata per la prima volta dall'attuale Re del Belgio, la elegantissima Guglia della 43ª Legione, vinta da una cordata di Camicie nere.

Strano che il saggio turista non degni più di uno sguardo il panorama. Le pareti, adagio, adagio, incominciano a ipnotizzarlo.

La classica parete ormai è finita ma altre celebri rupi campeggiano nel cielo. All'inizio della Val dei Cantoni, ingresso laterale del tempio, fan da sentinelle le Torri Venezia e Trieste; tra le due, incombe il baluardo della Busazza con un apiombo di 1100 metri, anch'esso ricco di due sesti gradi. Di profilo, si sprofonda nella valle il pauroso muro meridionale della Trieste, sul quale da anni si fermavano abbacinati gli sguardi dei rocciatori di tutta Europa; ma oggi gli sguardi possono ricercare lassù, a destra di quella macchia gialla, lungo quel repellente camino, sotto quel tetto gravido di ombre, la strada per dove due audacissimi sono passati: Carlesso e Sandri. Anche questi italiani.

Il nostro saggio compagno è un pezzo che tace e si accontenta di guardare. Fissa le formidabili rupi con uno sguardo fosco e preoccupato, come se gli avessero fatto qualche torto, come se lo avessero duramente rimproverato.

Quando si scende è sera. La parete della Torre Trieste grandeggia nel cielo e vi si inerpicano lentamente le inesorabili tenebre della notte. Noi ce n'andiamo e le due sentinelle giganti se ne rimangono a custodire il castello deserto.

Lungo la mulattiera il turista, come per combinazione, ci si avvicina e, leggermente imbarazzato, ci chiede:

«Pensavo, così, per una semplice curiosità, faccio così per dire: alla mia età, che cosa ne dice? (e segnava con un dito le pareti lassù)... crede che non potrei più fare in tempo?»

Lo guardiamo trasecolati:

«Lei» diciamo. «Lei vorrebbe andar su di là quando dall'altra parte c'è una comoda strada? Proprio questo vorrebbe?»

Il turista si ferma guardando a terra e tormentando con la punta del bastone ferrato i sassetti della strada:

«Già,» risponde «c'è la via comune. Per me non ci può essere più che quella...» E così dicendo scuote il capo con rimpianto.

«Corriere della Sera», 22 ottobre 1934

La Marmolada e poi basta

Si prenda una slitta (basta a un solo cavallo) e questa slitta si inoltri per una valle sempre più stretta e tenebrosa. Supponiamo, ad esempio, che sia la strada da Canazei al Pian Trevisan, verso Fedaia, in alta Val di Fassa.

Non vi venga in mente di prendere un'automobile; si farebbe più presto, è vero, ma con quanto minor diletto. Abbiamo detto che basta un cavallo solo dato che c'è poca salita. Raccomandiamo però vivamente un'abbondante sonagliera: andare in slitta per luoghi solitari senza tintinnio di campanellini è cosa notoriamente disdicevole, contraria ad ogni buona tradizione. E parecchie coperte, non dimenticate, perché sarà un freddo d'inferno.

L'ora più adatta è il tardo pomeriggio. Garantitevi, e questo è affar vostro, una sera limpida e tranquilla con uno di quei sontuosi tramonti che si possono trovare soltanto tra le Dolomiti o sul Canalazzo di Venezia. Le rosse luci sulla gigantesca montagna incombente (che niente esclude sia la Marmolada) si spengano lentamente man mano che vi inoltrate per la valle. Fino a che, a illuminarvi la strada, non rimangano che la fosforescenza delle nevi e i minuscoli fari delle stelle.

Appena comincerete ad avvertire un barlume di noia la slitta si fermi. Sarà passata, dalla partenza, circa un'ora, e alla vostra sinistra, nel buio, dovrete distinguere, se non ci sbagliamo, la nera sagoma di una casa, chiusa ermeticamente. Voi tuttavia girate di dietro e procurate di trovare, come non vi sarà difficile, una finestrella illuminata e una porta per entrare in un accogliente alberghetto riscaldato ad almeno 25 gradi.

Respingete vigorosamente la tentazione di approfittare per la notte di tanto calda ospitalità ma riprendete, dopo un buon «cicchetto», il cammino; questa volta a piedi, con gli sci e il sacco in spalla, a meno che – come è preferibile per ovvie ragioni – non ve li facciate portare da un altro.

Si inizi allora la salita in direzione di una piccola luce scintillante alla sommità della valle, simile al «lumino lontano lontano» delle favole. Ma non vi allarmate: mentre per raggiungere il lumino delle fiabe, secondo i calcoli più accreditati, occorrono in media dalle otto alle nove ore di cammino (e talora neppure bastano) noi invece vi chiediamo solo un'oretta e anche meno di passo tranquillo, alla luce di lanterna (sia una lanterna di vecchio modello, con la candela di difficile accensione, non una lampadina elettrica, per carità).

Se avrete seguito questi nostri consigli, è probabile che arriviate per ora di cena ad una specie di pianoro; presumibilmente si tratterà del valico di Fedaia con i suoi due ottimi rifugi da passarci la notte. Sarebbe al proposito assai simpatico che al vostro rifugio poteste godere la compagnia di qualche guida di genuino stampo; è facile prevedere che, se ci sono, esse rispondano ai nomi di Micheluzzi, De Zulian, Demetz, Rizzi, ecc., nomi classici della zona, in cui riecheggiano echi di Olimpiadi invernali, di audaci salvataggi, di pareti di sesto grado. E mentre voi vi affaccenderete ad applicare ai vostri sci le pelli di foca, le guide si metteranno a chiacchierare; i loro discorsi vi turbineranno attorno, insieme alle ondate del sonno incipiente, straordinari discorsi che non dimenticherete, pieni di valanghe, di volpi, di crode e di schioppettate.

Verso le dieci, a letto, e non vi allarmate se dalla finestra della vostra camera, attraverso i vetri appannati, entrerà qualche raggio di luna. Non vediamo in questo proprio nulla di disonorevole. La luna in montagna, soprattutto con la neve, rinuncia ad ogni posa romantica. Persino Marinetti non riuscirebbe più ad odiarla. Anzi – ma questo è un apprezzamento del tutto personale – un po' di luce lunare nella stanza del rifugio è una compagnia oltremodo distinta; e se ne trova di ottima a prezzi irrisori.

Così siamo giunti alla mattina, quando dovrà cominciare il pezzo forte del programma. Accingetevi ora con allegrezza all'ascensione: dislivello 1200 metri, percorso su ghiacciaio, pendenza media, nessun pericolo, discesa divina; il nome, Marmolada. Non più l'epica Marmolada della guerra, ma una montagna silenziosa e serena, divenuta in pochi anni una delle più celebri capitali dello sci. Lassù a ricordare l'eco delle gloriose battaglie non rimangono più che frammenti di antiche baracche, fradici resti di scale di legno, aggrappati qua e là sulle rupi.

Supponiamo che una Commissione di tecnici dotati di poteri soprannaturali, oltreché di buon gusto e di competenza sportiva, fosse stata incaricata di costruire una montagna perfetta dal punto di vista sciistico; non una pista, intendiamoci, ma proprio un colosso di grande statura, razionalmente e artisticamente ideato per una ascensione-tipo.

Non crediamo che i tecnici avrebbero stentato a mettersi d'accordo: una quota assoluta piuttosto alta perché non mancasse mai neve, ma non eccessivo il dislivello dalla base alla cima. Un pendio immenso e ondulato, con ghiacciaio, che dalla vetta scivolasse senza interruzioni sino al piedestallo, e rivolto a nord, affinché il sole non lo rovinasse. Il versante sud invece l'avrebbero costruito a picco, con il doppio scopo di accrescere il decoro personale del gigante e di offrire materia prima agli arrampicatori nei mesi estivi. Attorno ed in mezzo all'immenso campo di neve avrebbero innalzato mastodontiche rupi, che, senza intralciare le scorribande degli sciatori, offrissero loro motivo di estetico compiacimento. Un tecnico, inoltre, persona raffinata, avrebbe proposto di lasciar aperto nel ghiacciaio, durante l'inverno, qualche crepaccio dei più grandi; il che, senza costituire pericolo, avrebbe certo contribuito al fascino dell'ambiente.

Compiuto il grosso dell'opera, i tecnici si sarebbero messi a litigare. Mettere o non mettere una teleferica o funicolare che portasse in cima? Stimiamo però che l'idea sarebbe stata bocciata. Trattandosi di una montagna sul serio, non si poteva farle di proposito un simile affronto; e poi la discesa è giusto e bello guadagnarsela con le proprie gambe. Si sarebbe invece pensato a costruire sulla cima, o poco sotto, in un angolo riparato dal vento, un piccolo rifugio. Una casettina modesta, ben s'intende, da non deturpare l'austerità del monte, solo per offrir riparo agli sciatori giunti in vetta con vento o tormenta.

Una volta condotta a termine la ciclopica costruzione, i tecnici si sarebbero scrollata di dosso la neve rimasta attaccata ai loro abiti e, con un sorriso soddisfatto, avrebbero presentato al mondo il loro capolavoro. Ebbene, per quanto non ci sia consentito di entrare nei cervelli degli ipotetici progettisti, siamo sicuri che dalle loro fatiche sarebbe venuto fuori qualcosa di molto, ma molto simile alla Marmolada.

La gran «trovata» della Marmolada, bisogna dirlo, è il rifugetto audacemente costruito dalla Società alpinisti tridentini sulla cima, o quasi, perché esso è sospeso pochi metri sotto la cresta sommitale della Punta di Rocca, m. 3259 (la cima più alta, la Punta Penia, m. 3342, non è raggiungibile con gli sci). È una fatica da nulla bersi, da Fedaia, quel chilometro abbondante di dislivello quando si pensa che in cima ci aspettano una stanza calda, un buon tè, magari una cuccetta se si avrà voglia di un sonnellino, persino delle cartoline illustrate. Ed è forse necessario descrivere il gusto di fumarsi in pace una sigaretta, nella aerea capanna, pensando che il bello, cioè la discesa, è ancora da venire?

Quando più tardi ritorna all'aperto e rimette gli sci, lo sciatore si sente ricco sfondato: milleduecento metri di discesa da spendere in una volta sola, netti da trattenute, e che discesa: davanti, a destra, a sinistra, per centinaia e centinaia di metri, la perfezione fatta neve. Non una cunetta, non un sasso, non un canalone malagevole, non un passaggio problematico. Né si pensi a una di quelle discese tipo famiglia dove ogni tanto ci si arena e occorre spingersi con i bastoncini. Non ci son dieci metri di piano. A prenderla di petto, in pochi secondi vi trovate lanciati a velocità da autostrada.

Noi abbiamo trovato la Marmolada completamente ghiacciata cioè nelle condizioni quasi peggiori che si potessero immaginare. Da molti giorni non era nevicato e gli sci non affondavano neanche un millimetro. Eppure questa benedetta montagna ha tali risorse che anche quel giorno non si sarebbe potuto in coscienza fare un reclamo.

L'itinerario più battuto scende quasi direttamente dalla capanna al rifugio di Fedaia e su questa direttrice si svolge pure la celebre gara internazionale di discesa. Un altro, che si potrebbe chiamare l'itinerario bellunese ed è notevolmente più lungo – percorribile però solo con molta neve – piega a destra sul Pian di Serauta e, passando ad est del Sasso delle Dodici, va a finire sopra il Pian de Lobbia, sul versante agordino. (A proposito del Pian de Lobbia, notiamo che le sezioni di Belluno e Agordo del Club Alpino Italiano hanno provveduto a far segnalare con appositi cartelli il pericolo di valanghe nel tratto dove perirono recentemente quattro sciatori tedeschi.)

Un cristiania a destra e uno a sinistra, quella ricchezza – 1200 metri – accumulata in tre o quattro ore di cammino all'insù, sfugge vertiginosamente alle spalle. Qualcuno la centellina a piccole sorsate, fermandosi a far fotografie, a fumar sigarette, a riposare le caviglie stanche. Altri la inghiottono tutta d'un fiato, ubriacandosi letteralmente di discesa. Per essere ammessi allo Sci Club Marmolada, e i soci sono già parecchi, bisogna aver coperto il classico percorso in meno di 13 minuti. Ma tre minuti o poco più bastano ai campioni in gamba che si buttano giù a picco dalla vetta e tengono duro fino in fondo. Novanta, cento all'ora.

Una discesa capolavoro, aperta dalla fine di ottobre ai primi di giugno. Sulla vetta, quasi ogni giorno, sorgono improvvisamente piccoli boschetti di sci che si godono il sole mentre i padroni fan colazione in capanna. Giungono dai più lontani paesi quegli sci, spesso hanno intrapreso lunghi viaggi in ferrovia unicamente per la Marmolada. Gli stranieri sono numerosissimi, in prevalenza tedeschi (troppo bassa anzi è la percentuale italiana dei salitori quando si pensa che siamo in casa nostra). Abbiamo persino sentito dire che ne vengono apposta dalla Scandinavia e dall'Estremo Oriente. Questo ha l'aria di una bella esagerazione, ma in fondo non ci sarebbe gran che da stupirsi.

«Corriere della Sera», 8 febbraio 1935

La Croda Rossa aspetta ancora

Sotto la cima della Croda Rossa di Sesto, in mezzo alle solitarie rupi, sorge un'assurda villa disabitata. Una villa di guerra, se l'espressione non fosse paradossale, dove aveva sede il comando dei «Rotwandler» che presidiavano la vetta. Più in là, sugli spalti della Cima Undici, al Passo della Sentinella, lungo le verticali muraglie di roccia, fin sulle aeree forcelle di cresta, ci sono ancora le baracchette dei nostri alpini, documenti di quasi incredibile audacia. Ma forse in nessun altro punto di queste epiche montagne come nel Circo Ovest di Croda Rossa il tempo, il vento e la neve hanno fatto minore rovina. Si direbbe che i soldati se ne siano andati non da diciannove anni, ma da appena pochi mesi.

Noi non abbiamo fatto la guerra, non eravamo lassù a quei tempi né sappiamo chi comandasse i nemici che presidiavano la Croda Rossa. Doveva però certo essere un signore di razza per immaginare una sfacciata sfida alla montagna qual è la baracca del comando. Ci piace immaginare un maggiore, con sangue azzurro nelle vene, militare per tradizione di famiglia ma con debolezze sentimentali. Forse fu un'acuta nostalgia della propria casa a far sbocciare sulle rocce quell'inaudito fiore architettonico.

Egli stesso, l'Herr Major, immaginiamo, fece il disegno della villetta cercando di riprodurre in piccolo il suo casino di caccia. Quattro biforette al pian terreno, di sapore gotico-tirolese, con gentili sagomature e intagli. Una loggetta sporgente al primo piano, con quattro colonnine e il davanzale traforato, per sedersi, nelle sere di calma, a rimirare i verdi colli austriaci verso il settentrione. E naturalmente il tetto spioventissimo, con smussature, abbainetti e altre nordiche grazie. Se fosse in un bosco potrebbe sembrare la casetta di una fatina; ma lassù l'aria è troppo rude perché le fatine possano resistere. Oggi la palazzina è commovente. Nei giorni di guerra doveva sembrare come un gentiluomo in marsina e monocolo nell'inferno di una trincea.

La strana villetta adesso è vuota, dalle finestrelle entrano il vento e la nebbia, dal tetto gocciola la piova, potrebbe servire tuttalpiù per un bivacco alpinistico di fortuna. Nei giorni eroici doveva essere un piccolo paradiso di invidiate comodità.

Toc toc toc, l'attendente di buon mattino saliva la scaletta di legno per servire il tè al comandante (ammesso che gli piacesse il tè). *«Melde gehorsamst, Herr Major...»* L'ufficiale si rigirava nel suo lettino, stentava a capacitarsi d'essere in cima a una montagna. Non c'erano attaccati a una parete i corni del capriolo da lui abbattuto otto mesi prima in una memorabile caccia? Non c'erano sopra il suo capezzale, come a casa, l'immagine sacra e le fotografie dei bambini? Nel torpore dell'alba anche le mitragliatrici tacevano e la vicina stazione della teleferica non aveva ancora cominciato a cigolare. Ogni mattina – c'è da garantire – al signor maggiore toccava rifarsi l'animo del guerriero.

La generosa stufa, la pipa, scommetteremmo anche qualche bottiglia di birra nei mesi caldi, le lunghe notti invernali, la villetta ebbe certo i suoi buoni giorni, ignara delle battaglie che si scatenavano al di là della cresta. Ma tutta la Croda Rossa era allora un fermento di vita: di notte, negli angoli defilati, si accendevano misteriosi lumini, sulle posizioni più assurde. Tutti i soldati si erano arrangiata la loro casetta, fatta di assi o di roccia, certo meno elegante di quella del signor maggiore, ma non meno propizia al sonno, alle conversazioni, ai giuochi di carte e alle canzoni della propria terra.

La parete est, verso Montecroce, continuava a essere la solitaria parete, la dolomite classica che aveva visto in tutta la sua esistenza soltanto pochi uomini, comparsi legati in cordata, durante placide estati ormai lontane. Ma dall'altra parte verso ovest e nord, la Croda Rossa aveva rinunciato a rappresentare il ruolo della montagna silenziosa, disabitata e solenne. Gli uomini, con le loro complicate installazioni, erano riusciti a cambiarle la faccia. Si era ormai allenata a sopportare senza troppo fastidio anche i rudi colpi delle più grosse granate.

Ma un giorno d'autunno la Croda Rossa aspettò inutilmente che il vasto silenzio fosse spaccato dalla prima fucilata quotidiana. Il sole era già alto nel cielo e non si udiva nessuno sparo. Passò il pomeriggio, cominciarono a salire puntualmente dal Comelico e dalla Val Fiscalina le consuete ombre della sera, ma le armi ancora tacevano. Anche il giorno dopo, lo stesso. Una greve tensione di attesa pareva paralizzare il mondo. Comunque, la teleferica continuava a cigolare, gli echi non mancavano di lavoro, a ripetere pappagallescamente sei sette volte, in svariati toni, le voci delle sentinelle, s'udiva pur sempre qua e là, per i canaloni, lo scroscio delle ghiaie smosse da gente in cammino. Di fucilate però neppur una. Solo, di tanto in tanto, vaghi suoni di cannonate che si facevano sempre più lontani.

Poi i soldati cominciarono a sloggiare. Impacchettarono le loro cose, abbandonarono le baracchette. Sulle pareti di legno rimase soltanto qualche cartolina illustrata con saluti femminili, monotono repertorio di iconografia galante popolare. Uomini, fucili, mitragliatrici, munizioni, telefoni, provviste di viveri, tutti gli oggetti utilizzabili, compresi i corni di capriolo del signor maggiore, ridiscesero ad uno ad uno nella Valle di Sesto. Anche la teleferica venne un bel giorno smontata. La montagna rimase nuovamente deserta, così come la troviamo ora.

Eppure la piccola città di baracchette sospesa sull'altissima cresta non sembra ancora morta. Come succede per le normali abitazioni degli uomini: una casa nuova ancora non occupata non dà il minimo senso di desolazione; ma una casa abitata per lungo tempo emana nembi di tristezza se viene lasciata nell'abbandono; ci vogliono molti anni prima che si abitui alla solitudine e acquisti l'austera serenità delle rovine.

Le baracchette di Croda Rossa e di Cima Undici, di origine nostrana o nemica, non si sono ancora rassegnate a diventare rovine. Non occorre essere acuti psicologi per scorgervi un'espressione di intensa melanconica attesa. Non che si augurino che torni proprio la guerra, non le crediamo davvero così crudeli, benché non ci meraviglierebbe. Ma è un fatto che giorno e notte, specialmente quando viene la primavera e la neve comincia a squagliarsi, esse aspettano con impazienza il ritorno degli uomini, la ripresa dell'antica vita.

Uno, due, tre, dieci, quindici, diciannove anni sono già passati e la montagna aspetta ancora. La neve e le frane lentamente trascinano giù in basso, per centinaia di metri, fino ai morti ghiaioni, i resti della vita che fu, i bossoli di proiettili, le borracce, le scalette di legno, le granate esplose e inesplose, gli elmetti, le cassette per munizioni. Ma le baracche tengono duro, le assi lottano valorosamente per arginare gli stillicidi e marcire il meno possibile.

Così queste crode passano una vita insoddisfatta e la tristezza, nelle crollanti casette, regna sovrana. Quando, d'estate, dai boschi della valle giunge l'eco di un colpo di fucile, le baracchette si domandano l'un l'altra: che si ricominci?, animate da una nuova speranza. Dopo il primo sparo, un secondo e poi un terzo. Sì – pensano le aeree casette –, dev'essere proprio la guerra che torna. Improvvise raffiche di vento fischiano tra le rupi con allegra sfrenatezza, crollano qua e là piccole frane di sassi, la montagna si rianima per ricominciare da capo. Ma ogni volta è una delusione. Oltre alla terza, al massimo alla quarta o alla quinta, le fucilate non vanno. Non sono altro che cacciatori. Il potente silenzio delle cime si ridistende fra le pareti. Qualche altra asse smossa dal vento scivola giù nei precipizi.

Fino a che verrà il giorno in cui anche le baracchette scompariranno e la Croda Rossa tornerà ad essere l'antica Croda Rossa delle guide turistiche, riprenderà il suo volto impenetrabile e disumano. Mentre l'Herr Major – glielo auguriamo di cuore – invecchierà tra una folla di nipotini in una calda e ricca casa lontana, la sua epica villetta finirà per crollare, asse per asse. Travi, ferri, fili spinati, sacchetti di sabbia, tutto sarà trascinato nel fondo. Lavata di ogni scoria dal tempo, la Croda Rossa comincerà perfino a dimenticare.

Un giorno, fra decine e decine d'anni – Dio non voglia che si mettano a costruire alberghi e rifugi su quelle cime –, due uomini troveranno, a metà di un canalone, l'intelaiatura fradicia di una delle biforette dell'antico comando. «Chi mai può aver portato su questa stramba cosa?» si domanderanno. «Mi pare che ci sia stata una guerra da queste parti,» dirà poi uno dei due, ripescando vaghe reminiscenze nel fondo della memoria «combattevano anche su in cima.» «C'erano anche i maghi quassù una volta» risponderà l'altro incredulo. «A chi la vuoi raccontare?» «Così mi hanno narrato da bambino,» dirà il primo «ma non so poi se sia vero.»

«Corriere della Sera», 8 ottobre 1936

I sogni di guerra

Tutte le sante notti, da una ventina d'anni a questa parte, mi sognavo le montagne. Naturalmente non mi davano grande soddisfazione queste montagne; come succede sempre quando nel sonno si incontrano le cose amate. In cima alla parete c'era una casa, o il nevaio risultava fatto di tela bianca, o c'erano ostacoli alla partenza, o altre cose tristi. Tuttavia era un vantaggio: comunque fossero ridotte, le rivedevo ogni notte, le montagne pallide, grande amore, mai me ne distaccavo, mi trovassi nelle infime città o nei deserti, tutte le notti senza eccezione facevo lungo viaggio per andarle a rivedere, sia pure storpiate dal sonno; e quando dico tutte le notti dico sul serio, lunedì, martedì, mercoledì, ogni sera addormentandomi partivo verso le rupi calcaree corrose dai secoli, misteriose. Ed ecco, da un paio di mesi, qualcosa è successo. Da due mesi circa, giorno più giorno meno, mi sono messo a sognare le navi. In principio ci fu una specie di lotta. Mi trovavo per esempio sulla coffa di un bastimento da guerra ma invece di solcare le acque il bastimento procedeva sul ciglio di una cresta rupestre e intorno si aprivano le voragini. La montagna non si dava per vinta. Finché scomparve.

Non è norma di buona educazione, dicono, raccontare i propri sogni; la qual cosa riesce al prossimo fastidiosa. Ma dovete pure ammettere l'importanza del fenomeno di cui sopra. Per venti anni consecutivi – parola – sognare ogni notte le montagne e da due mesi non più. Adesso navi da guerra. Che cosa significa?

Sono strane missioni per mari strani, oppure la nave parte e io non riesco a imbarcarmi, oppure le altre navi partono e la mia no, raramente si avverano i desideri, per lo più casi bizzarri e inquietanti. Spesso arrivano aeroplani nemici. Questa notte per esempio ce n'era uno che ci volava rasente a fior d'acqua e non si era ben sicuri se fosse inglese o italiano, perciò nessuno sparava. Poi sono storie confuse che sarebbe impossibile ripetere.

Ora questi sogni navali non mi dispiacciono perché tra l'altro significano che la vita condotta da oltre un anno mi è un po' entrata nel sangue; la qual cosa dimostra di fronte a me stesso, se pur ce ne fosse bisogno, l'onestà con cui scrivo. Da oltre un anno vivo su navi da guerra e di notte le sogno. Eppure ciò vuol dire anche che una parte considerevole della mia esistenza trascorsa si è affievolita, cancellata via dalla guerra.

Qualcosa si è dunque rotto, una specie di incanto che pareva dovesse durare molto di più. Mi sembra quindi di averle tradite, le fedeli montagne nelle quali evidentemente facevo risiedere una eventuale felicità, crode battute dal sole o incrostate di ghiaccio, meravigliose. Non solo col corpo le ho dunque abbandonate: senza volerlo, di cuore rimpiangendole, e adesso cammino per mare su strani bastimenti da incubo alti centinaia di metri.

Oh devono essere ben forti queste navi per avere espulso dai miei sogni le gigantesche montagne. Pareti rupi bianche, ghiaioni, che razza di radici dovevate avere per rimanere con tale costanza dentro di me confitte; viaggi, malattie, ragazze belle, dolori non erano mai bastati a smuovermi. E adesso sono venute le navi e voi siete sparite; navi, navi, mare selvaggio, siluri, strambe battaglie, sì e no una minuscola rupe risplende sul fondo.

Tutto questo potrebbe sembrare un caso personale di nessun interesse, ma forse non è. Esso al contrario corrisponde a ciò che succede nel cuore di molti uomini, da quando è cominciata la guerra. I vecchi sogni – voglio dire – sono rapidamente caduti, dissolti in nulla, sogni che parevano eterni, tanto assidui e consistenti. E al loro posto sono adesso nuovi fantasmi, i quali emettono odore di polvere, odore di cannonate. Per me è stata questione di montagne e di navi, chissà per gli altri; ma certo la guerra si è infiltrata anche nel geloso dominio del sonno – che si riteneva inviolabile! –, vi è penetrata, scorrazza, è padrona. Alle immagini create liberamente dai personali cervelli ha sovrapposto la sua, uguale per tutti, potente; aerei, carri armati, sabbie, navi, granate, scarpe, mitragliatrici, bende purpuree, convogli, è sempre la stessa cosa, idea sola, pensiero unico, sempre lo stesso per tutti gli uomini implicati, alti o bassi, importanti o no, carichi di responsabilità oppure ignoti, umili, senza neppure un piccolo gallone rosso.

E alla sera che cosa succede? Appena le palpebre degli eserciti si chiudono estenuate, i vecchi sogni, quelli degli anni quieti, escono dalle città d'origine alla ricerca dei rispettivi padroni. Sono innocue storie di affari, volti di giovani donne, personaggi di famiglia o generici, sullo sfondo di paesaggi bonari. E ogni sera che viaggio! Continenti interi attraversano, e adesso si affollano sulla soglia di tormentate ridotte, di tende, di trincee, ai portelli corazzati delle torri marine. Fanno la coda, positivamente, per poter entrare e raggiungere i rispettivi padroni. Ma indietro indietro!, si sentono dire ogni sera, per voi non c'è posto, provate a tornare tra qualche tempo. Dentro le stanche fronti dei padroni dormienti altri sogni sono già penetrati, sogni di guerra, nati sul posto, che non devono fare lungo cammino. E sotto gli elmetti turbinano silenziosi fantasmi di navi, carri armati, aerei, e cose del genere, trasformati in figure bizzarre ed innocue ad opera di magia. Cosicché agli altri, ai sogni del tempo che fu, tocca fare ritorno; si sparpagliano sotto la luna, complottano un poco tra loro, tremano all'eco di detonazioni lontane, fuggono a precipizio verso le città natali, mai rassegnati.

Ogni notte riprovano ed è la medesima storia. Vengono dal nord a me nel buio le dilette montagne, oltrepassano le murate eludendo le sentinelle, urtano qua e là nelle brande dei marinai addormentati, finché trovano la porta del mio camerino. Ma io sto ancora leggendo. Ed esse in un angolo buio si mettono ad aspettare (le loro nevi si sciolgono un poco perché nella nave fa caldo). Solo quando spengo e comincio a dormire, finalmente mi si fanno attorno e una volta tanto sperano di aver fatto in tempo, di trovare libero il campo. Invece niente. Già le navi, i grigi bastimenti da guerra, turbinano dentro di me e mi terranno compagnia fino all'alba. Mi dispiace, montagne. Sembra una cattiveria ogni sera rimandarvi così, eppure non ce n'ho colpa. Provate a tornare; non dico stasera, né domani, promettervi questo sarebbe un tradimento. Aspettate qualche tempo tranquille, e poi provate di nuovo. Un bel giorno ritroverete via libera, spero. Nei miei sogni, chissà, tornerete a innalzare le vostre muraglie coronate di nubi e di sole. Ma in luogo della attesa felicità quella sera si formerà dentro a me – e chissà in quanti altri uomini – un sentimento amaro (così come quando le grandi cose hanno termine). Infatti dietro le altissime rupi resterà ancora, nel sogno, un pezzetto di mare, con una solitaria nave che si allontana. E io, dimenticando le montagne, resterò a guardare la nave. Allora vedrò sopra di lei splendere improvvisamente bandiere e bandiere, allora la riconoscerò, allora, il cuore battendo forte, invano la invocherò di ritorno.

«Corriere d'informazione», 6 ottobre 1941

Le Dolomiti non sono vecchie

«Non è stata un po' egoista la nostra generazione con le Dolomiti?» ci diceva un amico. «A quelli che verranno non gliele lasciamo un po' troppo consumate?» E non aveva tutti i torti, a prima vista. Anche le montagne si consumano, come tutte le belle cose della vita. Anche un quadro, una musica, un capolavoro letterario, se lo vediamo, ascoltiamo, leggiamo tutti i santi giorni dell'anno verrà tempo che non ci dirà più niente; la conoscenza a un certo punto li distrugge. Guai se si esaurisce il meraviglioso, se scompare quella specie di sorpresa che è la prima base del bello. Così son le montagne: pensate a una cima battuta in tutti i suoi versanti, creste, valloni, propaggini, che ogni sua rupe abbia visto passare l'uomo, che i suoi misteri siano stati completamente svelati; che ci importa più una montagna simile?

E il Cervino?, direte. Se c'è mai stata vetta percorsa in tutti i sensi, scalata da migliaia di alpinisti, donne, vecchi e bambini, descritta in ogni sua minima pietra, questa è il Cervino. Eppure si direbbe che gli uomini non ne siano stanchi. Vero. Ma il Cervino, come le grandi montagne occidentali, è la natura che non gli permette di invecchiare. Le alpi del ghiaccio eterno sono protette contro questa decadenza. Rinascono ogni giorno. Non passa ora, si può dire, che non si trasformino in qualche modo. Il canalone che stamane è facile, nel pomeriggio potrà essere addirittura assurdo, il cattivo tempo è in agguato, da un momento all'altro potrebbe scatenarsi la tormenta; e chi può prevedere ciò che faranno le invisibili artiglierie appostate lassù in cima, pronte a scaraventare giù valanghe di macigni? Ecco «vie» di ordinaria amministrazione, tecnicamente elementari, mutarsi in imprese diaboliche da forsennati, ecco scalatori famosi restar bloccati per giorni e notti su itinerari da novizi; e ci sono certi anni che molte pareti restano rigorosamente vietate anche ai più forti. Di giorno in giorno si rinnova infatti la giovinezza delle grandi montagne occidentali, interi eserciti possono passarci sopra e il giorno dopo esse si risvegliano più selvagge di prima, ogni traccia di passi cancellata sui bianchi canaloni.

Per le Dolomiti è diverso. Tranne che per le poche grandi pareti settentrionali spesso incrostate di ghiaccio, grondanti di stillicidi, battute da scariche di sassi, piene di roccia marcia, le Dolomiti non cambiano. Nella buona stagione è raro che il tempo si metta al brutto così di colpo; neve e ghiaccio sono un'eccezione. E quando ripetiamo una scalata a distanza di decenni, troviamo tutto intatto come lo lasciammo quel lontano giorno: il minuscolo appiglio nel passaggio delicato non si è deformato di un millimetro, a metà del camino c'è ancora quel pietrone in bilico che pareva dovesse precipitare giù ad un semplice soffio e invece è sempre là, al medesimo posto, sempre traballante, e la cengia dove bisogna traversare è coperta ancora di ghiaietta malfida, non è neppure crollato l'«ometto» che vent'anni fa avevamo improvvisato con quattro sassi per riconoscere subito la strada nel ritorno.

Identiche, di anno in anno, le Dolomiti. Ma intanto i loro grandi misteri sono caduti ad uno ad uno, le spaventose pareti che levavano il respiro solo a vederle non hanno resistito. Dovunque volga lo sguardo, le verticali muraglie sono state tutte umiliate; e se il pensiero di chi ha osato tanto ci desta ammirazione, è pur vero che queste rupi non ci fanno più tanta paura e ci sembrano meno belle di una volta. Alziamo gli occhi, facciamo segno con l'indice, ecco i primi salitori sono passati di là, dove si vede quella tacca rossa. E poi non le conosciamo troppo a memoria, non le potremmo disegnare ad occhi chiusi le famose guglie, Torri di Vajolet, Cime di Lavaredo, Campanile di Val Montanaia, Torri d'Averau, Punta Fiammes, Croda da Lago, Campanil Basso? Dove il loro antico orgoglio? Non è un po' come se vivessero ormai di rendita, nobili decadute, sulle glorie defunte?

Così parlava, pressappoco, l'amico pessimista. Senza accorgersi che, per la maggior parte delle Dolomiti, era successo proprio il contrario. Vogliamo dire che l'alpinismo portato alle ultime conseguenze, l'arrampicamento di quinto e sesto grado, per intenderci, la sconfitta di tutte le più perfide pareti, la tendenza a trasformare le rupi in una specie di palestra per uno sport pericolosissimo sì ma con tutte le caratteristiche dello sport, l'interesse esasperato per le massime imprese, il disinteresse per le cime facili e genericamente per le crode non consacrate da qualche «direttissima», tutta questa concentrazione di sforzi contro le rocche più dure da conquistare, anziché consumare le Dolomiti, ha impedito loro di invecchiare.

È successo infatti che grandi e piccoli alpinisti, sono andati alla ricerca delle cime difficili ed eleganti il cui nome suonasse bene in una conversazione tra iniziati. I grandi restarono attaccati per giorni e giorni sui vergini superstiti strapiombi, i piccoli, cioè i meno bravi, batterono le vie classiche dei più classici picchi. Le crode a due passi dalla carrozzabile, come Cime di Lavaredo e Torri di Averau, non conobbero più un'ora di riposo; e le cordate dei sestogradisti, che pure per la loro abilità avevano a disposizione una possibilità di scelta sterminata, proprio per il terrore del mediocre, si limitarono alle pareti che apparivano perfette e che per ciò stesso erano poche.

Intanto, senza che alcuno ci pensasse, le patriarcali e solenni montagne che non avevano paretoni a picco di mille metri né guglie di trecento, gli antichissimi valloni fuori mano che non potevano sperare in citazioni sui giornali, il mondo delle cime di «seconda scelta» invisibili dal fondovalle, non percorse da strade o da sentieri, non riprodotte sulle cartoline illustrate, questo umile e recondito regno del medio ceto dolomitico era lasciato in abbandono. Esse non erano eleganti, non erano di moda né registrate sul Gotha delle vertigini, non davano abbastanza soddisfazione, erano anzi scomode, sporche di ghiaie, lontane dai rifugi scarsamente postillate dalle guide turistiche. Gli occhi stavano fissi agli ossessionanti apicchi dove dei minuscoli omini procedevano con lentezza esasperante, metro per metro, appesi a chiodi inverosimili. E tutt'intorno, in una successione innumerevole di creste sfumanti via via nella bruma dell'estate, erano le selvatiche cime dai nomi dimessi e strani, povere di «insoluti problemi», rotte da cenge e canali, tutte a gobbe e crestoni; eppure qui la maestà dei silenzi e delle solitudini regnava con molto più splendore. Perché dalle rupi scheggiate ogni mattina dai martelli dei rocciatori i favolosi spiriti delle crode avevano finito per fuggire, ad uno ad uno erano stati sloggiati dalle fessure sospese a sghembo sugli abissi dove contavano di poter vivere indisturbati per l'eternità; al calar delle tenebre noi stessi ne vedemmo alcuni sgusciare a balzi rapidissimi di roccione in roccione, o volar via senza rumore, attraverso la notte, con le loro membra frastagliate simili a frange di nebbia, o spiccare balzi di cresta in cresta lasciando dietro a sé scie fosforescenti. E andavano a rifugiarsi nelle erme cittadelle dimenticate dagli uomini dove non c'era strepito di richiami, né grattare di cordate per ogni dove, né lanterne di bivacchi, né jodel trionfali sulle vette, ma soltanto si potevano udire i rumori rari e discreti di una vita senza impazienze, lo stridio di qualche gazza nei canali, uno smottare incomprensibile di ghiaie, uno scroscio di sassi in un remoto precipizio, l'eco, talvolta del torrente che l'aria portava su dal fondo della valle, il malinconico belare delle pecore dalla verde malga a mezza costa e in certi pomeriggi imprevedibili perfino il sottilissimo fruscio del tempo che si consuma.

Meno gente ancora che al principio del secolo frequenta questi angoli quasi proibiti che pur non sono chilometricamente distanti dalle strade degli autopullman. Dopo i primi esploratori nessuno è passato più benché le volenterose guide del Club Alpino registrino nomi, date, percorsi, imprese ormai da vecchio archivio. Chi si avventura più per i meandri delle Marmarole, chi all'alba va all'attacco di certi rustici paretoni che hanno il supremo torto di non essere geometricamente verticali, a chi viene in mente di bivaccare nella romantica Val dei Frati sotto il Duranno, chi tenta i mille sentieri rupestri dell'Agordino, dove un fantastico intrico di rupi si accavalla come scomparti di un mostruoso labirinto, chi sbuca sui cengioni bianchi delle cime di Fanis, chi ansima su per gli sfasciumi incombenti come un imbuto sul Lago Nero ai piedi della Croda dei Toni, o indaga sui segreti dell'alta Val Stallata, chi batte la sua picca sui ghiacci settentrionali dell'Antelao oppure col rumore dei suoi passi mette in fuga i camosci nelle inesplorate forre dei Feruc, meno percorse dall'uomo che i deserti estremi dell'Africa? Su tutto il Cadore dolomitico dominano questi grandi incanti. Lassù non ci sono è vero le arrampicate espostissime, al cui attacco si arriva in trenta minuti dal rifugio, spesso lassù ci vogliono quattro cinque ore di marcia su per ghiaie maledette prima di raggiungere le rocce. E le rocce non sono sempre l'ideale per un rocciatore novecento, può darsi che siano rocce vecchie e marce, e basta un niente per far crollare spaventose frane, può darsi che all'improvviso la parete si plachi in una scalinata di ghiaioni, il che dal punto di vista dell'ortodossia rappresenta una macchia deplorevole, può darsi che la via non sia rigorosamente determinata da una fessura ma che si possa andare su da una parte o dall'altra a piacimento e anche questo è una gravissima mancanza. Qui però risorge ben più forte la dimenticata gioia di tornare indietro nei millenni, di toccare luoghi che nessuno ha mai prima toccato dal principio del mondo, di sentirsi presi dentro a un'avventura, di dimenticare la città, lo sporco, i soldi, le miserie quotidiane.

Pensateci, diciamo, a questi nascosti paradisi quando sarete tra le Dolomiti. Il sentiero ben tagliato nella costa, con tanti cartelli indicatori e segni rossi e blu ogni cinquanta metri è probabilmente più comodo. Ma, una volta al bivio, fatevi un poco di coraggio e prendete la diversa strada; la quale si inerpica goffamente per greppi inospitali, ed è ripida e fa grandi giri viziosi e ogni tanto sembra smarrirsi tra le ghiaie e a un certo punto vi guardate intorno e non scorgete più il rassicurante tetto del rifugio, né la bianca strada del fondovalle, né alcun segno di esistenza umana, se non quella vaga traccia di sentiero che potrebbe essere anche soltanto il casuale resto di una antica cornice naturale o una pesta di bestie o un ingannevole segno tracciato apposta dagli gnomi per trarvi nel precipizio. Sì, allora in quel deserto, sorgendo dentro a voi un improvviso vile rimpianto per la placida casa col suo grigio tran tran di tutti i giorni, proprio nel momento che penserete con rabbia a noi che qui vi abbiamo così male consigliati, in quell'istante stesso conoscerete alla fine la montagna come deve essere, nuda e potente, chiusa nella sua sapienza senza fine. Su quelle crode innominate, prive di gloria, il cui nome non potrà strappare ai vostri amici lodi o meraviglia, sulle vecchie mobili crode che nessuna gara ha mai contaminato, lassù vi capiterà probabilmente d'essere felici, anche senza saperlo. Resistete dunque ai consigli delle guide che sono bravissime persone ma è umano preferiscano condurvi su per la celebre paretina ch'esse ormai conoscono come la propria casa piuttosto che su complicate crode dove non sono mai state (e ricordano solo come il loro nonno raccontasse vagamente d'esserci salito con due signori inglesi e mostrasse col dito dov'erano passati, in corrispondenza di quella lastra nera). Non lasciatevi lusingare dalla brevità delle salite, dal desiderio di uguagliare l'amico che le ha fatte dandosi tante arie.

Oppure, ci domandiamo, tutto questo lungo discorso significa soltanto che siamo diventati vecchi? Che le pareti dritte intersecate da itinerari d'alta classe ormai ci fan paura e di fronte a noi stessi, per evitarle, ci giustifichiamo con questi romantici rimpianti di montagne meno pretenziose? Che ormai quei vagabondaggi per le valli senza sentiero siano in realtà senza senso, come voler tornare per forza a un'epoca sepolta?

Anche questo ci domandiamo. Ma intanto, proprio adesso bianche nuvole passano lentamente sopra le cime senza eroi spostando le loro ombre viola su e giù per i burroni. E mentre noi qui nella calda città scriviamo e il tram cigola malamente alla voltata, lassù i pallidi giganti misteriosi stanno in silenzio.

«Le vie d'Italia», luglio 1948

Le nostre montagne non bastano più

Ancora, trent'anni fa, guardando dalle nostre alte valli le più grandiose e dirupate cime, potevamo dire: sì, l'uomo è bravo e coraggioso, su tutte le vette è riuscito a piantare la bandiera, però in fondo le ha vinte per raggiro, vincendole dal loro lato debole. Ma le muraglie, i baluardi, gli spaventosi spigoli che di quelle cime sono l'orgoglio e la massima difesa, quelli no l'uomo non ha salito e non salirà mai. E intanto, alzando gli occhi in su, si rimiravano con un vago brivido (come dinanzi ai capolavori più potenti) quelle folli architetture: facciate di cattedrali immense, pilastroni a perpendicolo, aeree torri pencolanti sul precipizio con sinistri baldacchini, tetre pareti incrostate di vitrei ghiacci verdi.

Questo pensiero ci dava piacere. Perché se è bello che l'uomo vinca la natura, guai se la natura viene sottomessa fino in fondo. Allora scompare ogni mistero e insieme ogni suo incanto. Così il sapere che su quelle rupi nessuno era passato né sarebbe passato mai ci consolava, in certo modo. Garantendoci che la montagna ci avrebbe sempre intimidito.

Oggi, invece, qualsiasi orrendo paretone si contempli, non possiamo più dire: di là non passerà mai nessuno. Si può anzi giurare che qualcuno è già passato. In pochi anni l'alpinismo ha fatto tali progressi che, almeno sulle Alpi, la parola «impossibile» non ha più senso.

L'epoca d'oro di questo balzo innanzi va dal 1925 al 1935. È l'età del «sesto grado», delle salite cioè al limite delle possibilità umane. Non era tanto che gli alpinisti singolarmente fossero diventati molto più agili, coraggiosi, acrobatici. Un ben più notevole progresso avvenne nella tecnica dei «mezzi artificiali»; per cui, sulla base naturalmente di un bel fegato, con l'uso appropriato di chiodi, corde, moschettoni, staffe, eccetera, si riuscì a superare perfino strapiombi sporgenti in fuori alcuni metri.

La conseguenza è questa: nello spazio di una quindicina d'anni *tutte* le grandi pareti vergini delle Alpi sono state vinte. Ricorrono qui i nomi della Civetta, delle Cime di Lavaredo, del Cervino, del Badile, della Marmolada, della Aiguille Noire de Peuterey, delle Grandes Jorasses ecc. Una delle ultime a cadere fu quella dell'Eiger, famosissima, nel gruppo della Jungfrau. E gli Italiani in questa strenua gara figurarono tra i primi.

Ora risalite pure qualsiasi valle delle Alpi, cercate pure gli apicchi più satanici, gli strapiombi più repulsivi, le rupi più bieche e assurde, esaminateli con tutto il vostro comodo; di là è passato l'uomo, potete far scommessa.

E se anche riusciste a scovare un bastione o uno spigolo superstiti, ammesso che abbiano un minimo interesse alpinistico, state pur certi che presto o tardi anch'essi capitoleranno. Un giorno o l'altro uomini come ragni si inerpicheranno lassù, lottando metro a metro; e per quei silenzi si spanderanno i metallici colpi di martello con quel loro suono eccezionalmente evocativo di vertigini.

Ne ha sofferto la montagna? Molto meno di quanto si potesse credere, per essere onesti. Sì, le pareti sono state vinte; però sono sempre così immense! Guardandole è così facile dimenticare che qualcuno le ha umiliate. La loro maestà non ne ha patito. Il passaggio di due-tre cordate non ha cambiato nulla. Tutto è rimasto identico, e identico per sempre resterà. E anche certe indignazioni per l'eccesso dei mezzi artificiali (negli ultimi anni, dove non c'erano fessurette in cui piantare i chiodi, si è giunti a scavare dei buchi con lo scalpello) possono sì giustificarsi, nella nostalgia dello stile «puro» di una volta, però in fondo sono esagerate: se si pensa a come siano pochi, relativamente, questi funamboli estremisti, a come le loro tracce si perdano nell'immensità delle pareti, a come siano gigantesche le montagne, a come sia ancora facile trovare lassù la solitudine.

Facile è trovare ancora la solitudine sulle patriarcali e solenni montagne che non hanno paretoni a picco di mille metri, negli antichissimi valloni fuori mano ignorati dalla letteratura turistica, non percorsi da grandi strade, senza colonnette di benzina, né alberghi, né rifugi, tra le cime che non hanno sagome eleganti a spigoli da far tenere il fiato, montagne faticose, scomode, lontane dai paesi, sporche di ghiaie e meravigliosamente tristi, dove in una successione innumerevole di creste sfumanti via via nella bruma, sorgono le selvatiche vette dai nomi dimessi e strani, povere di «insoluti problemi», rotte da cenge e da canali, tutte a gobbe e contrafforti, dove tuttavia la maestà del silenzio regna molto più potente, dove si sono rifugiati gli spiriti che le irriverenti voci dei rocciatori hanno ormai scacciato dalle rupi più famose.

Qui passano i pastori, e qualche sperduto cacciatore, e i corvi. Ma di alpinisti ne passan molto pochi. Si direbbe anzi che di anno in anno questi ermi paradisi siano sempre più trascurati. E passano degli anni, o dei decenni senza che alcuno tocchi quelle cime.

Ma qui non ci sono «sesti gradi» né fatti né da fare. E perciò i campioni non vi salgono. Gli incanti della solitudine non bastano, occorrono vie sportivamente remunerative. Perché fare quattro-cinque ore di cammino massacrante su per costoni quasi a picco infestati da mughi o ghiaie orrende per raggiungere l'attacco di un secondo o terzo grado? Perché dormire sul fieno delle malghe popolato di pulci o tribolare con la tenda se poi bisognerà combattere con rocce vecchie e marce da cui non potrà venire gloria?

Questi eremi stupendi non vedono che qualche strambo maniaco il quale non manderà mai al Club Alpino relazioni di scalate strepitose. Questi angoli segreti non entrano più nel gioco del grande alpinismo; il quale sulle Alpi si trova ormai a corto di nuovo repertorio.

La cronaca da sola parla. Negli ultimi dieci anni, esaurito il maggiore repertorio disponibile, ci sono state poche clamorose imprese, proprio per mancanza di «materia prima». I campioni hanno dovuto accontentarsi di ripetere le vie più scabrose, come quelle dell'Eiger, del Badile, della Marmolada, delle Grandes Jorasses, o di cercare rettifiche e varianti, o di assaltare le pareti marginali, i contrafforti, le propaggini minori. In realtà di intatto non resta che poco o niente. Quest'estate, e finora non risulta che ci siano riuscite, varie reputatissime cordate hanno posto l'assedio alla parete nord del Dru, nel gruppo del Monte Bianco, uno dei pochissimi residui «problemi», che sembra presenti ostacoli eccezionali anche se per grandiosità non sia certo paragonabile ai più insigni esempi della Civetta, del Badile e dell'Eiger.

Si possono anche immaginare, per dare sfogo alla sete di novità, imprese di stile barocco come quella di percorrere un massiccio tutt'intorno, cioè in continua traversata, sì da compiere il completo periplo, e questo orizzontalmente, a varie quote (Comici ne offrì un brillante esempio nelle Alpi Giulie), oppure con percorso a spirale dalla base alla cima. E qualcuno pensa ai tempi in cui il Club Alpino provvederà a smantellare con esplosivi le più classiche pareti, ormai troppo sfruttate, così da mutarne la struttura: vera fabbrica di verginità artificiali. Ma queste sono fantasie. Piuttosto si fa sentire sempre più intenso il richiamo delle ciclopiche montagne inesplorate che aspettano lontano, negli altri continenti; come le vette dell'Imalaia, ancora circonfuse da una paurosa aureola, sterminato arcipelago di picchi di fronte ai quali il Cervino è un nano; e che per la difficoltà d'accesso, la lunghezza degli approcci, l'estrema altitudine, le audacissime sagome, le spaventose bufere che vi impersano, offrono difficoltà da sgomentare. Si pensi alla tragedia del Nanga Parbat dove prima della guerra perirono i migliori alpinisti di ghiaccio che allora esistessero in Europa. Si pensi al crudele prezzo costata la recente vittoria francese nel gruppo del Davalaghiri, con la salita dell'Annapurna, la prima vetta superiore agli ottomila toccata dall'uomo. Vi partecipavano alcuni tra i più forti, se non i più forti, scalatori di oggi, e due di essi, Herzog e Lachenal, in seguito a una catastrofica tempesta di neve, si sono congelati mani e piedi e hanno dovuto subire gravi amputazioni. Questo per dire l'enorme impegno di preparativi, di attrezzatura, di allenamento, di spese, oltre che di prestazioni personali, che richiedono quelle montagne. Per cui ben pochi, finora almeno, possono progettarne la conquista.

Ma forse c'è qualcosa di interessante da fare anche in casa nostra, e molto più vicino di quanto si supponga. A due passi, proprio. Nell'interno del Duomo, per esempio, sopra l'altar maggiore, si innalza a piombo una parete agghiacciante per l'implacabile nudità di linee, che in cima pende in fuori, strapiombando. Più la si fissa, specialmente al crepuscolo quando in alto essa si perde nelle tenebre, più si resta affascinati. Bellissima, paurosa. Oserà uno tentarla?

«La lettura», 1950

Risparmiare al Cervino
lo scandalo di una funivia

Vogliono costruire una funivia che arrivi sulla vetta del Cervino. Fino a qualche mese fa pareva fosse solo una diceria maligna. Poi la notizia è stata confermata. Il fautore e animatore dell'impresa è l'ing. Lora Tutino, che ha già fatto nelle Alpi occidentali altre audaci funivie, come quella del rifugio Torino sotto il Dente del Gigante. La premessa tecnica sta già per essere realizzata; e consiste nella teleferica, gemella alla linea Plan Maison-Plateau Rosà, che dallo stesso Plan Maison porterà fin quasi al Colle della Forca (m. 3268) e dovrebbe essere pronta entro questa estate. Ma di per se stessa questa nuova teleferica, indiscutibilmente interessante per le magnifiche discese in sci attraverso il ghiacciaio della Forca, non aveva provocato allarme. Nessuno vi aveva indovinato una manovra tattica per poter poi dare il diretto assalto al «più nobile scoglio d'Europa» come diceva Ruskin.

Il Colle della Forca si trova proprio sotto il grande contrafforte che divide la parete sudest (quella che incombe sul Breuil) e la parete est. Di là con un balzo di circa 1200 metri la fune metallica potrebbe agganciarsi alle rocce della cima (m. 4478).

Alle prime voci fu un grido di indignazione in tutto il mondo alpinistico internazionale. Un ordine del giorno di protesta fu votato, nel settembre scorso, dai delegati dell'Union Internationale des Associations d'Alpinisme, su proposta del presidente D'Arcy. Nel marzo scorso il medesimo D'Arcy ha scritto personalmente, chiedendo assicurazioni, al CAI e al Touring Club; lo stesso ha fatto il presidente del glorioso Alpine Club britannico. Un altro appello è venuto, nell'aprile scorso, dal Consiglio generale del Club Alpino Italiano: il quale «depreca che alcuno possa pensare a un'azione che offenderebbe la tradizione e lo spirito degli ideali alpinistici; e dichiara che si opporrà con ogni mezzo alla deprecata iattura». Ma, che si sappia, queste voci sono andate a vuoto.

L'idea di raggiungere in mezz'ora, senza il minimo pericolo o fatica, la vetta del più famoso picco delle Alpi, circondato da una aureola leggendaria di terribilità e di morte, può sembrare a prima vista assai eccitante. Ma basta pensarci su un momento perché risulti disgustosa. E non è questione di retorica. Considerate come a poco a poco la vita moderna riduca sempre più lo spazio della fantasia, della libertà, della natura; come l'alta montagna sia uno dei pochissimi angoli superstiti dove l'uomo possa veramente respirare. Pensate quanto sia preziosa l'estrema riserva di bellezza e di poesia – perché aver paura di pronunciare la parola? – chiusa in quelle meravigliose solitudini. E fra tutte le montagne il Cervino è il re, il personaggio massimo, carico di innumerevole gloria e di tragedia, la rupe più selvaggia e affascinante, il simbolo stesso dell'abisso. È stato ormai scalato mille volte da gente d'ogni genere, perfino da bambini, da ciechi, da vecchi più che ottuagenari, non restano più né una parete né uno spigolo che non siano stati conquistati, eppure è sempre lui, stupendo e misterioso, quale lo vide Whymper la prima volta, novant'anni fa, restandone stregato.

Che cosa significherebbe ora piantarci sulla cima un belvedere panoramico con servizio di bibite, per turisti in scarpette da passeggio? È difficile dirlo qui a parole: o lo si capisce subito o è inutile far tanti discorsi perché vuol dire che manca tutta una parte di cervello. Ma è certo che sarebbe una nefandezza scandalosa. Basterebbe quel lungo filo, quasi invisibile in distanza, a deturpare senza rimedio l'intera conca di picchi e ghiacciai. (A un amico di Napoli che invece trovava magnifica l'idea il dott. Guido Bertarelli, consigliere del CAI, ha domandato: «Allora saresti anche favorevole a un bel ponte in cemento armato che andasse da Sorrento a Capri?». E quello non ha saputo che rispondere.)

Nelle polemiche è però buona regola immedesimarsi in chi è dall'altra parte. Ora, spassionatamente, vediamo un po' quale sarebbe la soddisfazione di farsi portar di peso fino in cima. Con la fantasia proviamo a fare il viaggio. Bene, siamo convinti che il gusto non compenserebbe l'oltraggio alla montagna. Contemplare da vicino, quasi sfiorandole, sospesi a un cavo di metallo, le spaventose e stupende prospettive di apicchi, di sdruccioli, di strapiombi, di precipizi fino allora riservate ai pochi che se le guadagnavano col rischio della pelle? Ma per il fatto stesso di poterle godere impunemente, esse *verrebbero svuotate di ogni loro poetica bellezza*, così come le tempeste degli oceani diventano indifferenti a chi le affronta su un bastimento di 50.000 tonnellate. Il panorama che si gode dalla vetta? Ma è risaputissimo che di tutte le visioni che si godono in montagna i panorami dalle massime cime sono le più insulse; perché la montagna salita non si vede, le valli si appiattiscono, e le catene intorno si confondono in scenari più o meno sempre uguali. Cosicché la vista dalla vetta del Cervino non si differenzia gran che da quella che si può avere da cento altri diversi punti panoramici. (Senza contare che sono rari i giorni in cui il capo del Cervino sia libero di nebbie.) La compiacenza allora di poter dire: «Eccomi qua, senza fatica, dove prima per arrivarci bisognava sudar l'anima»? Sì, questo è un ragionamento umano, non rivela però in fondo una gran miseria d'animo?

Ma l'ing. Lora Tutino, per battere in partenza le opposizioni prevedibili, ha avuto una trovata magistrale. E ha detto all'Aeronautica: «Se faccio la teleferica del Cervino, darò modo di installare sulla vetta una stazione per guidare la rotta dei velivoli nella traversata delle Alpi, dove, grazie appunto alla funivia, il personale necessario potrà restare anche nei mesi freddi. E si potranno così risparmiare molte vite umane». Ecco creato così, con molta abilità, un alibi morale a quella che, esteticamente e alpinisticamente, si presentava come una immoralità obbrobriosa. È innegabile infatti che un radiogoniometro installato sul solitario picco con una piccola stazione di radiotelefonia accrescerebbe di molto la sicurezza degli aerei che attraversano le Alpi, specialmente in pieno inverno.

Da parte sua l'Aeronautica non poteva naturalmente far prevalere, sugli interessi propri, interessi sentimentali e poetici a lei estranei. E ci consta che ha accolto favorevolmente la proposta. Un accordo sarebbe già stato stipulato; e ora si attende che il Consiglio di Stato si pronunci.

La mossa dell'ing. Tutino ha così spuntato molte frecce di coloro che avversano il progetto. E qui noi non abbiamo la competenza per entrare in una discussione tecnica. Con l'aiuto del semplice buon senso però si chiede: se una stazione radiogoniometrica è veramente necessaria alla sicurezza delle rotte aeree transalpine, come mai non è stata finora realizzata, magari in posti più facilmente accessibili del Cervino? Le grandi compagnie aeree italiane e straniere non vi potevano contribuire, dato il loro evidente tornaconto? È proprio certo che le sciagure come quelle recenti del quadrimotore indiano e di quello canadese sarebbero state evitate da un osservatorio come quello progettato? Come mai anche d'inverno gli apparecchi delle linee regolari passano su e giù per le Alpi giornalmente, senza che succeda alcun disastro? Non si può trovare, per il radiogoniometro, un alto colle o una vetta che non sia il Cervino e che non richieda troppa spesa (dato che in questo caso la Società delle Funivie di Cervinia non interverrebbe)? Una avaria, anche se temporanea, all'impianto non potrà causare una situazione insostenibile al personale bloccato sulla vetta? Infine: tenuto conto del rapidissimo progresso tecnico dell'aviazione, come escludere che semplicemente tra un paio d'anni – magari quando la funivia verrebbe inaugurata – il radiogoniometro non sarà diventato una trappola ridicola?

Ma qui conviene lasciare agli specialisti la parola. Da parte loro quanti vogliono bene alla montagna, e nella sola Italia son milioni, si augurano che il progetto vada in fumo; che la stessa presidenza del nostro Club Alpino faccia udire la sua voce; e soprattutto che l'incolumità del Cervino venga presa a cuore da De Gasperi, che è montanaro ed alpinista.

Personalmente poi confidiamo che i geni del Cervino intervengano con tutti i loro mezzi a ostacolare i lavori eventuali: con nebbie, pioggia, tormente, vento, fischi, ululati e terrificanti apparizioni.

E all'ing. Lora Tutino, senza alcun rancore, vorremmo infine dire: ci pensi, prima di legare quella corda alla testa del gigante venerando, ci pensi cento volte. Noi lo mettiamo sull'avviso. I grandi della montagna sono per lo più anime miti. Ma l'ing. Tutino non stupisca se essi verranno a tormentargli i sonni. Se alle due dopo mezzanotte gli spiriti di Whymper, di Mummery, di Carrel, di Guido Rey, lo tireranno energicamente per i piedi.

«Corriere della Sera», 23 giugno 1951

Non parlava inutilmente il vecchio generale degli alpini

S'inaugura il nuovo rifugio Schiara proprio sotto la grande muraglia: sarà una magnifica giornata. Se ne parlava da almeno trent'anni; lo Schiara per Belluno è la massima corona; da quella parte si apre la strada verso altri bellissimi gruppi di montagne, ma un punto di appoggio era necessario e pareva un po' vergognoso che non si fosse mai provveduto. Da Belluno la parete dello Schiara si vede in tutti i suoi particolari, quando ci batte il sole ha l'identico colore delle Dolomiti più famose: coi gialli appicchi, le sottili cenge orizzontali di ghiaia bianca, i tetri camini, e poi le crode nude e acuminate e, sulla cresta, la Gusela del Vescovà, l'esile guglia; in certi giorni sembra di vedere sulla cima un puntino nero e allora si dice: c'è appollaiata un'aquila.

A due passi da Belluno stava quella bellissima montagna eppure era lontana. Per arrivarci ai piedi, una fatica bestiale su per inverosimili sentieri e non ci voleva niente a perdersi. E la notte dormire dove? I pastori sono brava gente che non dicono mai di no. Ma la loro malga in località di Pis Pilon era veramente desolante. Così pochi gli alpinisti su per quelle rocce, poche vie nuove, nessun «sesto grado», grandi muraglie e spigoli rigorosamente verticali che ancora aspettano. Intanto si parlava di un rifugio. Progetto, ma dei soldi neanche l'ombra.

Dopo trent'anni i soldi sono venuti. E per questi è bastata una notizia sola: che il rifugio avrebbe portato il nome del VII Alpini alla memoria dei caduti del reggimento. Perché la patria del VII è Belluno e i soldati del VII erano della provincia di Belluno e adesso che il VII non esiste più, tutti da queste parti gli sono affezionati più di prima e vorrebbero rivederlo in piedi: molto più – e non esagero –, molto più che se si trattasse di una squadra di calcio. C'è poi un'altra ragione: che patria, sacrificio, memoria dei caduti e così via sono oggi notoriamente ridicola retorica, anticaglia da sbattere via; oggi sono retorica ma esattamente fino a quando ci si rifiuta di credere. Nell'attimo stesso che la gente torna a crederci, retorica non sono più, ritornano ad essere cose solide, dure, vere come i sassi o le locomotive. In questo caso per esempio: sono retorica i milioni raccolti fra vecchi alpini e alpinisti abitanti nelle città più lontane?

Ed ecco il giorno dell'inaugurazione. Peccato che ci sia una grande cappa di nebbia che nasconde la parete. Ma sarà bello lo stesso. Il rifugio assomiglia a certe antiche case cadorine di mura bianche sotto, di legno nella parte superiore. È lucido e perfetto come i giocattoli in vetrina. La porta è ancora chiusa e attraverso è steso un sottile nastro tricolore. Subito sotto il rifugio sprofonda il vallone e giù per il vallone si snoda la nuova mulattiera, un vero sentiero da inaugurazione tanto è bello, levigato con grandi tagli nelle rocce a picco, scalinate, aerei ponticelli: per più di tre mesi ci hanno lavorato i genieri della «Folgore» e gli artiglieri di montagna di Belluno. Tutto è pronto, da molti giorni i programmi stampati in verde sono giunti alle case dei «vecchi» del VII; a pagina due si legge l'elenco del comitato d'onore che comincia col generale De Castiglioni, del comitato esecutivo col generale Emilio Battisti, presidente. Un filo di vento fa ondeggiare i gagliardetti del Club Alpino e dell'Associazione Nazionale Alpini sporgenti dal balcone. Ogni tanto la nebbia sembra che si alzi ed allora si intravedono gli alti canaloni solitari e i piedistalli delle rocce, poi la nuvola scende nuovamente.

È appena l'alba e già la gente arriva. Da Belluno sono partiti in piena notte. Anche i ragazzetti, ragazze con le gambe nude (e poi si pentiranno amaramente per il freddo), alpinisti, cacciatori. Ma per lo più hanno il cappello con la penna. Alpini di due anni fa e alpini della guerra libica. Qualcuno non ha più trovato i vecchi scarponi e i calzoncini da montagna, da decenni forse la moglie li aveva venduti al rigattiere, perciò è venuto vestito da città con le scarpe basse da passeggio. Ha camminato adagio adagio perché non si ricordava più che a salire su per le montagne si facesse una fatica simile. E adesso pensa che probabilmente questa è l'ultima volta, in montagna non tornerà mai più, perciò si guarda intorno con uno strano smarrimento.

Poi, dietro la cappa di nubi il sole ha fatto il suo cammino e sono ormai le dieci. All'improvviso dal fondo del burrone sale un suono di fanfara. Anche marciando per quelle terribili pendenze gli alpini del Centro addestramento reclute e del Battaglione Feltre hanno tanto fiato da poter darci dentro nelle trombe. Sono ancora lontanissimi, però gli echi portano il suono fin quassù e, siccome non si vede nessuno, si ha l'impressione che la musica venga fuori dalle rocce, dalle sinistre torri che grandeggiano nella nebbia. Marciano gli alpini soffiando nelle trombe coi loro formidabili polmoni. Solo il tamburino non ce la fa a tenere il passo, è rimasto indietro e arranca lentamente in mezzo alle frotte dei borghesi.

Alle 11 i precipitosi prati intorno al rifugio formicolano di una strana folla. Sono migliaia. E a differenza delle adunate di città tutti in certo modo si assomigliano, l'alpino semplice a Sua Eccellenza il generale, forse è questione di essere saliti tanto in alto; più si sale più le diversità scompaiono; un giorno, infatti, quando faremo l'ascensione conclusiva non ci ritroveremo tutti eguali? Né i «veci» scorgendo i nuovi alpini vestiti all'alleata in cachi con le uose provano un senso di dispetto; questo perché riconoscono le facce. Le facce degli alpini non hanno risentito dei tempi, si sono mantenute fedeli alla vecchia marca di fabbrica, sono sempre le sane forti simpatiche e un po' sfottenti facce delle antiche penne nere; e portano ancora identica quella tranquillante espressione di solidarietà, di energia, di serietà (e vengono i brividi pensando quanti pochi italiani, adesso, per un motivo o per un altro facciano sul serio il servizio militare).

Ora su un acrobatico palchetto tricolore tenuto su da pali sotto uno strapiombo il cappellano monsignor Sartor recita la Messa. Sopra quell'altarino che non si capisce come mai non crolli, in una nicchia della roccia, brillano l'aureola d'oro e il manto azzurro della Madonna che il Papa ha regalato: la Madonna Regina Alpinorum. Tutta la folla è intorno con generali e colonnelli. Ma non ci dovrebbero essere anche gli altri, i morti del VII, quelli che a casa non torneranno più? Non è per loro tutta questa festa? E veramente, essi sono sparsi, a centinaia e centinaia, un po' di qua e un po' di là nel mondo, in Libia, sulle Alpi, in Africa, in Grecia, nella remota Russia, essi non sono più che povere ossa consumate, cenere, ricordo. Oggi, però, potrebbero venire. Qui non ci sono case e tranvai che diano fastidio, e i vivi sono tutte persone di famiglia. Qui si ascoltano le belle fanfare che dovrebbero essere un richiamo irresistibile. Ma, intorno, i canaloni sono deserti e quel lontano grido che viene giù da chissà dove l'ha mandato qualche ragazzaccio impertinente.

Al suono militare delle trombe ci fu l'alzabandiera, il generale Battisti tagliò il nastro tricolore alla porta del rifugio, entrò a vedere, constatò che era tutto sistemato molto bene, infine uscì sul loggiato e dietro a lui le autorità che in questi posti cessano di essere autorità propriamente dette per diventare soltanto uomini, giovani e vecchi, che hanno scalato e combattuto sulle montagne. Varie di queste autorità dissero brevi parole, il presidente del CAI bellunese Brovelli, il colonnello Luchitta, il vicesindaco di Belluno Sommavilla e il prof. Balestrieri presidente dell'ANA. Ma chi doveva parlare sul serio era il generale Battisti il quale per l'appunto così fece, con una sincerità e una forza straordinaria come se parlasse ai suoi soldati pochi minuti prima dell'azione. A vederlo fermo, col suo pizzetto biondo, il generale Battisti può forse sembrare un uomo appesantito dagli anni, dalle guerre e dalla Russia; basta che si muova o che parli diventa un altro, con dentro un'energia indomabile. Più d'una volta nel ricordare gli alpini morti, gli veniva un groppo in gola ma la sua voce riusciva a non tremare, veniva quasi in mente il generale Kutusov di *Guerra e pace*. Dinanzi a me, schierati, c'erano gli alpini di adesso, le fresche reclute, e vedevo benissimo che effetto potente facevano su di loro le parole del vecchio generale, essi avevano facce serie, senza più niente di spavaldo, era chiaro che facevano fatica a non piangere. Mentre parlava, il generale Battisti di tanto in tanto si sporgeva sulla balaustra guardando in su, verso la nuda montagna, forse nella speranza di vederli, quelli che a casa non torneranno. Ma quelli non risultavano presenti. Lassù non c'è che nebbia, solitudine, e i fumi accesi qua e là dai ragazzi fra i roccioni. Non erano venuti; e siccome una occasione migliore di questa non si sarebbe presentata più, veniva il dubbio che essi fossero veramente perduti, di un altro mondo inaccessibile, un puro vuoto ricordo senza alcun ragionevole costrutto.

Così la festa terminò e ben presto, avanzando il pomeriggio, la nebbia diventò pesante e scura, i primi gruppi cominciarono a discendere. Partirono verso il fondovalle i vecchi alpini venuti con le scarpe da passeggio. Capivano che in montagna non ci sarebbero tornati più. Poi se ne andarono anche gli alpini e le fanfare, ogni tanto dal basso saliva il suono entusiasmante delle trombe, ma sempre più lontano. Poi se ne andarono anche le cosiddette autorità che scendendo al piano sarebbero ritornate a poco a poco autorità sul serio. Infine anche il generale Battisti il quale prima di infilare il sentiero diede un'ultima occhiata in giro, se mai quelli si fossero decisi a comparire. Ma tutt'intorno era solitudine e silenzio.

Poi scesa anche la sera, i canti e i suoni si erano trasferiti laggiù in fondo, dove brillavano le luci di Belluno. Le erbe calpestate cominciavano a rialzarsi lentamente. Di vite umane non restava che una finestrella accesa nel rifugio dove il custode stava facendo pulizia. Poi si spense anche la finestra e restò nient'altro che il silenzio. Allora, per pochi minuti, mentre le ultimissime luci del giorno morivano, un po' di vento sollevò la nebbia, si scopersero di colpo i giganteschi costoloni dello Schiara e se un uomo con gli occhi aperti si fosse trovato là li avrebbe visti finalmente, quelli che dovevano venire. Sulle aeree mensole della grande parete, lungo le creste, sulla vetta dei torrioni, a migliaia erano schierati. Né c'era bisogno di fare l'appello nominale per sapere se ci fosse qualche defezione. L'intero reggimento era presente in tutti i suoi ranghi di morti, compresi i muli fedelissimi. Chi in uose del 1911, chi in fasce mollettiere, chi in uniforme coloniale, chi in cappottone siberiano. Ma in testa avevano tutti il cappellaccio con la penna e sul davanti infisso un piccolo «VII» di metallo (lucido ancora dopo tanto sangue!). Né si muovevano né cantavano né si capiva se fossero contenti o afflitti. Erano più taciturni ancora delle rupi. Probabilmente aspettavano che si facesse completamente buio. A mezzanotte sarebbero discesi a vedere la loro casa nuova.

«Corriere della Sera», 25 settembre 1951

Quarant'anni di palpiti per le mamme di Milano

Quattro soci del Club Alpino di Milano – il dott. Carlo Porta, Davide Valsecchi, i due fratelli Rossini – si sono messi in mente di costruire un grande rifugio quassù in località amena, detta Piano dei Resinelli, sul fianco della Grigna meridionale, o Grignetta, dove quelli della SEM hanno già una loro casa.

Questa Grigna meridionale è una montagna diversa dalle altre della Lombardia. In alto è tutta come un castello diroccato, irta di torri, campanili, guglie, pinnacoli stranissimi. Salire fino in vetta è facile, l'ascensione in sé non ha il minimo interesse. Ma ci sono tutte quelle fantastiche punte, e qualche pazzo ne ha già scalato alcune. Ora i suddetti soci del Club Alpino sostengono che la Grigna meridionale diventerà una palestra formidabile per gli arrampicatori essendo costruita esattamente come le famose Dolomiti.

La proposta ha persuaso. Naturalmente qualcuno della vecchia scuola trova che una spesa simile è una pazzia, che non bisogna incoraggiare quegli esercizi da funamboli, che si farà degenerare l'alpinismo e una quantità di bravi giovani ci rimetterà l'osso del collo. Ma già i soci promotori stanno raccogliendo i fondi e secondo le buone usanze hanno cominciato a tirar fuori soldi di tasca loro, solo in un secondo tempo sono ricorsi al prossimo (e Valsecchi è andato a battere alle porte degli altri soci, prima i più ricchi e poi quelli meno ricchi e tutti hanno dato qualche cosa tranne uno – un gioielliere dei più noti – e mai Valsecchi gliela perdonerà). Insomma si riesce a mettere insieme 67.000 lire e con 67.000 lire si può costruire addirittura una caserma.

Detto fatto, l'inaugurazione. Come rifugio è un capolavoro, da lontano può sembrare un grande albergo. In quanto al nome, siccome *magna pars* dell'impresa è il dott. Porta, nipote del poeta, niente di meglio che chiamarlo Carlo Porta. Nella sala da pranzo, che è bellissima e grande, tutta rivestita di legno anche sul soffitto, si è raccolto un mucchio di giovani soci, i quali pronunciano discorsi e si additano gli scavezzacolli che hanno osato ripetere la quasi leggendaria Cresta Segantini, o, ultime conquiste, il torrione Cinquantenario, la guglia Angelina, lo spigolo Dorn dei Magnaghi, mentre di tavolo in tavolo girano delle fotografie agghiaccianti di scalate.

Adesso voltiamo pagina. E nello spazio che noi scrivendo siamo andati a capo, sono passati quarant'anni, un bel tratto di cammino. Cosicché ci ritroviamo al mattino di domenica 21 ottobre 1951. I soci sono seduti ancora a tavola nella grande sala, che è rimasta identica con la sua rivestitura di legno, e si tengono discorsi. Qualcuno nel frattempo se ne è andato, altri nuovi sono apparsi, il presidente che siede a capotavola non è più Mario Tedeschi, bensì Mario Bello. E della vecchia guardia ecco Davide Valsecchi, il dott. Gandini, l'ingegner Mezzanotte, il rag. Murari, il dott. Grugnola, il decano dott. Civita, Pavan, Cagna, Porro e tanti altri.

In quarant'anni molte cose sono successe, in un così grande spazio uomini e donne hanno fatto in tempo a nascere, crescere, andare a scuola, innamorarsi per la prima volta, prendere la passione della montagna, salire al rifugio Carlo Porta, il mattino dopo partire per qualche guglia, precipitare, morire, diventare polvere, essere perfino dimenticati dai parenti e dagli amici: tutto questo in quarant'anni ci sta dentro e ancora ne resta un certo margine.

In quarant'anni il nome della Grignetta è diventato celebre, a Milano ha acquistato un suono anche più sinistro e minaccioso del Cervino. E gli alpinisti della Lombardia, che allora non sapevano quasi che cosa fosse dolomite, hanno in Grignetta imparato ad arrampicare, gli sbarbatelli che allora osavano sì e no alzare gli occhi alla Cresta Segantini, i Fasana, i Dones, i Polvara, i Binaghi, i Carugati, i Marimonti, i Contini sono diventati accademici famosi con decine di vie nuove su tutti i gruppi delle Alpi, e più tardi proprio da queste guglie, torri e creste, sono usciti alcuni dei massimi arrampicatori d'Europa, a cominciare da Cassin, cioè uno dei più grandi fenomeni che la storia dell'alpinismo registri, e poi Ratti, Esposito, Tizzoni, Dall'Oro, Gandini, Piloni, Valsecchi, Oggioni e parecchi altri, tutti figli della Grigna.

In quarant'anni nella foresta di pinnacoli non è rimasto neppure un metro quadrato di parete dove qualche matto non si sia preso il gusto di passare. L'epopea della Grignetta si è esaurita. Le vie che allora mettevano paura ora fanno addirittura ridere. E accanto ai mastodontici chiodi con anello piantati dai pionieri (arrugginiti, ma come tengono bene ancora) sono infissi, nelle fessure più pazzesche, i piccoli sottili scientifici chiodetti modernissimi del sesto grado in acciaio superleggero.

In quarant'anni migliaia di mamme, che non sono mai riuscite a guardare quelle corde, quei chiodi, quei martelli senza un doloroso batticuore, migliaia di mamme per migliaia di volte hanno fatto il segno della croce ai figlioli che partivano il sabato pomeriggio da Milano e li supplicavano «Ti prego non andare a fare la Cresta Segantini» perché la Cresta Segantini è per le madri di Milano una specie di mostro divoratore dei figlioli e i figli promettevano perché la Cresta Segantini era per loro uno scherzetto e in realtà andavano a tentare una via cento volte peggio. Migliaia di mamme per migliaia di domeniche non hanno avuto bene – in quarant'anni! – aspettando in palpiti la sera. E con la sera finalmente arrivava la liberazione (ma non sempre: certe volte invece del figliolo, alla porta si affacciava un suo compagno dall'aria stralunata e allora la mamma subito capiva che il figlio non sarebbe tornato più).

In quarant'anni il solitario Piano dei Resinelli è diventato una fungaia di rifugi, ospizi, colonie estive, ville, alberghi, c'è perfino un panificio e un'edicola di giornali e quassù arriva una strada carrozzabile che la domenica riversa decine di autopullman con risultati catastrofici per la decenza e per la pace. In quarant'anni molte rughe si sono scavate nelle facce che allora erano fresche e lisce, molti capelli se ne sono andati o da neri sono diventati bianchi. Tante cose dunque son successe.

Tuttavia le stesse facce, qui raccolte nel rifugio Carlo Porta, hanno pur sempre la onesta, chiara, energica espressione di un tempo, facce milanesi di puro vecchio stampo, gente insomma che lavora sodo e sa fare i suoi affari ma non ha mai tradito la montagna.

E al di sopra del rifugio, nonostante i chiodi piantati nelle rocce (sono così piccoli) la Grignetta è rimasta tale e quale, il minuscolo appiglio che sorresse il primo salitore, oggi sorregge nell'identico modo il suo nipote; per quanto baccano e urla e martellamenti e canti abbiano fatto gli uomini, la montagna non ha battuto ciglio, e questa appunto è la sua terribile forza misteriosa. Ora i «vecchi» passeggiano sul prato, lieti e un po' tristi, con strane giubbe e giacche a vento che da decenni non si usano più. Ogni tanto guardano in su, per abitudine, benché ci sia una tetra nebbia. E dicono: «Ti ricordi? Ti ricordi?».

«Corriere della Sera», 23 ottobre 1951

Salvare dalle macchine le Tre Cime di Lavaredo

Una buona notizia – ci hanno detto – per quelli che vanno in montagna sulle ruote. Nelle Dolomiti del Cadore si costruirà una strada senza precedenti; perché finora le strade dolomitiche passavano sotto le montagne e anche nei punti più alti come i valichi, ma per arrivare alle pareti ci voleva ancora un bel pezzo di cammino per boschi, forre, praterie, ghiaioni. Mentre questa nuova strada – che si prevede possa essere aperta per le Olimpiadi del '56 – entrerà propriamente fra le crode, nelle segrete intimità del loro regno, e non si tratterà di montagne da strapazzo, di dolomiti di secondo ordine, anzi saranno i picchi più famosi, carichi di gloria e di leggenda.

Da Misurina una strada carrozzabile (ricavata a poco a poco dalla vecchia mulattiera militare aperta durante l'altra guerra) porta al rifugio Caldart (ex Principe Umberto) a Forcella Longeres, metri 2320, sotto la Cima Ovest di Lavaredo. A suo tempo, l'arrivo delle auto fin lassù parve uno scandalo e venne da molti deprecato. Ma si era solo alla porta di quel mondo magico, all'esterno della formidabile fortezza. Più in là si andava a piedi. L'incantesimo si poteva dire salvo.

Domani invece, dal rifugio Caldart, le automobili saliranno ancora, costeggiando gli apicchi allucinanti della Piccola scavalcheranno la forcella Lavaredo (m. 2457) chiusa tra la Piccolissima e la Croda del Passaporto, taglieranno i ghiaioni che fasciano il Paterno e raggiungeranno il rifugio Locatelli (m. 2438). Di qui poi si progetta che la strada, penetrando in una delle più selvagge e impressionanti concentrazioni di guglie, torri, muraglioni, si spinga fino al rifugio Zsigmondy-Comici (m. 2235) sul quale incombe la Croda dei Toni con la parete nord sinistra e sghemba; quindi la strada scenderà in Val Fiscalina, uno dei siti più romantici del mondo, per raggiungere Sesto di Pusteria nel fondovalle.

Detto questo, non si è detto ancora niente, per chi lassù non c'è mai stato. Infatti le Tre Cime di Lavaredo, il vicino gruppo del Paterno, la Croda dei Toni, la Cima Uno con la celebre parete, la Cima Undici, la Croda Rossa di Sesto, la Cima dei Tre Scarperi (tutti nomi entrati nella storia della nostra guerra '15-18), queste superbe dolomiti tra cui ieri passavano pochi gruppetti di alpinisti e domani strepiteranno orde di auto e *motorscooters*, questi giganti non solo offrono di per sé spettacoli che non ce ne sono molti sulla Terra ma, a differenza di altri gruppi dolomitici, formano una specie di enorme roccaforte chiusa nella più severa solitudine, come è rarissimo nelle Alpi orientali. Quando viene a parlare delle Cime di Lavaredo, nella sua classica guida che per gli alpinisti è come la Bibbia del Cadore, Antonio Berti alza istintivamente il tono: «Siamo nell'empireo delle Dolomiti» scrive. «Sono tre enormi blocchi rocciosi, meravigliosamente regolari, che, da qualunque lato si guardino, sfidano nella loro bellezza qualsiasi confronto... Dal rifugio Locatelli, quando si adergono di fronte, lo sguardo si inchioda, percosso da stupore, sulla fantastica trinità, sulla divinità dolomitica suprema, erompente formidabile dal deserto sassoso... Sono là, enigmatiche come sfingi. La Piccola, piena di meravigliosa storia alpinistica; di fianco, in linea perfetta, le due gemelle più grandi, con quei loro strapiombi senza eguali...»

Lassù dunque passerà la strada. Ciò che oggi costa ore di fatica, si avrà con qualche litro di benzina. I «motorizzati» si fermeranno ad osservare con ironici sorrisetti di pietà – e non avranno bisogno di binocolo data la minima distanza – quei pochi disgraziati senza senno che ancora si ostineranno a inerpicarsi su per le muraglie spaventose. All'attacco della parete nord della Grande, sotto lo strapiombo smisurato, ci sarà un caffè con sedie a sdraio perché i turisti possano seguire i rocciatori senza la necessità di un torcicollo. Tra i ghiaioni, nel cuore del santuario, risplenderanno le colonnette di benzina, cartelloni giganteschi a gloria di dentifrici e carni in scatola rallegreranno gli occhi intimoriti dalla solennità cupa delle rupi, e non c'è dubbio che Forcella Lavaredo sarà il *clou* della tappa dolomitica del Giro, con premio di traguardo e sesquipedali scritte in minio inneggianti a Fausto Coppi (se ci sarà ancora).

Evviva dunque! Si lamenta, ed è voce sacrosanta, che le genti alpine siano abbandonate. Fatta eccezione per Cortina, il Cadore fa una vita grama. Una delle popolazioni più sane e belle del nostro Paese non sa come campare. E la strada delle Cime di Lavaredo – si afferma –, questa strada che diventerà famosa in tutto il mondo, porterà migliaia e migliaia di turisti. Al paragone, gli altri percorsi dolomitici spariranno addirittura. Verranno dunque forestieri in folla, si apriranno nuovi ristoranti, alberghi, chioschi, garages, eccetera. Molta gente insomma avrà da lavorare che adesso non lavora. È vero. Ma si può citare la storia di quel tale, che, il latte della mucca non bastando alla famiglia, ebbe la bella idea di macellarla. Sì, moglie e figli si ingozzarono di carne. E dopo? Verranno sì lunghissimi cortei di macchine italiane e forestiere, verranno franchi, dollari e sterline. E dopo? Si è sicuri che dopo il conto torni?

Ricordiamoci che più passa il tempo e il progresso tecnico dilaga e le città crescono e la vita è tiranneggiata dalla macchina, tanto più gli uomini sentono il bisogno disperato di fuggire, rifugiandosi nella superstite natura. La solitudine, i posti senza case e senza strade, i boschi, le montagne diventeranno cose preziosissime, più preziose che i filoni d'oro. Qui in Italia, a giudicare dagli umori generali, alla saturazione non si è giunti, pare, ma è fatale che ci si arriverà. E quel giorno si farà qualsiasi sacrificio pur di trovare un eremo. Ma sarà rimasto allora un posto simile?

Ricordiamoci che la natura vergine, come l'ha fatta Dio, sta diventando una autentica ricchezza. Di tale ricchezza le Dolomiti sono una miniera prodigiosa che il mondo sempre più ci invidierà. Ma se la si sfrutta ciecamente, per la smania di pomparne soldi, un bel giorno non ne resterà una briciola. Ci saranno sì ancora le montagne, ma deturpate, involgarite, istupidite, ridotte a mucchi di pietra senza senso. La strada, dicono, porterà dollari e sterline. Di questo passo perché non vendere in America i capolavori dei musei? Non fa proprio nessuna differenza.

Tutti ammettono che gli Svizzeri di turismo se ne intendono. In questo campo è fuor di dubbio che sappiano badare al tornaconto. Come mai allora mantengono apposta strette e malagevoli molte strade di montagna proprio nelle valli più famose? Come mai non permettono alle automobili di salire fino a Zermatt? Come mai stanno ora smantellando gli albergoni in cima al Righi? Sono scemi forse? O si lasciano guidare da ridicoli estetismi? Il fatto è invece che guardano lontano; e capiscono come il vantaggio d'oggi possa essere fatale in avvenire.

Le Dolomiti poi non sono colossi smisurati come il Monte Bianco o il Rosa, corazzati di ghiacciai, che possono «resistere» impunemente a una strada, a una teleferica, a un traforo. Relativamente, le Dolomiti sono piccole, sono delicate, basta poco a deturparle. Certo, se la strada verrà fatta, nei primi anni sarà un gioco esaltante scorrazzare in macchina nella selva di quei picchi favolosi, sembrerà una bellissima conquista. Però un giorno pagheremo il conto. Un giorno, quando le Dolomiti saranno tutte un autodromo, la loro poesia andrà a farsi benedire. E la gente preferirà la Svizzera; e i grandi alberghi resteranno vuoti.

Adagio – sentiamo dire a questo punto –, adagio coi sentimentalismi e con le critiche. Questa è una strada di interesse militare e di fronte a una motivazione così seria ogni obiezione automaticamente cade; la via diretta tra Misurina e Sesto è della massima importanza per alimentare quel bastione difensivo costituito dalle montagne stesse (dove del resto anche nell'altra guerra si cristallizzò il fronte di battaglia).

Se questo è vero, le discussioni cadono. A parte il dubbio che basterebbe una bombetta a interrompere il traffico per mesi (ma è il dubbio sciocco di un uomo della strada) non pretendiamo di entrare in merito a una faccenda così grave e delicata. Ma in tale caso, se la strada verrà fatta, non si può salvare ugualmente la montagna? Ci sarà sempre un rimedio semplicissimo; basterebbe che le superiori autorità vietassero il traffico civile.

Che illusioni, che ingenuità ridicola. Quando la strada fosse pronta, chi riuscirebbe a trattenere la frenetica valanga di arnesi a sei, a quattro, a tre e due ruote, ansiosi di far rintronare la maestà solinga delle crode? Con che vandalico entusiasmo l'immondo coro degli scappamenti devasterà i purissimi silenzi. Sotto le sdegnose rupi, nelle notti di luna, scintilleranno di luminarie al neon le «stazioni di servizio». Su per i canaloni tenebrosi, dove sepolte dalle frane le ossa di qualche alpino ancora giacciono, salirà il crepitio svergognato dei «due tempi», mescolato a echi di orchestrine. E uno dei più meravigliosi posti della Terra sarà per sempre rovinato.

«Corriere della Sera», 5 agosto 1952

Degna sepoltura

«Per dar loro degna sepoltura» si è subito sentito dire a proposito degli alpini scoperti sull'Adamello, chiusi nel ghiaccio, dopo trentacinque anni. Degna perché? Forse che quella avuta finora è stata indegna?

Che mentalità strana. Appena si è saputa la notizia, il primo pensiero – a giudicare dalle cronache – è stato quello di salire lassù, di rompere la meravigliosa bara, di estrarne i corpi intatti e di portarli a seppellire giù in pianura, affinché finalmente si trasformino in vermi, polvere e bruttura.

Ma perché? Allo scopo di onorare i santi, i re, i salvatori della Patria, si è sempre cercato di conservare, con complicate manipolazioni, le loro spoglie corruttibili. Gli egiziani facevano le mummie, i comunisti hanno imbalsamato Lenin, gli argentini stanno facendo lo stesso con Evita. Ma con gli alpini, questa volta, no. Anzi, il contrario. La montagna li ha miracolosamente preservati, gli ha procurato un sonno puro e silenzioso, nella massima serenità e bellezza che mente umana possa concepire. E non c'è stato bisogno delle miserande manipolazioni mortuarie che arrestano sì la decomposizione ma alterando i lineamenti, cambiando l'amato volto in un altro volto sconosciuto. Un prodigio che ha pochi precedenti ha detto al tempo: fermati, e l'ha lasciato là, immobile, sospeso sul ciglio dell'abisso dove intanto precipitavano giù, uno sull'altro, trentacinque anni.

Si può dire di più: a titolo di prova facciamo a gara nell'immaginare, per degli alpini morti in guerra, il sepolcro più splendido, nobile e geniale, in uno stile che vada bene a loro, e senza limiti di spese. Quale sarebbe il risultato? Né architetto né scultore, per quanto originale e ispirato, potrebbe sicuramente inventare una tomba meglio di quella che la natura ha fabbricato. Ed è la tomba che essi stessi, gli alpini, avrebbero di certo preferito.

Ebbene, no. Invece di pensare, se mai, a rafforzare la vitrea corazza che chiudeva i cinque corpi, a preservarla dal sole, a garantirne la conservazione, noi no; noi immediatamente si è pensato a profanarla, a estrarne i cinque alpini, a toglierli da quel sublime esilio e portarli giù con noi, nella comune miseria della polvere, della terra, del bitume e della sudicizia.

Perché dunque questo gusto di rovinare ciò che è bello, giusto e puro? Per sapere chi sono i cinque morti? Ma non facciamo ridere! Dopo trentacinque anni! Forse allora per la consolazione dei parenti? Ma se non si sanno neanche i nomi! E poi, anche ammesso che vivano ancora le madri e i padri e che costoro siano ancora capaci di piangere, non avrebbero detto loro stessi «Lasciateli lassù, che la montagna ancora li conservi»? Dovrebbero forse preferire che i loro figli, da gelide stupende statue di cristallo, si mutino in brandelli putrefatti?

Il fatto è un altro. Per quanto possa riuscire amaro a dirsi, per quanto gli uomini siano animati certo da ottime intenzioni, il fatto è che questi alpini, finché fossero rimasti chiusi nel ghiacciaio, sarebbero stati troppo incomodi. Essi non si potevano definire ancora morti. Diciamo pure; continuavano a far parte del mondo, a risultare ancora «in forza» al battaglione, continuavano a difendere la Patria. Erano vivi, e a noi quaggiù, sapendolo, dimenticarli era proibito. Ma gli uomini, e specialmente gli Italiani si direbbe, sono invece smaniosi di dimenticare e quando un eroe muore loro vanno dietro ai funerali, piangono un poco, presentano le armi ma tre giorni dopo non ne vogliono sentir parlare più. Si è impazienti di dimenticare coloro che hanno meritato bene della Patria, perché ricordo vuol dire debito morale e i debiti si preferisce non pagarli. Fin che rimanevano lassù, nella loro garitta di diamante, i cinque alpini continuavano a guardarci e quegli sguardi avevano forse una vaga luce di rimprovero.

Meglio toglierli di là, vero?, i bravi soldatini morti combattendo in quella strana guerra, così lontana che si stenta a crederci. Meglio portarli qui con noi, alla nostra bassa quota, seppellirli, sia pure tra bandiere e trombe, metterli a dormire sottoterra.

Dopodiché ci sarà permesso di dimenticarli subito. E andremo a dormire senza rimorsi di coscienza.

«Corriere della Sera», 13 agosto 1952

Decadenza delle Alpi

Il sentimento della montagna così tipico di questo secolo sebbene figlio del romanticismo sembra talora essere giunto alle estreme conseguenze e volgere quindi a un lento declino. È soltanto un'impressione personale? Potrebbe darsi. Si tratta di un movimento spirituale che sfugge a ogni statistica o misura. Ecco tuttavia osservazioni indicative.

Le Alpi, che questo sentimento hanno generato e alimentano sono «alpinisticamente» ormai esaurite. Impossibile trovare non dico una cima o una guglia vergine ma neppure una cresta, una parete, un contrafforte, uno spuntone secondario che non siano stati ancora scalati. È diminuito perciò il senso di mistero, di soggezione, di paura che le Alpi già incutevano; e di altrettanto è calato pure il fascino che derivava appunto dalla paura e dal mistero.

Ciò, notate bene, riguarda anche i non alpinisti che le cime le contemplano dal basso. Un classico esempio: il Cervino. Nella sbigottita ammirazione che la sua vista destava in passato c'era anche questo pensiero: «Sì, l'uomo si è inerpicato fino in vetta sfruttando il punto di "minore resistenza", ma chi mai riuscirà a vincere di petto quelle muraglie spaventose? Ecco la repulsiva parete nord incrostata di ghiacci lividi, il nero strapiombo a gobba del versante orientale, nessuno di là è mai passato, nessuno ci riuscirà a passare mai». Oggi invece potete fare l'intero periplo del celebre picco costeggiando il piedestallo. In qualsiasi punto vi fermiate e alziate gli occhi in su, là di sicuro c'è qualche via di salita. Logico che il prestigio del gigante ne sia rimasto sminuito. Arriviamo più in là: quando nessuno era ancora giunto in vetta, il Cervino «era più bello».

Altri fatti che sembrano abbastanza sintomatici.

– Negli ultimi decenni, nonostante la popolazione sia cresciuta, non si è avuto un corrispondente aumento di alpinisti se addirittura non sono calati.

– Mentre nugoli di turisti, con o senza *motorscooters* convergono d'estate ai rifugi alpini a cui porta una strada carrozzabile, o a una carrozzabile vicini, nelle capanne fuori mano che richiedono ore e ore di salita, passano giornate intere, anche in piena stagione, senza che si veda un cane.

– Se è cresciuto il numero dei «sestogradisti» cioè degli assi, minore di una volta – tale è la nostra impressione benché alcuni sostengano il contrario – è la schiera degli alpinisti medi, che si accontentano del secondo, terzo grado. E in genere i posti scomodi, anche se bellissimi, sono progressivamente disertati.

– Agli effetti della villeggiatura, la montagna estiva in confronto di venti anni fa, è assai meno di moda: e sempre di più trionfa il mare.

– La montagna è popolatissima d'inverno ma esclusivamente per lo sci. E lo sci sempre più preferito è quello di discesa sulle piste; dalle quali ben pochi si allontanano per fare traversate o ascensioni. Ora con lo sport della discesa il sentimento della montagna non ha nulla a che fare. Il Sestriere per esempio, che gode una meritata fama internazionale per il meraviglioso complesso di perfette piste servite tutte da impianti di sollevamento, è dal punto di vista panoramico, uno dei posti più insignificanti delle Alpi.

– Il mestiere della guida alpina, tranne in rari centri, è in netto ribasso; pochi color che riescono a cavarne tanto da viverne; tanto che parecchi l'hanno praticamente abbandonato; in certe valli le guide sono completamente scomparse.

Un altro sintomo di tutt'altro genere – e che a prima vista può sembrare un argomento in senso opposto – lo troviamo ora in un singolare libro apparso in questi giorni: *Nel silenzio dei monti* della giovane guida Gabriele Franceschini, che ha vinto l'anno scorso il premio letterario del Circolo artistico a Cortina (editore Cappelli).

Si tratta di un lavoro autobiografico anche là dove l'autore – trasposizione in fondo superflua – fa agire dei personaggi immaginari. I modi e gli argomenti non si discostano dal classico filone della letteratura alpina: per lo più ricordi di ascensioni, avventure in parete, salvataggi, figure di guide, rocciatori, pastori, montanari e così via. Ciò che è nuovo, al punto di costituire un documento psicologico, è lo spirito che dà aria alle pagine. Esso infatti ci sembra l'estremo limite a cui può spingersi l'amore alla montagna; dopo di che non resta che il tornare indietro o alla follia.

In sintesi si possono così ricostruire le successive fasi dell'amore per i monti. L'uomo scopre l'incanto della natura vergine. L'uomo ritrova nelle montagne l'ambiente più selvaggio e puro. L'uomo è tentato di dominare quella selvatichezza primordiale e contemplando le maggiori vette concepisce il desiderio di salirvi. L'uomo con tecnica primitiva conquista le montagne altimetricamente più importanti. L'uomo, affascinato dall'ignoto e dall'avventura, esplora e scala anche le vette minori. L'uomo trovando soddisfazioni nello sfidare i pericoli e nel vincere le difficoltà, cerca di raggiungere le cime per le vie più dirette ed audaci. L'uomo appagato dal superamento delle difficoltà in se stesse, sfida le strutture alpine più vertiginose proprio in quanto esse sembrano precludere una via (ormai il panorama di buona memoria ha perso ogni interesse).

L'uomo perfeziona a tal punto i virtuosismi acrobatici della tecnica in roccia o in ghiaccio, che l'«impossibile» non esiste più.

A questo punto parrebbe esaurita ogni successiva possibilità di progresso. Eppure Franceschini dimostra che l'evoluzione – almeno psicologicamente – può andare ancora oltre. Eccone i risultati: l'unica cosa al mondo per cui vale la pena di vivere è l'arrampicare in roccia, altro non esiste di importante, gli indicibili incanti della montagna si riassumono così nella stessa rupe che ne risulta addirittura deificata: un essere potente e generoso, degno di ogni sacrificio, che chiama a sé gli eletti e ne ricompensa l'amore con sovrumane voluttà. «Ho sentito che la roccia m'attira con forza inesorabile... La roccia è una padrona severa: sento che bisogna darsi completamente a lei o starle lontani. Essa prende completamente, non c'è una mezza misura. Sulla roccia un unico impulso mi prende, definitivo, completo di dimenticanza, di morte, di silenzio ininterrotto. Bisognerebbe essere completamente liberi per vivere o morir di quella vita.»

Tutto questo, posso garantirlo, non è un atteggiamento letterario. Franceschini è veramente un fenomeno di cui forse non esiste l'uguale. Egli non è di famiglia montanara. Figlio di un medico di Mantova ha fatto le scuole classiche fino all'Università. All'improvviso, giovanissimo è stato «toccato dalla grazia» e da allora si è dato alla montagna con un trasporto così totale e perentorio che un solo giorno passato lontano dalle crode è per lui quasi motivo di rimorso. Una notte, in rifugio, lo ho udito con le mie orecchie mormorare nel sonno profondo, quasi vaneggiando, la seguente testuale invocazione: «Roccia, buona roccia, patria breve, che io goda fino in fondo la tua rude bellezza!».

È guida sotto tutti i punti di vista insuperabile, ha fatto oltre novanta prime ascensioni, da solo ha ripetuto la famosa via Solleder, di sesto grado, sulla parete est del Sass Maor (là dove nei giorni scorsi una cordata è rimasta incrodata per tre giorni). Eppure – e questo è molto bello – trova una piena gioia anche in ascensioni modestissime. Certo, arrampicare gli è necessario come l'aria, se ne fosse privato non so se sopravviverebbe. E in tale sua passione senza freni – difficilmente concepibile trenta o quarant'anni fa – si può scorgere appunto l'estremo confine a cui l'amore della montagna può arrivare. Si è giunti insomma alla sommità della parabola; la quale proseguendo, rischia di dover discendere per forza.

Da questo esempio eccezionale si può trarre pronostici? Vorremmo dire che, dopo tali punte massime ci sarà un fatale moto in senso inverso e che a poco a poco gli uomini si disinteresseranno delle vette? Sarebbe forse esagerato. Certo le Alpi, storicamente parlando, hanno fatto il loro tempo, il loro ciclo si è concluso, ormai vivono di rendita.

Ma è anche possibile che un secondo ciclo si prepari, di cui ora è cominciato appena il prologo: il ciclo cioè dell'Imalaia.

Anch'esso avrà probabilmente le sue fasi successive a somiglianza di quanto è avvenuto sulle Alpi. E il giorno che, accorciate le distanze, reso facile l'accesso, organizzate le basi di quel fantastico regno di giganti, allora l'amore delle altezze avrà una potentissima ripresa, anzi ricomincerà quasi da capo. (*sic*) E nelle vecchie sedi del Nostro Club Alpino, tra le ingiallite fotografie della Regina Margherita alla Gnifetti e di Comici sugli strapiombi nord della Grande, un remoto vento venuto giù dal K2 o dall'Everest, porterà un soffio di giovinezza nuova.

«Corriere della Sera», 8 maggio 1953

Alta montagna

Da giovani il pensiero va continuamente a questa o a quella cima, a questa o a quella parete, di stagione in stagione sempre più difficili, dal terzo al quarto dal quarto al quinto, e, chissà, forse anche al sesto grado. Le dosi della felicità commisurate alla scala di Monaco. Ma, passando gli anni, viene il giorno che ci si volta cercando nei ricordi. E allora con stupore ci si accorge che le cose più belle lasciate dalla montagna dentro a noi – quei lampi, quelle fuggevoli visioni che al nostro cuore simboleggiano quasi il meglio della vita, e che risorgono qua e là, nei sogni notturni – non corrispondono alle difficoltà delle scalate. Ascensioni di severo impegno per cui una volta andammo orgogliosi sono inesplicabilmente svanite nel nulla. E restano invece, nitidissimi, altri momenti vissuti magari su rupi e ghiacci di modesta levatura: l'intimità segreta di un camino, l'imbuto assorbente di uno sdrucciolo che sprofonda nell'ombra, la nebbia che si ingolfa fra i fantasmi della cresta, la nicchia, il ballatoio, la pencolante cornice, quei luoghi così solitari e misteriosi. Non la vittoria importa dunque, alla resa dei conti, ma la oscura potenza di certe immagini in cui la montagna, non si sa come, ha concentrato per noi la sua magia.

Qui, appunto, mi sembra che stia l'arte del fotografo di montagna. Di là del problema tecnico, di là della sapiente inquadratura, fissare per sempre quelle rivelazioni poetiche. Nelle quali anche gli altri, che non c'erano, ritroveranno tuttavia un pezzo di se stessi. Ecco perché le foto di Emilio Frisia sono belle. Capita spesso di vedere sulle riviste di montagna delle fotografie stupende per giochi di luce, composizione, eccetera. Eppure non ci dicono niente, manca loro completamente il mistero. Ma in quelle di Frisia l'ineffabile senso della montagna c'è, e come. Osservate ad uno ad uno i pezzi raccolti in questa mostra. Non ce n'è uno che sia inutile, che cioè non ridesti in noi, magari da lontananze profondissime, ahimè di venti o trent'anni fa, una precisa e patetica risonanza. Frisia, beato lui, se la fa col sesto grado, cosa cioè di cui chi scrive, per esempio, non è stato mai capace. Però Frisia, nelle sue fotografie, non ci parla da sestogradista, da tecnico, da iniziato, egli ci parla da uomo sensibile e semplice, che vuol bene alle stesse cose e le intende alla nostra identica maniera. Proprio come un caro amico che, disceso da lassù, ci batta una mano sulla spalla e ci dica sorridendo: ti ricordi?

Recensione della mostra fotografica di Emilio Frisia, «Il tempo», s.d.

Sua Maestà il Cervino rivela i suoi segreti

Da qualche tempo, alla sera, prima di addormentarmi, leggo delle storie meravigliose. State a sentire, per esempio:

«... una seconda corda facilita una decisa traversata a d., dopodiché si risale il *vallon des glaçons* così chiamato perché quasi sempre le rocce sono coperte di vetrato (corda fissa). Dopo una cengia che porta a d. salire verso...»

Mi sembra di essere tornato ai lontani tempi di quando ero ragazzino, di tredici quattordici anni, e sognavo selvaggiamente le montagne e di notte stavo svegliato fino a ore pazze per leggere la *Guida alpinistica delle Dolomiti orientali* del Berti. Allora la immaginazione ricostruiva le scalate, moltiplicando forse gli abissi e gli spaventi, e quando si arrivava al *mauvais pas*, il cuore cominciava a battere, tanto forte era la illusione.

Io ero ancora troppo ragazzetto, e non avevo ancora amici che la pensassero come me in fatto di montagne, e le guide costavano troppo care, e mia mamma, naturalmente, all'idea di quelle folli pareti, al ricordo di tante disgrazie, cercava di domare i miei furori.

Cosicché, alla sera, coricatomi, prendevo in mano la guida del Berti, fantasticando, in una deliziosa esaltazione, momenti eroici e arcane punte di felicità che non avevo mai provato; in questa attesa, in questo desiderio, in questa cocente nostalgia, forse annidandosi il presentimento puro dell'amore.

E devo dire che quelle platoniche gioie notturne, quei precipizi, quegli scenari nudi e terribili che la mente costruiva non erano poi tanto inferiori alle gioie che assaporai più tardi, quando le leggendarie crode le conobbi di persona e la prosa del Berti mi si ritrovò dinanzi, trasformata in realtà di tetri camini che si rovesciavano in fuori, di vertiginose cenge, di lastroni nudi e impassibili che fuggivano in su, sempre più erti e inospitali, verso... verso che cosa? Era la giovinezza? L'avvenire? Il compimento dei sogni? La realizzazione dell'uomo?

Ed ora eccomi qui, nel letto con un libro in mano, a rinnovare quello stupido e bellissimo gioco.

Il fatto è che l'amico Francesco Cavazzani mi ha mandato il suo ultimo lavoro; che non è un libro di storie di montagna come i suoi *Uomini del Cervino*, o *La luce delle vette*. Stavolta si tratta di una classica guida alpinistica, intitolata *La Valle del Cervino*, pubblicata da Ceschina (tremila lire).

A sessant'anni, Cavazzani qui ci dà, con grande umiltà e coscienza tecnica, la più solida testimonianza del suo grandissimo e patetico amore, descrivendoci, metro per metro si può dire, le montagne della Valtournanche, o Valtornenche, come lui preferisce scrivere.

È quasi incredibile che non esistesse ancora una guida attendibile della montagna più celebre e affascinante del mondo. Quella di Vaccarone era ormai superatissima. Quelle straniere si riferivano soprattutto al versante straniero. Eppure il Cervino, anche per gli alpinisti più a terra, è sempre stato un faro. Come difficoltà tecniche, in buone condizioni, non è certo una scalata preoccupante. Perfino dei gatti ci sono arrivati in cima. Tuttavia il mito resiste. E non c'è appassionato di montagna, compreso il sottoscritto, il quale non desideri, prima di andare in pensione, di toccare la romanzesca cima.

Il libro, di 298 pagine, è costato quindici anni di lavoro. Per quindici anni Cavazzani, che è avvocato, ha dedicato tutti i giorni liberi al Cervino e alle cime che gli fanno corona. Personalmente, egli conta al suo attivo otto prime salite molto ragguardevoli, soprattutto sulle Grandes Murailles, sette scalate del Cervino, lunghe perlustrazioni con campeggi e bivacchi in zone altissime e selvagge.

Cavazzani, che pure sa scrivere con efficacia e gusto, non ha la pretesa di aver raccolto l'eredità di Guido Rey, che del Cervino è stato da noi il primo grande poeta. Nessuno dei «cittadini» però, dopo Guido Rey, ha amato tanto quelle vette, quelle rupi, quei ghiacci, nessuno vi ha dedicato tante fatiche, studi, fedeltà, ardimenti, ricerche, devozione.

Niente civetterie o indulgenze letterarie in questa guida. Però, come quella dolomitica del Berti, la si legge come un racconto. Perché c'è dentro un lungo e strenuo moto dell'animo.

Vecchio dolomitico come sono, non ho mai praticato le Alpi occidentali, pur rendendomi conto che sono le più grandiose, terribili e forti. Non sono in grado quindi di valutare la efficienza pratica di questa guida. Però conosco l'impegno e la serietà di Cavazzani, il quale, del resto, nella introduzione, ammette lealmente che gli itinerari indicati qualche volta possono essere inesatti. Benché battutissime dall'alpinismo internazionale, da circa un secolo, queste montagne non hanno avuto una letteratura adeguata. I salitori e gli esploratori sono stati, nella maggior parte dei casi, le guide. L'alpinista propriamente detto si limitava a seguire. Di qui relazioni spesso oscure, nebulose, vaghe o addirittura sbagliate. E per un controllo esauriente non basterebbe la vita di un uomo.

Giusto e nobile, al proposito, è l'omaggio che Cavazzani tributa alle guide: «Uomini non solo dotati di tecnica, ma profondi conoscitori delle loro montagne e dei relativi pericoli»; dallo storico Jean Antoine Carrel il Bersagliere a Luigi Carrel il Piccolo e Luigi Carrel il Grande; fino alle nuove generazioni dei Jean Bich, Camillo Pelissier, Leonardo Carrel, Pierino Pession.

Quelle montagne le conosco a memoria ormai, tante volte sono disceso in sci dal Plateau Rosà o dal Furggen. Da lontano però. La emozionante e indicibile intimità che le vette concedono a chi le conquista senza funivie o altri mezzi artificiali, io qui non l'ho mai assaporata.

Perciò, con in corpo un antico e inappagato desiderio, queste sere prima di addormentarmi leggo la guida di Cavazzani. Specialmente al capitolo Cervino. Il quale sarà banale, risaputo, logorato dalla celebrità mondiale, ma conserva misteriosamente intatta la sua favola grandiosa.

Come ai tempi che io ero ragazzino. Ma con questa amara differenza. Che allora, quando leggevo la descrizione della via Preuss sulla Piccolissima di Lavaredo o della Solleder-Lettenbauer sulla parete nordovest della Civetta, nel fondo del mio animo, sia pure assurda, c'era la possibile speranza che un giorno anch'io avrei potuto. Perché era la stagione quando l'orizzonte, lontanissimo, lasciava, concedeva le più pazze illusioni.

Ma adesso l'orizzonte non è più tanto lontano. Oggi il peso degli anni restringe le possibili speranze in un vicolo angusto. Il Cervino, questo fatidico picco carico di gloria e di sangue? Forse potrei farcela ancora, almeno dalla via normale. Ma i giorni passano così veloci, l'assillo quotidiano è tale, sono tante le telefonate, i fastidi, gli impegni, gli esaurimenti nervosi, le cretine angosce della città dove viviamo.

Neppure quest'estate. E probabilmente neppure l'estate ventura. Si rimanda, si rimanda. Finché sarà troppo tardi. E allora, seduto su una sdraio a Cervinia, guarderò in su al picco più famoso del mondo, poi riprenderò a leggere, sul testo di Cavazzani:

«Raggiunte alcune rocce gialle formanti una sporgenza, si scala la parete (in parte strapiombante) fino a trovare un posto che consente d'assicurare il compagno. Ancora a s. lungo rocce nere e verticali raggiungendo un chiodo che...» (cresta di Furggen).

Qui, stanco, chiuderò il libro. Sarà una serena notte di agosto. La luna. Di sotto, le automobili, quella instancabile voce, un coro di villeggianti ubriachi, una lontana eco di *juke-box*. Buonanotte Cervino, vecchio e mai conosciuto amico. Maestà, addio!

«Corriere della Sera», 28 luglio 1963

Ci porteranno in funivia sul monte più veloce del mondo

La grande funivia della Marmolada bellunese è una cosa già decisa. Quanti anni ci vorranno? Farò in tempo a sperimentare quella che sarà senza dubbio una delle più formidabili piste del mondo?

È Furio Bianchet, alpinista accademico sestogradista del celebre gruppo di Belluno, presidente del Club Alpino bellunese e dell'Associazione commercianti, che mi ha portato quassù a vedere i futuri posti della funivia. Dàgli e dàgli, Bianchet ci è riuscito, a quanto pare. Questa impresa fin da prima della guerra era un suo chiodo fisso. E allora sembrava una utopia. Lui non ha mollato. E adesso la sua idea, che un tempo era giudicata folle, sta per realizzarsi.

Sono con noi l'ingegnere Luigi Casagrande, che rappresenta un Gruppo elettrico dell'Alto Veneto principale finanziatore dell'iniziativa, l'ingegnere Arturo Tanesini, grande alpinista e tecnico di funivie internazionalmente quotato e il giovane sindaco di Rocca Pietore, Dino Riva, nella cui giurisdizione sorgerà l'impianto, anche lui entusiasta del progetto.

Subito sopra la conca di Malga Ciapèla, ancora immersa in una antica atmosfera pastorale, si innalza un gigantesco contrafforte con delle sghembe lastronate di roccia. Di là da questa grande quinta, a una altezza quasi inverosimile, risplendono, di perfetto incarnato dolomitico, le rupi della Cima Serauta. Subito a sinistra, lassù, una forcella listata di bianco.

Siamo sotto l'estremo lembo meridionale della famosa parete sud della Marmolada, una delle muraglie più classiche e potenti. Di là da questo sterminato bastione, appena oltre il ciglio di cresta, c'è il ghiacciaio. Non una grande cosa, intendiamoci, al paragone dei ghiacciai occidentali. È comunque il più importante delle Dolomiti e d'estate vi si fa scuola di sci.

Bene, lassù, fra due tre o quattro anni, non so, con dispiacere dei puristi – ma un dispiacere ampiamente compensato – vedremo una specie di castello; e un giocattolino andare su e giù, appeso a un filo sopra gli abissi.

Per poter misurare l'audacia del progettato lavoro saliamo un tratto su per i ripidissimi prati del versante opposto. Qui c'era un piccolo cimitero di soldati austriaci, caduti nell'altra guerra. Non tutte le salme sono state trasportate all'ossario di Pocol. Qua e là si notano nel prato delle piccole gobbe oblunghe: là sotto c'è ancora qualcuno che dorme.

Ecco il teatro della grande impresa. Laggiù, a Malga Ciapèla (m. 1450), sarà la stazione di partenza. Un pilone è previsto in cima al contrafforte che sovrasta la Malga. Un altro sui precipitosi fianchi del Piz Serauta. Superando un dislivello di 1425 metri, il primo tronco, di 2400 metri, approderà a Forcella Serauta (m. 2875) dove saranno le stazioni motrici e un rifugio-albergo, sede della scuola estiva di sci. Da Forcella Serauta, con un solo balzo di 1300 metri sopra il ghiacciaio, la funivia raggiungerà la Capanna Marmolada (m. 3250) poco sotto alla vetta minore della regina delle Dolomiti.

Chi conosce la funivia dell'Aiguille du Midi, sopra Chamonix, si è dovuto persuadere che in questo genere di lavori la parola impossibile ormai non esiste. Altrimenti ci sarebbe da dubitare forte che si riesca a lanciare sulle groppe di queste selvagge rupi pesantissimi cavi d'acciaio lunghi migliaia di metri e sopra questi cavi far viaggiare delle cabine capaci di 50-60 persone.

Arturo Tanesini infatti non sembra affatto spaventato dalle difficoltà tecniche. Il geometra Piero Alaria, specialista in questo genere di calcoli, ha già compiuto i rilievi necessari. Ora è soltanto questione di tempo; e di soldi, naturalmente. Un primo preventivo, forse eccessivamente ottimistico, parlava di 500 milioni. Comunque, a sentire i competenti, in un miliardo ci si resterà dentro comodi. E la spesa, a un profano come me, non sembra per nulla esagerata, se si pensa all'immensità dei lavori. Ci sarà anche da pensare alla strada da Rocca Pietore a Malga Ciapèla, ora alquanto rudimentale. Attualmente si passa per i Serrai di Sottoguda, celebrato «orrido» dell'Agordino. Per non contaminare questo romantico burrone, è previsto un nuovo tracciato che li evita. E poi, a Malga Ciapèla, sorgeranno come funghi gli alberghi, le ville, le stazioni di servizio e tutte le relative tristezze che spesso deturpano le alte valli ma che in contropartita permettono delle grandi gioie altrimenti impossibili.

Per gli sciatori – popolazione che ormai raggiunge le sei cifre – l'inaugurazione della funivia sarà una grande giornata. E sarà una grande giornata anche per tutto l'Agordino, una delle nostre più belle valli, che possiede le massime architetture dolomitiche (pensate allo spigolo dell'Agner, alla parete della Civetta, alla stessa Marmolada) ma non possiede ancora un centro di sport invernali. Si dirà: Malga Ciapèla è solo un angolo dell'Agordino, tutto il resto ne è interessato molto relativamente. Non è vero: l'esperienza dimostra che basta un forte impulso turistico in un singolo centro a ripercuotersi per un intero bacino montano.

A chi è stato a sciare in Marmolada sembrerebbe logico che una funivia partisse dal Passo di Fedàia, dove scende la pista normale. Ma, a parte il fatto che un tale impianto presenta, data la conformazione del ghiacciaio, problemi tecnici molto spinosi, non è dubbio che la «funivia bellunese» (per tre quarti la Marmolada appartiene a questa provincia) offre maggiori risorse. La pista che dalla Capanna Marmolada scende a Malga Ciapèla è molto più lunga e non meno brillante: dalla Capanna Marmolada sono ben 8 chilometri, 7 se si parte da Forcella Serauta. C'è poi da tenere conto che per i turisti senza sci, che si accontentano dei panorami, la trasvolata in fune dalla parte bellunese si prospetta nettamente più grandiosa e drammatica che da Fedàia in su.

La Marmolada (ora si sale in seggiovia da Fedàia fino al Pian dei Fiaconi e di qui bisogna procedere con le pelli di foca) è stata finora poco frequentata dagli sciatori italiani. È soprattutto in

Germania e Austria che gode grande fama. Data la pendenza e il meraviglioso dinamismo dei pendii la chiamano «la montagna più veloce del mondo».

A meno che nel frattempo non escogitino altri impianti ancora più spettacolosi, la «pista bellunese della Marmolada» sarà probabilmente il capolavoro delle Alpi. Esistono, è vero, altre grandi piste servite da mezzi artificiali di maggiore lunghezza: quelle che scendono dal Plateau Rosà e dal Furggen su Cervinia, per esempio, e quelle della Jungfrau. Ma la stessa Cervinia rischierà di impallidire di fronte alla Marmolada bellunese. Intanto qui la neve è esposta a nord e quindi migliore. Poi c'è la perfezione e la continuità dei pendii, dove i «cannoni» possono precipitarsi giù a velocità pazzesche e i più morigerati girare a destra e a sinistra con piacevolissimi e sicuri spunti di virate.

Una sola cosa vorrei raccomandare: che facciano presto. So bene: semplicemente impiantare i cantieri di lavoro su quelle altissime creste è una faccenda di mesi e mesi. Sarebbe idiota presumere che tutto venga risolto nel giro di una stagione o due. Però mi dispiacerebbe immensamente che il giorno della inaugurazione i miei sci fossero già in soffitta, a motivo dell'età. Piuttosto preferisco non essere presente. Confesso che morirei di rabbia.

«Corriere della Sera», 26 settembre 1963

Una eroica impresa di guerra celebrata alla Piccola Tofana

Al rifugio Dibona sotto i favolosi picchi della Tofana di Rozes, don Pietro Hoffmann, un giovane ed elegante prete di Cortina che nonostante il nome pronuncia il *Pater Noster* senza alcun accento tedesco, ha celebrato una messa al campo per gli alpini caduti lassù nella prima guerra mondiale.

Questo per suggellare il compimento di una singolare impresa: la sistemazione, mezzo secolo dopo, della celebre galleria del Castelletto scavata nel 1916 in sei mesi di tremendo lavoro per far saltare una gigantesca mina sotto le posizioni degli austriaci che occupavano la cima.

Il Castelletto è una turrita propaggine della Tofana che domina la strada del Falzarego. Facile capire quale importanza militare avesse.

A pensarci oggi sembra una cosa da pazzi. Realizzatori del terribile buco furono, agli ordini del colonnello Tarditi, i sottotenenti Eugenio Tissi ed Emilio Malvezzi. Il Tissi che, ferito da una schioppettata, fu sostituito nell'ultima fase dal sottotenente Mario Cadorin, è fratello di Attilio Tissi, il grande sestogradista italiano degli anni Trenta, morto in un banale incidente qualche anno fa scendendo dalla Cima Ovest di Lavaredo.

Già dopo l'ultima guerra Attilio Tissi si adoperò per rendere accessibile il vertiginoso tunnel, e vennero messi scalini e corde di ferro. Ma ben presto il passaggio tornò ad essere impraticabile, almeno ai turisti medi.

La nuova sistemazione è stata resa possibile, economicamente, dalla sezione del Club Alpino della Banca commerciale di Milano; in pratica, dalla passione delle guide di Cortina con a capo lo scalatore del K2 Lino Lacedelli.

L'altro ieri Lacedelli mi ha accompagnato a visitare lo storico pertugio, che fa una grandissima impressione per due motivi.

Prima di tutto si stenta a credere che, coi mezzi tecnici di mezzo secolo fa, degli uomini siano riusciti in un ambiente così aspro e selvaggio, sotto il continuo fuoco del nemico, tra mortali tormente di neve e orrendi disagi fisici di ogni genere, a portare a termine un lavoro tanto grosso e difficile.

Si resta poi impressionati perché percorrendo il ripidissimo tunnel si ha per qualche minuto la sensazione di rivivere quei tempi, diventati ormai leggendari.

In questo senso il riattamento della galleria è una cosa molto intelligente. Perché sui campi di battaglia, di battaglia di solito non esiste più traccia. Qui invece la guerra ha lasciato un'impronta indelebile.

La galleria del Castelletto è quindi una cosa viva, non un museo. Sia pure in condizioni di estrema sicurezza, il visitatore ripete l'esperienza degli alpini in guerra.

Si direbbe quasi che il tempo qui non sia passato e, quando si riesce all'aperto, violentissimo è il contrasto con le rupi intorno, dove della guerra non si vede più niente, anche se Lacedelli mi spiega che una volta qui la cresta del Castelletto si univa al corpo della Tofana di Rozes, mentre adesso esiste una profonda sella scavata appunto dall'esplosione.

Lino Lacedelli si è fatto più massiccio di quando lo abbiamo visto ritornare vittorioso dal Karacorum. Gli manca, per il congelamento, mezzo pollice, ma raramente capita di incontrare una manifestazione così totale e massiccia di energia fisica. La quale energia è al servizio di un animo forte e di una testa che sa il fatto suo; come ci si rende conto dopo dieci minuti di conversazione.

Per essere sicuro che le cose fossero fatte a regola d'arte, Lacedelli non ha voluto collaborazioni estranee. I lavori sono stati eseguiti personalmente dalle guide. E questa settimana verranno proseguiti per attrezzare una aerea cengia che dal Castelletto porterà al versante est della Tofana di Rozes: sarà una delle più brillanti ferrate delle Dolomiti.

Per visitare la galleria del Castelletto non occorre essere degli acrobati, ma un minimo di confidenza con la montagna ci vuole. Indispensabile poi una lanterna o una torcia elettrica, meglio ancora una di quelle lampadine che si mettono sulla fronte, come i minatori.

Il primo pezzo è una paretina che si supera con funi di ferro e scale metalliche. L'originale scala di legno esiste ancora in un ripidissimo diedro. Ma non conviene fidarsi.

La seconda scaletta di ferro porta a una doppia baracca ricavata in una caverna naturale. Una stanzetta era per l'ufficiale, l'altra per gli alpini. Non c'è più niente. Si immaginano le cuccette di allora, il tavolino con le scartoffie, la stufetta, le fotografie dei cari attaccate alle assi delle pareti, le intimità di quella assurda casetta.

Subito comincia la galleria, che a zig-zag risale il cuore della rupe per oltre cento metri con uno sviluppo di mezzo chilometro; l'ultimo pezzo ha un tracciato elicoidale. Il primo tratto, diritto, ha centottanta scalini di legno, quasi tutti nuovi; al lato destro un corrimano di corda metallica aiuta la salita. In cima a questa galleria si svolta a sinistra e si raggiunge una finestretta che dà su un precipitoso camino e che serviva per scaricare il materiale.

Vari cartelli spiegano: camera compressori Sullivan, camera compressori Inghersoll, galleria della mina terzo intasamento, galleria elicoidale della terza feritoia. Via via, il cammino si fa più ripido, tacche nella roccia sostituiscono i gradini, si comincia a sbanfare.

Si dice che nelle giornate di vento, l'aria ingolfandosi nel tunnel mandi strane voci. Si odono allora richiami e anche bestemmie degli antichi alpini. E anche le loro canzoni, alla sera. Sarà vero?

Si sbocca in parete poco dopo la selletta scavata dall'esplosione. La camera di scoppio, naturalmente, non esiste più. Furono impiegate trentacinque tonnellate di gelatina. Deflagrarono alle ore tre e mezzo dell'11 luglio 1916. Fu un finimondo. I vetri, laggiù a Cortina, tremarono e qualcuno andò in pezzi. Ventiquattro *Kaiseriäger* austriaci rimasero sepolti dalla cateratta di pietra. Altri cento furono narcotizzati dai gas dell'esplosione. Baracchette, postazioni, *blockhaus* rasi al suolo.

L'effetto immediato non corrispose completamente alle speranze. La parte alta della galleria, invasa dai gas, non si poteva percorrere. E il canalone tra Castelletto e Tofana, da cui si doveva sferrare l'attacco, era così devastato che tutto crollava intorno. Ma l'impegno bellissimo degli alpini – e qui va ricordato anche l'eroico maggiore Alberto Neri – superò con acrobazie e intraprendenza difficili a credere tutti gli ostacoli. Mitragliatrici sparavano dalla sommità di un difficilissimo camino, scalato con la guida valdostana G. Gaspard dal sottotenente Ugo di Vallepiana, cioè dall'attuale presidente del Club Alpino Accademico. Due giorni dopo, il colonnello Tarditi poteva comunicare: «Ho due cannoni sulla cima del Castelletto».

Dall'Averau, col binocolo, il re e il generale Cadorna avevano assistito alla memorabile azione.

Ma ora c'è un immenso silenzio. Dallo sbocco della galleria si percorre una cengia e poi giù in un canale di roccia e ghiaia. Il nuovissimo sentiero, sempre fornito di corde metalliche, riporta alla base del Castelletto sotto la forcella Col dei Bos.

Qui sono i ruderi di una distrutta cittadella, un tempo formicolante di soldati e annientati da cinquanta inverni. Tracce di baraccamenti, di camminamenti, di trincee, di reticolati, di minuscole casermette. Di umano, più niente. Soltanto alla forcella Col dei Bos, ai piedi di un piccolo cippo sono stati ammucchiati elmetti, gavette, pentole, cinturoni, scarpe di mezzo secolo fa.

La messa di stamattina non è riuscita ad essere triste tanto era lo splendore del cielo e delle immense pareti. C'erano, con Lino Lacedelli, l'assessore De Lazzer per il sindaco di Cortina, il maggiore Aversa direttore del corso di alpinismo del battaglione Cadore, accampato al Passo di Falzarego, con un plotone dei suoi alpini, il presidente del Club Alpino cortinese Bepi De Gregorio, il tenente Nobili dei carabinieri e, con una cinquantina di soci, Angelo Cavallotti e Nino Sironi dirigenti del Club

Alpino della Banca commerciale milanese, promotori dei lavori al Castelletto.

Poca gente, perché con una giornata simile quasi tutti erano in gita sui monti. Nessuno però arrampicava sulle tre vie di sesto grado dell'incombente Pilastro della Tofana. Alle preghiere scandite da don Pietro Hoffmann rispondevano dalle rupi intorno le voci dei corvi.

«Corriere della Sera», 26 settembre 1966

Si litiga nel Trentino per la funivia del Brenta

Si costruirà la funivia del Brenta?

Per questa impresa da parecchi mesi arde nel Trentino una polemica accanita. «Il Brenta è un vulcano» era un titolo a cinque colonne dell'«Alto Adige».

I protagonisti sono, da una parte, il finanziatore ingegnere Scipio Merler, trentino emigrato in Canada; il progettista ed eventuale costruttore Nino Graffer, fratello di Giorgio Graffer, grande alpinista e medaglia d'oro della ultima guerra; il sindaco di Molveno Livio Bonetti; il presidente della giunta provinciale ingegnere Bruno Kessler; e la democrazia cristiana.

Dall'altra stanno il dottor Giovanni Battista Monaumi, presidente della sezione trentina di Italia Nostra; il dottor Francesco Borzaga, segretario della stessa sezione; la società alpinisti tridentini; il partito repubblicano; il partito socialista; e adesso anche un comitato sorto a Madonna di Campiglio.

Ho sentito qualcuno paragonare questa polemica a quella per l'autostrada a Cortina d'Ampezzo. Non c'è invece alcuna analogia. A Cortina interessi sentimentali o, meglio, di moralità paesistica, si opponevano a interessi esclusivamente materiali.

A Trento si ha, al contrario, un paradosso abbastanza commovente. L'interesse che muove tutti quanti, nella diatriba, è soprattutto l'amore per la propria terra, inteso, è ovvio, in modi differenti.

La storia in un certo senso è cominciata una quindicina d'anni fa quando il giovanissimo Scipio Merler trasmigrò in Canada in cerca di fortuna chiedendo a suo padre soltanto cinquecento dollari per comperare una macchinetta iniettatrice di cemento. Nel giro di dodici anni quei cinquecento dollari diventarono tre miliardi di lire.

Ritornato per una vacanza a Trento due anni fa, il Merler, sempre affezionatissimo alla sua terra, incontrò l'amico Graffer a cui disse che gli sarebbe piaciuto fare qualcosa di utile e di intelligente per il Trentino.

«Vuoi un'opera che faccia vivere il tuo nome, da noi, per almeno tre-quattro generazioni?» rispose subito Graffer. «Te la dico subito io. Costruisci una funivia che da Molveno porti nel cuore del gruppo del Brenta, al rifugio Tosa. Valorizzi turisticamente uno dei più stupendi massicci dolomitici; e dai un nuovo soffio di vita a Molveno che, da quando il suo celebre lago viene sfruttato e sconciato dallo sfruttamento idroelettrico, ha visto ridursi la sua stagione estiva da cinque mesi a cinquanta giorni.»

Sarebbe estremamente lungo riferire tutti i successivi episodi. Fatto è che, entusiasta dell'idea, Merler si dichiarò pronto a finanziare in proprio l'impresa che si prevede costerà un miliardo. E nel marzo dell'anno scorso, Molveno approvando in pieno, si cominciarono i primi lavori.

Apriti cielo. Appena diffusa la notizia, ci fu una insurrezione: di Italia Nostra, sempre sulla breccia là dove i valori naturali, artistici e della tradizione corrono pericolo; degli alpinisti della SAT che vedevano minacciato da una invasione di massa e da uno sfruttamento industriale il loro santuario; quindi del museo trentino di storia naturale, del partito repubblicano, del partito socialista, di varie associazioni culturali e di singoli cittadini.

Lettere aperte, ordini del giorno, dibattiti pubblici, rivelazioni, attacchi e contrattacchi sui giornali, colpi di scena in un senso e nell'altro; finché nella primavera scorsa – la prima teleferica di servizio era stata già impiantata – il professor Nicolò Rasmo, sovrintendente alle Belle Arti, intervenne ponendo il veto. I lavori furono interrotti e il Merler, alquanto scoraggiato, se ne ritornò in Canada, dove è rimasto finora.

Si è avuta allora, il 6 aprile, la «marcia su Trento» della quasi totalità della popolazione di Molveno, compresi vecchi e bambini. Erano in cinquecento, venuti a bordo di autobus. E hanno sfilato compostamente per la città issando cartelli che ad esempio dicevano: «Non ci avete dato mai niente, dateci almeno la funivia», «No alla funivia uguale a fame», «Oggi si chiede domani si spara», «Fate che i nostri padri ritornino dall'estero». (Il giorno prima l'esecutivo provinciale della DC si era schierato dalla parte di Molveno.)

In senso opposto, il mese successivo ha visto la pubblicazione di un «libro bianco» del partito repubblicano intitolato *Il Brenta... per un pugno di dollari* con la cronistoria obiettiva della vicenda e i punti di vista delle associazioni ed enti contrari alla funivia. Nel frattempo Italia Nostra aveva presentato la proposta per l'istituzione di due parchi naturali protetti, il primo comprendente il massiccio del Brenta, la zona di Tovel e la Val di Genova, il secondo comprendente le Pale di San Martino e la foresta di Paneveggio; proposta che veniva accolta dalla provincia.

Attualmente le cose come stanno?

In data 26 giugno un telegramma informava il sindaco di Molveno che il ministero, su conferma del consiglio superiore delle Antichità, aveva approvato il progetto della funivia.

Inoltre sta per essere sottoposta al consiglio provinciale e con ogni probabilità approvata, la seconda e definitiva versione di un piano urbanistico provinciale il quale comprende sì l'istituzione dei due parchi naturali ma comprende anche la famosa funivia.

Anche se questo piano verrà approvato, la questione però non sarà risolta. Italia Nostra vanta addirittura un arsenale di argomenti per impugnarne la validità.

In quanto ai repubblicani, hanno fatto sapere che, se il piano venisse approvato, lo contesteranno, chiedendone la ripulsa da parte del governo e, se occorresse, ricorreranno alla Corte costituzionale. In caso estremo, a quanto si dice, repubblicani e socialisti sarebbero pronti a provocare una crisi nel governo regionale. Sarà vero?

Ora, per quello che può intendere uno fuori della mischia come me, andato sul posto a vedere, e ad ascoltare le varie campane, le cose si presentano in questi termini.

Non si può parlare di deturpazione del paesaggio, specialmente se l'arrivo della funivia, a 2500 metri, alla Bocca di Brenta, verrà fatto in caverna.

Ma è innegabile che la funivia, scaricando lassù trecento persone all'ora, contaminerà l'incanto e la solitudine dell'ambiente.

Sciisticamente, la funivia ha limitato interesse. Dalla stazione intermedia (località Massodi, m. 2200) in giù, come riconosce lealmente lo stesso Graffer, una buona pista non è concepibile per la conformazione del terreno; dalla stazione d'arrivo a quella intermedia invece ci sono dei pendii favorevolissimi, paragonabili a quelli di Pomedes, a Cortina d'Ampezzo. Comunque, un grande avvenire da questo punto di vista la funivia non potrà averlo.

E quali sono le prospettive economiche? I pareri sono difformi. Nessuno però, neppure i più accesi sostenitori, pretende che possa essere un affare d'oro. Quasi di certo sarebbe un fallimento se, come alcuni suggeriscono per limitare l'offesa alla montagna, la funivia si fermasse ai Massodi.

Un aspetto preoccupante è la futura presenza lassù di centinaia, migliaia di turisti del tutto digiuni di roccia, i quali si avventureranno per i molti sentieri alpinistici tagliati sui fianchi di quelle crode, sentieri meravigliosi, attrezzati con corde e scale metalliche, però esposti e vertiginosi.

Ma il più grave pericolo, come dice il dottor Monaumi di Italia Nostra, non sta nella funivia in sé. Il guaio è che la funivia potrà diventare il sasso che muove la valanga: valanga di altre funivie, seggiovie, sciovie, ristoranti, alberghetti, posti di ristoro, eccetera, così da impestare per sempre quelle stupende montagne.

Una conclusione? Forse buon profeta, col suo realistico e sorridente scetticismo, è il dottor Marco Franceschini, alpinista accademico, che ha al suo attivo parecchie memorabili imprese anche sul Brenta. Egli dice: «Inutile fare i donchisciotti. Bisogna difendere delle posizioni sostenibili. E certi sviluppi non si possono evitare. Poi adesso sono in vista le elezioni e tutti sappiamo bene come vanno queste cose. Mettiamoci l'animo in pace; piaccia o non piaccia, la funivia si farà. Battiamoci piuttosto con tutte le nostre forze perché la montagna non vada completamente a remengo».

«Corriere della Sera», 8 agosto 1967

La mia Belluno

Bisogna che mi decida finalmente a scrivere qualcosa sulla terra dove sono nato. Ne ho la voglia da parecchie centinaia d'anni, ma non riuscivo mai a partire. Perché si dà questo curiosissimo caso: se qualsiasi italiano di qualsiasi regione proclama che la sua terra è stupenda e che ci sono meravigliosi monumenti e meravigliosi paesaggi e così via, nessuno trova niente da dire. Ma se io dico che la mia terra è uno dei posti più belli non già dell'Italia ma dell'intero globo terracqueo, tutti cascano dalle nuvole e mi fissano con divertita curiosità. La mia patria infatti si chiama Belluno e benché sia capoluogo di provincia, vado constatando da decenni che quasi nessuno, tranne i bellunesi, sappia dove sia (e molti anzi ne ignorano perfino l'esistenza).

Intanto, per cominciare, quei pochissimi che credono di saperne qualche cosa, si sbagliano due volte. «Ah, Belluno!» dicono immancabilmente. «È in Frìuli, vero?» E invece non è vero niente. Perché non si dice Frìuli, prima di tutto, ma Friùli, con l'accento sull'u. E soprattutto perché Belluno non si trova affatto nel Friùli. (Il quale corrisponde alla vallata del Tagliamento mentre Belluno è sulla riva del Piave.)

Altra cosa mortificante. La maggior fama della mia terra presso gli italiani è di essere un vivaio di ottime donne di servizio. Balie, bambinaie, cameriere, domestiche, serve: ecco la gloria della contrada che mi ha dato i natali. Distantissimi seguono, quali celebrità, Gerolamo Segato il pietrificatore dei cadaveri, il dottor Pagello amante di George Sand e Papa Gregorio della

Colomba, nell'ordine. Ma sono rinomanze assai esigue, per la verità, ristrette all'ambito delle persone cosiddette colte. Cosicché, nella mente dell'italiano medio, la parola Belluno fa sorgere soltanto due idee: il Frìuli, con l'accento sbagliato. E le serve. Per il resto, zero via zero.

Il fenomeno non è dovuto a cattiveria degli italiani. Ma alla stessa situazione geografica. Perché a Belluno ci passa d'inverno e d'estate un mucchio di gente, ma pochissimi si fermano. La grandissima maggioranza manco rallenta per dare un'occhiata: ci sono le Dolomiti che aspettano, più su, e non c'è da perdere un minuto.

È stata questa faccenda delle Dolomiti e di Cortina a tenere in eclisse il bellunese. Immaginate, per fare un esempio calzantissimo, che nella casa abitata da Marilina Monroe ci stia un'altra magnifica ragazza, non spettacolosa proprio come Marilina ma anche lei coi suoi meriti, e sotto certi aspetti, anzi, forse più schietta e perfino più interessante. Ma chi se ne occupa? Chi la conosce? Per il pubblico quella è la casa della Marilina. E basta.

Ora se c'è uno ch'è infatuato delle Dolomiti, è proprio colui che qui scrive. Le Dolomiti sono, del resto, una delle cose più belle del creato e Cortina d'Ampezzo di gran lunga il posto da sci più splendido, divertente, allegro e chic di tutti i continenti, Svizzera compresa. Ma per questo deve essere completamente dimenticata Belluno che delle Dolomiti sta proprio alla porta?

Intanto, per mettere i punti sugli i, cominciamo a dire che le Dolomiti ci sono anche a Belluno e non Dolomiti di scarto. Lo Schiara, che sta proprio sopra, ha un fior di parete con dei colori meravigliosi assolutamente all'altezza delle più famose crode. E dalla cresta spunta, graziosissima, la Gusela del Vescovà, o Ago del Vescovo, cioè una bellissima e arditissima guglia, monolito di quaranta metri. Poi ci si gira e si vede in fondo alla valle il Duranno, con un'altra grande parete. E poi si dà un'occhiata dalla parte opposta e fra le dirupate quinte delle incombenti Prealpi si intravedono le famose Pale di San Martino. Ma adesso basta con queste citazioni da Baedeker. Si faceva solo per dire.

Certo, benché ne abbia di bellissime, Belluno non significa Dolomiti. Ne conveniamo onestamente. Belluno e la sua valle hanno tuttavia una personalità speciale che gli dà un incanto straordinario ma di cui pochi per la verità si accorgono. Perché? Perché nella «Val Belluna» c'è una fusione meravigliosa e quasi incredibile fra il mondo di Venezia (con la sua serenità, la classica armonia delle linee, la raffinatezza antica, il marchio delle sue architetture inconfondibili) e il mondo del Nord (con le montagne misteriose, i lunghi inverni, le favole, gli spiriti delle spelonche e delle selve, quel senso intraducibile di lontananza, solitudine e leggenda).

Ora ecco qui alcuni dei connotati a me più cari.

LE CASE. In città, ripetiamo, hanno l'aria classica di Venezia, quella che si ritrova in tutti gli antichi centri già appartenuti alla repubblica. In piccolo, imitazioni ed echi più o meno lontani dei famosi palazzi sul Canal Grande. Il balcone centrale con la trifora, i due leoncini agli angoli della balaustra, le imposte ripiegate su se stesse, il bordo di pietra alle finestre, quell'espressione cordiale, dignitosa e da signori. Ma appena fuori di città ecco (purtroppo di anno in anno sempre meno) le grandi case rustiche, coi balconi di legno, il corpo sporgente del grande camino quadrato intorno a cui nelle sere d'inverno si siede sulla panca la famiglia, le bizzarre sovrapposizioni e aggiunte che raccontano lunghe storie di generazioni. Quelle case sono venute su dal mare, queste sono venute giù dalle montagne. Convivono a poche centinaia di metri con un effetto strano e abbastanza favoloso.

LE VILLE. Qua e là, nelle campagne e sui colli circostanti sorgono le vecchie ville. E non importa se non sono trionfalmente nobili come quelle del Terraglio. Come le altre famose ville venete, esse esprimono una civiltà e una serenità di vita che ancora sopravvivono, sia pure ridotte ai minimi termini. Nei miei ricordi di bambino c'è la visione, forse ingenua, di felici estati nelle dimore patriarcali circondate da giardini, dove le grandi famiglie si riunivano e si giocava, si leggeva, si studiava anche, e alla sera da altre ville venivano gli amici e un'aura di spensieratezza si spandeva dalle finestre e dalle logge illuminate nella notte fra lontane voci di pianoforte. Una società di gente dignitosa e bonaria che non poteva procurarsi odi tanto era discreta e umana. O questa è soltanto una fiaba sognata da un bambino?, una fantasia, una costruzione letteraria? No, no. Pure adesso si verificano d'estate questi incontri di parenti e d'amici nelle ville rimaste ancora vive. E non c'è più, si intende, tutto l'incanto di un secolo fa ma qualche traccia ne è rimasta.

LE VALLI. Esistono da noi valli che non ho mai visto da nessun'altra parte. Identiche ai paesaggi di certe vecchie stampe del romanticismo che a vederle si pensava: ma è tutto falso, posti come questo non esistono. Invece esistono: con la stessa solitudine, gli stessi inverosimili dirupi mezzo nascosti da alberi e cespugli pencolanti sull'abisso, e le cascate di acqua, e sul sentiero un viandante piuttosto misterioso. Meno splendide certo delle trionfali alte valli dolomitiche recinte di candide crode. Però più enigmatiche, intime, segrete. La valle del Mis, per esempio, con le sue vallette laterali che si addentrano in un intrico di monti selvaggi e senza gloria, dove sì e no passa un pazzo ogni trecento anni. Non allegre, se volete, alquanto arcigne forse, e cupe. Eppure commoventi per le storie che raccontano, per l'aria d'altri secoli, per la solitudine paragonabile a quella dei deserti.

LE STRADE. Piccole strade lisce non asfaltate e dalla polvere bianca girano sui dossi dei colli, dei primi monti erbosi e con armoniose volute penetrano nelle valli laterali. Di strade simili così quiete, riposte, familiari, cariche di romanticismo non ce ne sono tante, in giro per l'Italia. Andarci in bicicletta, con un'auto silenziosa è un piacere raro al giorno d'oggi. Nelle notti di luna, poi, risplendono fra le ombre nere degli alberi e i prati azzurri con un'intensità addirittura magnetica. Che cosa ci sarà dopo la svolta lì in fondo? Da case invisibili i patetici latrati dei cani si rispondono l'un l'altro, a distanze di chilometri. Continuando a camminare, dove si arriverà? A un villaggio addormentato? A una villa in festa? A un castello in rovina? E laggiù, forse, qualcuno ci aspetta.

IL MISTERO. A due passi si può dire da una città gaia e serena come Belluno ci sono dei posti eccezionalmente misteriosi. Guardate verso il Mas, dove sbocca la valle d'Agordo. Vedete quella barriera dirupata, a forme strane, dove il verde dell'erba e dei cespugli si insinua nelle forre, sulle cenge, e perfino sulle creste? È il gruppo dei Feruc, forse i monti d'Italia più selvatici e meno conosciuti. Esistono, in quel rupestre labirinto, vaghe tracce di antichi sentieri che si inerpicano per ripidissimi pendii e che la vegetazione ha quasi completamente cancellati. Qualche dissennato cacciatore, ogni tanto, e sui contrafforti più bassi, qualche contadino in cerca di legna. Solo due esplorazioni sono state fatte: da Arturo Andreoletti prima dell'altra guerra, e da Ettore Castiglioni prima dell'ultima. Esistono lassù bellissime pareti e picchi ancora vergini. Ma chi ha la voglia? Solo per arrivare alla base occorrono lunghe ore di massacrante fatica su per greppi precipitosi, lottando contro la ripidità, i cespugli, le erbacce. Cosicché passano degli anni che nessuno ci mette piede.

I Feruc sono l'estremo. Ma intorno, lungo tutto lo schieramento di Prealpi, molti altri angoli riposti conservano intatti e selvaggi gli incanti della primitiva natura. E anche se nessuno ci pensa, di lassù traboccano, sulla valle del Piave, le favole degli spiriti e dei maghi.

LE NUVOLE. Alla sera, specialmente d'autunno, si formano sopra il Col Visentin delle nuvole di favolosa bellezza. Di così splendide non se ne vedono neppure sopra i grandi deserti d'Africa, pur rinomatissimi per questo genere di fenomeni. Esse si incastellano in architetture immense, risplendendo a lungo dopo che l'ombra è già caduta sulla valle e vi riverberano magici riflessi. Non sarebbe strano che turisti venissero apposta dall'Australia o dal Brasile per vederle. La loro materia non è quella grossolana delle nuvole oceaniche, bensì fine, densa, quasi carnale. I loro golfi lividi e violacei ripetono, ingigantendole, le fantastiche prospettive delle montagne che si innalzano di sotto tutt'intorno. E in vetta i candidi pinnacoli si torcono lentamente, in continua metamorfosi, narrando lunghe epopee, di cavalli, di bandiere, di palazzi, di vescovi, d'elefanti, di baiadere, di dragoni, di amori, di battaglie. Alle volte, per gioco, fingono di essere loro stesse Dolomiti: per qualche minuto stanno immobili, proprio come se fossero di pietra. Selve di immani torri strapiombanti, con pareti di migliaia e migliaia di metri, come al mondo purtroppo non esistono. L'illusione è così perfetta che per qualche istante viene il dubbio siano scaturite dalla terra, veramente, per miracolo, dei picchi alti come l'Himalaya. E già l'occhio cerca su quei terribili precipizi una possibile via di salita, quando le rupi si piegano da un lato, liquefacendosi grottescamente, in silenzione rovine.

IL TEMPO. Non che Belluno e i bellunesi siano rimasti indietro. I segni dell'epoca, buoni e cattivi (certe infelici demolizioni, per esempio, nella bellissima piazza dei Martiri per far posto a delle case moderne), si vedono anche qui. E la gente, notoriamente parecchio civile, è tutt'altro che retrograda. Ma in certi punti della valle si direbbe che il tempo si sia fermato, a cinquant'anni fa, a un secolo fa, a tre secoli fa. La natura, voglio dire, prati, piante, strade, case, ha il sapore delle cose antiche. Ma adesso tento di spiegarmi meglio: alle volte, leggendo certi libri che parlano di altri tempi, vien fatto di pensare: come sarebbe bello poter vivere quella vita, perché si ha la sensazione, appunto, che la vita, a quei tempi, fosse infinitamente più piena, ricca di spunti umani, pittoresca e imprevedibile. Tutto, è ovvio, dipende da un'illusione ottica o semplicemente letteraria. Però la spiegazione (quella nostalgica di cose che non abbiamo conosciuto mai), è intensa. Ebbene, in molti punti della Val Belluna, si può credere benissimo di vivere, mettiamo, a metà dell'Ottocento. Il trapanante ronzio di qualche lontana motoretta arriva naturalmente fin là. Ma l'aura del passato è abbastanza intensa da inghiottirlo. Da notare, la stessa sensazione non la danno posti infinitamente più solitari e rimasti immutati da migliaia di anni, come le alte montagne per esempio. In montagna l'illusione del passato non c'è. C'è invece, e come, in certi nostri angoli di campagna che pure hanno subito, nel giro di secoli o anche decenni, chissà quante metamorfosi.

E che vantaggio c'è? dirà qualcuno. È proprio certo che una volta si vivesse meglio? No. Può darsi anzi che si vivesse peggio. Ma quei tempi non ci sono più né mai potranno ripetersi per tutta la durata dei millenni. Solo per questo, anche se non lo erano, ci sembrano meravigliosi, e il trovarcisi dentro, sia pure per un breve incantesimo, è un lusso raro e squisito.

«L'illustrazione del medico», 1959-1960

Le montagne

Che cosa sia accaduto alle mie vecchie montagne Dio soltanto lo sa. Faccio l'esame di coscienza. Le ho forse trascurate? Gli ho mancato di riguardo? Ho dimenticato di farmi vivo nelle ricorrenze di precetto? Ne ho parlato male con gli amici? Ho a loro anteposto qualche altro bene o creatura della terra? Assolutamente no. Eppure i rapporti tra noi sono profondamente cambiati. Tutte le volte, e capitava abbastanza spesso, che risalivo, dalla pianura, la valle dove sono nato, e quasi all'improvviso, sulla sinistra, dietro le selvatiche gobbe erbose delle Prealpi domestiche, spuntavano le cuspidi estreme delle Dolomiti, come arcano miraggio, con quel loro colore indescrivibile, e poi, via via che procedevo, si spalancava lo spettacolo delle intere pareti nella loro paurosa e adorata solitudine, allora io provavo dentro di me un rimescolamento insieme doloroso e squisito. Questo perché loro, le vecchie montagne, immediatamente mi riconoscevano e mi chiamavano a sé. Su, non perdere tempo, sembrava dicessero, lascia la macchina e prendi i sentieri che ormai conosci bene, ritorna tra noi. Vedi sulla Pala quella grande fessura sghemba che sembrerebbe impossibile? Vedi, sulla cresta sud, quella piccola graziosa guglia a forma di monaco incappucciato? Nessuno è mai passato di là, nessuno si è inerpicato sulla testa del frate. Potresti farlo tu. E non è poi mica tanto difficile, sai? Ma quassù sarai felice, per lo meno ritroverai la giovinezza e la pace dell'animo.

E io allora sentivo quel rimescolamento dentro di me farsi più ardente e tumultuoso. E, pur attraverso palpiti di paura, senza dei quali le montagne sarebbero dei sassi qualsiasi, solamente un poco più grandi, correvo dall'amico, molto più in gamba di me, che mi avrebbe tirato su per i palazzi e le torri della grande città misteriosa.

Adesso invece risalgo la mia valle e all'improvviso, come tanti anni fa, allo stesso preciso punto, compaiono lassù, come miraggi, le vette dei campanili e dei minareti, e poco più avanti si spalanca la maestà delle grandi muraglie. Ma è come se non mi vedessero più, come se non esistessi. Non mi invitano più. Non mi chiamano più con quella silenziosa voce che entrava nelle viscere. Se ne stanno là, immobili, fredde, taciturne, chiuse in una indifferenza suprema. Che cosa è successo? Perché sono diventato uno straniero? Che cosa vi ho fatto di male?

Oppure tutto dipende soltanto da me, perché si è spento l'amore?

da «Cambiamenti», in *Le notti difficili*, Mondadori, Milano 1971

O Pale di San Martino

O Pale di San Martino, o vecchia, o patria! In automobile io risalgo la valle e vi guardo, la mia giovinezza è lassù.

E non è rimasto più niente.

Mi illudevo di lasciare per sempre qualcosa di me su quelle rocce così brave, solide e oneste, con preziosi piccoli intelligenti appigli al punto giusto, di scriverci qualcosa di me per sempre, e invece io passo di sotto in automobile e vi guardo e non tornerò, mai più tornerò sulle vostre pareti anche se al principio di ogni estate faccio proponimenti ridicoli di riscossa.

Il camino della Rosetta! Dove – non avevo ancora vent'anni – mi trovai dinanzi alla bocca un mucchietto di materia cerebrale dai colori delicati.

Il mio sacco da montagna che vola giù per l'orrenda parete ghiacciata del Cimone!

La guida alpina che dice «Mi dispiace, non ci credo, impossibile» quando noi due ragazzi, Sandro Bartoli e io, sul Winklerkamin della Madonna, ah!

E Gabriele Franceschini, guida, amico, spirito della terra, che a metà della Schleierkante, sul dorso dello smisurato pilastro, declama una sua sbilenca poesia: «Vagan pei boschi, siedon su rocce, volan per rivi e sentieri ombrosi».

Impossibile.

Non succederà più.

Di me lassù non è rimasto niente.

Mica che io sia stanco, o malato, o vecchio, figurarsi.

Sempre in gamba come allora, occorre dirlo?, anche se sono passati settecento anni.

Siete voi, Pale, che non siete più le stesse.

Da qualche anno siete cambiate. Perché?

Perché siete diventate così grandi e alte di statura, che adesso non si arriva mai? Perché siete diventate così ripide, proprio un'assurdità! E quando ci si avvicina all'attacco oggi viene meno il fiato? Chi può avere seriamente il desiderio di salirvi se non un pazzo?

Perché siete diventate così fragili, perfino il Campanile Pradidali che una volta era tutto di cristallo? Perfino la Torre di Valgrande che una volta era tutta di ferro? Perfino la «Est» del Sass Maor che ai tempi antichi delle illusioni fantasticavo stupidamente di scalare? Perché vi siete fatte così marce che appena a toccarvi crollate giù con orrendi schianti e frane di pietra, e viene la paura? Basta.

Non siete più quelle di una volta, non mi incantate più, addio, addio, in automobile io discendo la valle tristemente.

«Corriere d'informazione», 6-7 settembre 1966

Massimo simbolo della suprema quiete

Oggi che, a motivo dell'età, ho dovuto a poco a poco rinunciare alle arrampicate (avvenimento che un giorno mi sembrava assurdo, sinonimo di fine, e comunque estremamente lontano; e invece è toccato anche a me).

Oggi che, quando salgo dalla pianura, e vedo apparire in fondo alla valle le cime amate, e all'improvviso risplendono al sole le pareti con quel loro colore indicibile, che nessuno è mai riuscito a descrivere bene, e balenano sulle ultime creste le candide cornici di ghiaccio, come miraggio irraggiungibile.

Oggi che non mi viene più quel lungo brivido, trepidazione, smania, irrompere di desiderio quasi carnale, vibrazione profonda di tutto me stesso (ma un piccolo rintocco, sussulto quasi impercettibile, tuttavia ogni volta sussiste, benché io sappia che lassù non potrò ritornare e che ormai sarò costretto a guardare le rupi, i muraglioni, i colonnati, i canaloni sinistri, così come li guardano i forestieri estranei alla nostra setta delle Alpi, che della montagna non hanno mai saputo patire).

Oggi che, quando salgo in macchina, le vecchie crode, le fortezze stregate, le torri, le fatate cittadelle, le solitarie regge coi pinnacoli di filigrana, i vitrei minareti non mi chiamano più, non hanno più bisogno di me, non rivolgono più neppure i più facili inviti perché sanno che io stesso non so desiderarle più, non salirò più le loro pareti ed è perciò escluso che io possa morire per loro, sanno insomma che io sono diventato un estraneo, una formica senza senso.

Oggi che per me si è chiuso uno dei più bei capitoli della vita (anche se arranco ancora con gli sci, ma è una cosa completamente diversa, anche se la investitura delle Alpi, eclissata e mortificata di giorno, continua però ad accompagnarmi durante il sonno con l'ostinazione e la intensità dei tempi lontani, cosicché tutte le notti dell'anno, dico tutte, tranne quando mi trovo appunto in montagna, io le montagne le sogno: sgangherate, deludenti scalate che tuttavia mi offrono ancora il gusto dell'abisso).

Oggi che dunque è venuto il tempo di guardarsi indietro, ed è spontaneo fare il conto di quello che è stato, può sorgere un dubbio: che quella della montagna fosse soltanto una gratuita mania, una fissazione, un asservimento alla moda, una egoistica ambizione, fatua come tutte le ambizioni. E allora mi chiedo: perché mai la montagna esercita un così potente e singolare richiamo? Tanto che, quando la si lascia – è un sentimento condiviso da decine di migliaia di miei simili – ogni altro spettacolo della natura riesce al paragone scialbo, quasi meschino e mancante di qualche cosa.

Il quesito è tutt'altro che marginale, anzi mi sembra fondamentale all'inizio di questo bellissimo libro, che contempla le Alpi da ogni punto di vista, che parla sì di geologia, di botanica, di zoologia, di storia, di ecologia, di geografia, di etnografia, ma soprattutto si rivolge a coloro che amano la montagna come dico io. Nel problema è la ragione stessa di questa impresa editoriale.

Pensate che razza di sviluppi, di ripercussioni ha avuto appunto questo sentimento, questo amore della montagna, di cui le Alpi sono indiscutibilmente la patria: nel giro di poco più di un secolo ha trasformato, si può dire, il volto delle valli, ha dato ossigeno a organizzazioni gigantesche, ha creato meravigliose strade, sentieri, impianti di ogni genere, ha fruttuosamente dilagato nella letteratura e nell'arte; ha fatto infine venire al mondo questo volume.

Perché la montagna emana quel fascino tremendo? Il problema può essere attaccato da vari versanti e può dar luogo, me ne rendo conto, a soluzioni differenti, ciascuna delle quali con un suo costrutto. Per quanto io ho letto, una delle teorie più intelligenti è quella concepita da Samivel. Ma permettete, vi prego, che vi esponga la mia interpretazione.

Conviene prima di tutto sgomberare il campo da ogni pregiudizio, evitare i concetti confusi o evanescenti, tenersi alla larga da quel generico e dilettantesco misticismo, da quelle intemperanze nietzschiane e simili che infestano spesso la letteratura alpina.

Dopodiché, un primo passo consisterà nel determinare ciò che differenzia le Alpi dagli altri aspetti della vita selvaggia. E per fare questo il sistema migliore è di procedere per tentativi, eliminando via via le caratteristiche che non sono esclusive della montagna.

Quattro elementi si presentano subito all'esame: la solitudine, la immensità delle proporzioni, la selvatichezza e la lontananza. Ma se essi contribuiscono a formare quel fascino, né la solitudine, né le proporzioni, né la selvatichezza ne sono caratteristiche distintive perché altrimenti dovremmo provare identiche sensazioni davanti al mare, ai deserti, alle foreste vergini, i quali sono pure solitari, immensi e selvaggi.

Non si tratta neppure della lontananza, che di per se stessa promuove spesso in noi ineffabili desideri e speranze; e che in navigazione, per esempio, fa sembrare sommamente desiderabile, e diversa dalle acque che circondano, la striscia di mare all'ultimo orizzonte, sulla quale pare risplendere una luce speciale, promessa di sconosciute beatitudini.

La «differenza specifica» non può essere neanche la straordinaria fantasia e varietà delle forme dei paesaggi, il trionfo, per così dire, del pittoresco; si deve infatti riconoscere che anche il mare, le pianure, le selve, possono offrire visioni non meno spettacolose e ispirate.

Ugualmente, scartiamo l'oscuro rispetto che ci incutono le cose antichissime. Ugualmente il mistero (non sapendo noi, dal basso, che cosa vi si nasconda). Ugualmente, l'estrema purezza incontaminata. Di tali qualità anche i mari e i deserti sono partecipi ricavandone larga parte della loro spirituale bellezza.

Quali eccezionali attributi distinguono allora la montagna? Io credo di riconoscerne principalmente due: la ripidezza e la immobilità.

La ripidezza moltiplica la sensazione di lontananza e quindi le meravigliose speranze che prima dicevo; essa ci fa risultare remotissime, addirittura irraggiungibili, creste in realtà lontane appena centinaia di metri. E accresce pure il senso di mistero perché tanto più un enigma ci affascina quanto più ardue e pericolose sono le barriere che lo proteggono.

Ma di gran lunga più importante è il secondo dei due attributi: l'immobilità, la quale appartiene sì anche ad altre forme della natura, per esempio ai deserti; mai però congiunta con la ripidezza. Inoltre nei deserti l'immobilità come dire? è sparsa su una lunghissima area, è quindi rarefatta, e la stessa piattezza del terreno sembra eludere ogni nostra partecipazione. Nei deserti l'immobilità si estrinseca in sole due dimensioni, mentre in alta montagna si impone con masse grandiose, tridimensionale, insomma con la massima evidenza. In questo senso l'immobilità di un modesto picco riassume in breve spazio una porzione di immobilità pari a quella di una vastissima landa. Del resto è innegabile che spesso i deserti, appunto a motivo di tale proprietà, suscitano una emozione non molto dissimile da quella che si prova in alta montagna.

Ora resta da spiegare perché dalla staticità delle masse montane possa avere origine l'impareggiabile commozione che ci prende al loro cospetto.

Il motivo, secondo me, sta nella tendenza dell'uomo a uno stato di tranquillità totale.

A che si affanna la gente, giorno e notte, a quale scopo lavora, ammassa denari, persegue fama e potenza, se non per poter un giorno godere i frutti di tanto travaglio, per poter un giorno essere completamente libera da ogni impegno e soggezione, e quindi riposare? È questa una verità antichissima, illustrata da troppi filosofi perché ci sia il bisogno di nuove dimostrazioni.

E non importa se si tratta di una pura illusione, perché l'uomo una volta raggiunta la possibilità di sostare, si guarda intorno smarrito, misurando come non mai la miseria della sua condizione, e rimpiange i tempi dell'esecrato lavoro (contraddizione amarissima che è la nostra antica condanna).

Sì, l'uomo tende inconsciamente a conquistare la quiete. E

proprio perciò la vista della montagna modello perfetto dello stato a cui tende, procura un senso di appagamento. Non solo: sorge nell'uomo il confuso desiderio di aderire, di adeguarsi, di identificarsi in qualche modo con tanta immobilità, di prenderne infine possesso. E di qui l'alpinismo. (Il fatto che le montagne terminano a punta sollecita e facilita la nostra aspirazione a possederle; ciò che nel caso di un deserto sarebbe invece impossibile, ogni suo punto equivalendo a qualsiasi altro e mancando quindi una «presa».)

Ma andiamo oltre: l'immobilità dell'alta montagna probabilmente ci appare quale massimo simbolo della suprema quiete a cui l'uomo è tratto per vocazione e tentazione invincibile, quiete che porta comunque il nome di morte. E nello stesso tempo, per il contrasto con tutto ciò che si muove, eccita nel nostro inconscio il ricordo del comune destino, quasi dicesse: noi montagne non ci saremo spostate di un millimetro e voi da secoli sarete polvere e nulla.

Dovremmo dedurre che il sentimento della montagna è essenzialmente triste? Proprio così. Lo si constata ogni qual volta dal movimento, dall'eccitazione e dal travaglio di una salita passiamo a uno stato di inattività e di solitudine. L'animo è allora quanto mai sereno, ma pure nelle ore di sole, mentre sdraiati contempliamo rupi e ghiacciai poche ore prima conquistati, cala su di noi una incomprensibile mestizia.

A confermare la nostra interpretazione c'è del resto una circostanza: parecchie persone, anche di grande intelligenza e sensibilità, non sopportano la montagna. Non che restino indifferenti. Proprio la aborrono, provandone una specie di oppressione. Probabilmente si tratta di uomini in un certo senso meno ingenui di noi, i quali afferrano più chiaramente, pur senza essere consapevoli, la crudele verità che le eterne rupi sottintendono, e sono indotti a rifuggirne.

Va anche detto che la tentazione di morte racchiusa in quegli ermetici profili e il conseguente bisogno di trovare sostegno in qualche cosa di sovraumano, nobilitano senza dubbio l'alpinismo propriamente detto; il quale, privo di tale sentimento, va considerato alla stregua di qualsiasi altro sport pericoloso come il motociclismo, l'equitazione e il salto mortale.

Dalla vaga coscienza di tutto ciò proviene infine il retorico culto della memoria degli scalatori morti in ascensione. Noi infatti intuiamo come, tra quanti amano la montagna, soltanto costoro hanno saputo veramente obbedirle.

Ecco dunque la mia piccola teoria, che mi sembra possa spiegare tante cose. E che non può contristare in alcun modo il lettore, all'inizio della festa, visiva e intellettuale, che questo libro promette. Anzi. Non è bellissimo che proprio a motivo di tali radici così profonde, che toccano le recondite leggi del fato, l'incantesimo delle Alpi ci abbia dato tante gioie, tanta giovinezza, salute, poesia, tante felici illusioni?

Introduzione a *Le Alpi*, a cura di Carlo Graffigna,
Selezione Reader's Digest, Milano 1971

RACCONTI

Ma, di sotto, la parete precipitava. Sporgendosi, egli non riusciva a vedere dove finisse. Le montagne! Mai le aveva viste da vicino; erano straniere, esageratamente belle, tutte sbagliate.

Notte d'inverno a Filadelfia

Le montagne proibite

Una legge proibisce formalmente di occuparci delle montagne: né salirci, né parlarne e neppure guardarle, possibilmente. «Possibilmente» così dice la parola del legislatore con una pretesa ch'egli stesso evidentemente giudicava eccessiva. Perché esse stanno sempre sopra la città, dalla parte del settentrione, giorno e notte, col loro splendore.

Uno straniero arriva tra noi e domanda: «Prego, è quello il Monte Mesola, è quella la Cima della Lorra?». Noi rispondiamo con un sorriso cortese, guardando per terra: «Ci scusi, signore, non sappiamo proprio, non siamo pratici» e ci guardiamo intorno, nel sospetto di qualche spia.

Preferiamo non guardarle, ora. Con un po' di buona volontà ci si può anche abituare, per non far dispiacere a chi ci governa. È come se non esistessero, oramai, escluse dalle quotidiane vicende della vita. Ogni tanto però involontariamente qualche occhiata le sfiora; ma si abbassano subito gli sguardi, per prudenza, cercando subito di dimenticare. Siano limpide o avvolte di nubi, cariche di neve o bruciate dal solleone, chi lo sa più? Non lo vogliamo neppure sapere, tanto grande è la reverenza per le leggi (che noi probabilmente non possiamo capire ma che di certo sono fatte per il bene nostro e dei nostri figli).

Qualcuno con abili pretesti non attinenti al divieto ha già fatto murare le finestre della sua casa rivolte a nord, per non essere tentato. E adesso vive più tranquillo, additato ad esempio. Ad uno ad uno gli ombrosi loggiati verso il settentrione si chiudono. Nelle stanze buie i bambini ora giocano urtando negli spigoli degli armadi e ogni tanto piangono per il dolore.

Un cittadino si è fatto perfino costruire una lussuosa carrozza che mai e poi mai potrà procedere sulle nostre dirupate strade. Ma le montagne non esistono più, questa è una piatta pianura, ai sensi della legge. Cosicché una carrozza simile è la più adatta, nessuno oserebbe sostenere il contrario. E tanta soggezione all'autorità non è commovente? Su e giù per la piazza, donde non potrebbe allontanarsi senza danni irreparabili, gira il meraviglioso veicolo. Reggendo le redini, il proprietario va raccogliendo i cenni di assenso dei maggiorenti, affacciati alle finestre del Municipio!

Malviste sono le scarpe chiodate, le capre, i bastoni ferrati, i fregi con le aquile, cose e immagini che possano comunque richiamare il ricordo delle montagne. E pensare che mai come quest'anno esse sono state tanto vive e misteriose. Dicono che certe sere, negli angoli tenebrosi di certi segreti cortili – le antiche mura sovrastano ambiguamente con tetri baldacchini di pietra e stillicidi –, dicono che qualcuno, anima persa, venga a sussurrare notizie, e non si accendono le lanterne per paura di vedere il suo volto. Dicono che venga a riferire (noi non l'abbiamo mai incontrato, il Cielo ne guardi, per misericordia) e racconti le cose vietate, una frana nella Val Lombrazza, le migrazioni dei camosci, quegli abbandonati sentieri, quei silenzi. Gli altri ascoltano, ignorandosi a vicenda, senza far parola per non tradirsi col timbro della voce.

E alcune notti, nella casa sbarrata, quando sembra di essere stanchi della giornata e niente di ciò che ci attornia più sorregge, allora anche a noi – confessiamo – capita di fare degli strani discorsi.

«Cinque anni fa, mi ricordo» comincia ad un tratto un amico nelle stanze già sonnolente, poi si interrompe, come ascoltando. Ma la sua voce aveva avuto un tale accento! Quasi non fosse più abituata a quelle parole. Noi lo fissiamo con meraviglia e insieme vaghe speranze inconfessabili. Lui arrossisce un poco.

«... mi ricordo che una volta» prosegue esitando un poco come se avvertisse un pericolo «mentre andavo solo, mi sono sentito chiamare...»

«Dove?» chiede Fausto con leggera ironia.

«Era una voce profonda» continua Antonio senza badarci «e diceva "Onio! Onio" proprio a due tre metri da me. Con una flemma spaventosa, pareva che mi prendesse in giro...»

«Ma dove?» insiste Fausto.

«Mi sono voltato di colpo, ma non c'era nessuno. Molti anni fa, però» aggiunge quasi per mettersi al sicuro.

Avidamente lo ascoltiamo. Non ha detto ciò che voleva dire, evidentemente. Per un motivo ben noto ha taciuto il più importante, ecco la nostra impressione. A che cosa precisamente vuole alludere? Se almeno non ci fosse Fausto. Un buon ragazzo, non si può negare, un amico devoto. Chi può dire però di conoscerlo a fondo? Sempre con quel sorrisetto ironico che non si capisce che cosa nasconda. E adesso, per cattiveria, insiste ancora:

«E dove ti è successo? In casa?»

«Che cosa vuoi che sia successo in casa? Non succedono mai in casa queste cose.»

«Per la strada allora?»

«No, neppure per la strada» fa Antonio seccamente.

«In campagna allora? Nei prati?» chiede Fausto, irridendo alla nostra prudenza (perché non campagne né prati si stendono intorno alla città, ma ci sono soltanto valloni, boschi, frane, rocce di ogni sorta e qualche piccola palude).

«Sì, in campagna,» risponde Antonio quasi offeso «proprio in campagna.»

Che cosa dovrebbe dire di più? Forse che non abbiamo capito abbastanza? Ora ci fissiamo a vicenda, cercando conferma l'uno dall'altro.

Da parecchi giorni mi sembra infatti di udire delle voci provenienti dalle montagne. Bisogna che sia notte fonda, che le strade siano deserte, i cani di guardia assopiti con la gola stanca e il vento abbia cessato di far cigolare, qui all'angolo, l'insegna metallica del bazar Provini & Lopez. Allora in mezzo alla quiete grandissima, ho udito a più riprese qualcuno, o qualcosa, che sussurrava sulle montagne. Il vento no, perché ci sarebbe anche qui in città. Uomini no perché le guardie ispezionano continuamente. Bestie no perché le bestie non sussurrano. Chi dunque? Potrebbe essere anche una suggestione a rigor di termini. D'altra parte il fatto non è inverosimile: le montagne non sono poi tanto lontane come sembra, subito dietro l'abside di San Silvestro, per esempio, proprio a ridosso, si levano le prime rocce della Rocca Priora.

Siccome non osavo parlarne, avevo finito per concludere che fosse un gioco della fantasia (e ciò all'unico scopo di tranquillizzarmi). Da quando le montagne sono proibite, l'immaginazione segretamente lavora sull'argomento come non mai. Niente di più facile che quei suoni fossero fenomeni naturali verificatisi anche in passato, solo che allora non si stava di notte con le orecchie così tese ad ascoltare. Né si aprivano con circospezione le imposte, alle una, alle due dopo il tocco (spento in precedenza il lume della stanza) per rimirare il regno vietato. Io stesso ne ho sorpresi diversi – anche persone d'età, ottimi cittadini – che erano intenti a questo illecito esercizio.

Ma stasera Antonio, sia pure con reticente allusione, ha avuto il coraggio di parlarne, come si è visto. Se veramente quel caso curioso gli fosse capitato parecchi anni fa, figurarsi se non ce l'avrebbe raccontato subito. Il fatto stesso è probabilmente inventato di sana pianta. Null'altro che una storiella per toccare senza rischi l'argomento proibito.

«C'è da vergognarsi, però» dice alla fine Fausto rompendo il silenzio, senza più scherzare stavolta. «In fin dei conti non siamo tra amici? O è proprio di me che non vi fidate?»

«Che vili. Vergognarsi di che?» rispondiamo simulando sorpresa. «Che cosa mai ti metti in mente? Parola che sei ben curioso. Si può sapere con chi te la prendi?»

«Beh, lasciamo stare» fa lui, guardandoci con disprezzo. «Buona notte, io me ne vado.»

«Buona notte, buona notte.» Nessuno osa insistere per trattenerlo. Sentiamo i suoi passi giù per la scala di legno.

Restiamo in silenzio, mortificati. In fin dei conti Fausto ha ragione. La paura è però ancora più grande. Che gioia poter essere sinceri, che forza meravigliosa sarebbe. E invece no. Un'abbietta soggezione ci tiene, perfino in questa stanza sicura, tra amici fidati che ci conosciamo da bambini. Anche Antonio, intimorito dall'incidente, rientra nella consueta menzogna.

«Chissà che cosa aveva per la testa, stasera» mormora per liberarci dal troppo lungo imbarazzo. «Ho detto forse, senza accorgermi, qualcosa che gli potesse dispiacere?»

«Forse invece non hai detto qualcosa che gli avrebbe fatto piacere» insinua Pietro, con perfidia insolita, forse per vendicarsi.

«Perché?» fa Antonio, ostinato ormai a non voler capire. «Che cosa avrei dovuto dirgli?»

«Niente, niente» risponde Pietro. E noi istintivamente lo guardiamo. Anche lui dunque vuole tentarci? Finiremo per non fidarci neppure di Pietruccio?

«Che fumo, che aria cattiva» dice Alessandro per sviare il discorso. «Apro un po' la finestra?»

«No, no, quella no!» esclama Antonio con una specie di ansia. «C'è la serranda rotta,» (aggiunge, dominandosi, per giustificare lo scatto) «dopo non si riesce più a chiuderla. Apri quest'altra piuttosto... Dio mio, perdonatemi» conclude non resistendo più alla finzione, e ci sorride con amarezza.

Alessandro si è riseduto senza aprire. Infatti non c'è né fumo né aria cattiva, anche questo è stato un pretesto miserando. E menzogna pure è la finestra che non funziona (dietro alla quale ci sono soltanto le montagne, cariche di notte, con le loro lunghe facce nere e potenti, cupamente sospese sulla città; e noi ne siamo indegni).

«Corriere Lombardo», 21 aprile 1946

Notte d'inverno a Filadelfia

Ai primi del luglio 1945 la guida alpina Gabriele Franceschini, salito da solo nell'alta Val Canali (Pale di San Martino di Castrozza) per studiare una via nuova sulla parete della Cima del Coro, scorse, a oltre cento metri dalla base delle rocce, una cosa bianca appesa a una gobba strapiombante. Guardato bene, capì che era un paracadute e si ricordò come nel gennaio un quadrimotore americano di ritorno dall'Austria fosse precipitato da quelle parti: sette otto degli aviatori erano calati incolumi presso Gosaldo. Altri due, portati via dal vento, erano stati visti scendere dietro le creste nel gruppo della Croda Grande e non se n'era più saputo nulla.

Sotto lo strapiombo si vedevano dei fili bianchi che dondolavano sostenendo una piccola cosa nera: una borsa per le provviste d'emergenza? O il cadavere stesso dell'aviatore così ridotto dal sole, dai corvi, dalle burrasche? La parete in quel punto era ripidissima, però non molto difficile, circa di «terzo grado». In breve Franceschini raggiunse il posto, constatò che la cosa nera era l'intrico delle cinghie che avevano sostenuto l'aviatore e che erano state tagliate nette con un coltello. Trasse giù il paracadute. In un terrazzino più sotto vide un oggetto rosso vivo: era un giubbetto di gomma doppia con due curiose leve metalliche; lui ne mosse una e con un sibilo il giubbetto si gonfiò d'aria in un istante. Sopra c'era scritto: Lt. F.P. Muller, Philadelphia (Pa). Più sotto ancora Franceschini trovò un caricatore di pistola con le cartucce tutte sparate, e in fondo, nel buco di fusione tra la roccia e la neve che riempiva il canalone, una sciarpa di flanella color verde militare. Inoltre: una piccola baionetta con l'estrema punta spezzata. Dell'uomo non una traccia.

(*Per primo si era lanciato Franklin Gogger, lui immediatamente dopo. E gli altri? Già il suo ombrello bianco si era aperto e gli altri non si erano ancora gettati. Gogger sarà stato una cinquantina di metri più in basso. Il rombo dei motori si spegneva nelle orecchie, pareva di sprofondare nell'ovatta.*

Si accorse che il vento li spingeva, man mano che scendevano, fuori dalla valle, verso le montagne cariche di neve. A vista d'occhio esse si raddrizzavano: irte di punte strane, spaccate da valloni in ombra, e in fondo l'azzurro della neve.

«Gogger, Gogger!» chiamò, ma all'improvviso tra lui e il compagno si levò una muraglia che gli veniva incontro. Era una parete a picco, gialla e grigia. A un tratto gli si avventò addosso. Lui tese le mani per smorzare l'urto.)

Sceso in valle, Franceschini avvertì il più vicino comando americano. Tornò lassù dodici giorni dopo; nel frattempo molta neve si era sciolta. Ma cercò a lungo inutilmente. Stava per ridiscendere quando sul lato destro del vallone vide il morto mezzo fuori della neve. Era pressoché intatto, solo i globi degli occhi erano spariti; e una tremenda ferita alla sommità della testa, una fossa rotonda e larga come una ciotola. Un giovane sui ventiquattro anni, bruno, alto di statura. Già qualche mosca girava intorno.

(*Batté contro la roccia, fu un colpo meno tremendo del previsto. Non riuscì ad afferrarsi; si trovò, come di rimbalzo, sospeso ancora. Ma fermo. Il paracadute si era impigliato su una specie di minuscolo torrione sporgente in fuori. Lui pendeva così nel vuoto.*

Intorno rupi assurde, frastagliate, vecchissime, non si capiva come potessero stare in equilibrio. Il sole le illuminava. Ma lui guardò il fondo del vallone (dall'alto sembrava quasi piatto), quella bianca pista liscia ed affettuosa. Gli venne in mente di essere ridicolo, così sospeso come un burattino. Una guglia sghemba assomigliante a un monaco, proprio di fronte, lo fissava; però senza partecipazione.

Troppo silenzio. Si tolse il casco, sperava di udire qualche suono umano, sia pur remoto. Niente. Non un grido, uno sparo, campana, rombo di autocarro. Urlò a tutta voce: «Gogger! Gogger!». «Gogger, Gogger-gogger! Gog!... Gog!» ripeterono gli echi: freddi, matematici, e pareva volessero dire non ci siamo che noi, rocce, ed è inutile che tu chiami.)

Informato il comando americano, salirono col Franceschini una decina di uomini al comando di un tenente. Con grande fatica, nuovi alla montagna, giunsero sul posto. Guida e ufficiale si intendevano in un francese alquanto problematico. Il cadavere fu messo in un sacco e cominciarono a discendere il ripido canalone pieno di neve. A un certo punto però il vallone è interrotto da un salto di rocce. Qui il tenente ordinò l'alt e si fermarono. Franceschini ne approfittò per guardare la «sua» parete, esaminando un certo camino. Con la coda dell'occhio allora vide una cosa muoversi. Il sacco con la salma precipitava a balzi giù per le rocce. Franceschini guardò il tenente ma questi era impassibile.

(*Un metro e mezzo sotto i suoi piedi correva una brevissima cornice, con sopra, a tratti, qualche cuscino di neve. L'unica, tentare. Tagliò le cinghie che lo trattenevano. Tenendosi sospeso con le mani alle funicelle si lasciò spenzolare fin che toccò coi piedi. Fu sulla cengia.*

Ma, di sotto, la parete precipitava. Sporgendosi, egli non riusciva a vedere dove finisse. Le montagne! Mai le aveva viste da vicino; erano straniere, esageratamente belle, tutte sbagliate. Come le odiava. Pure, bisognava uscirne. Avesse potuto utilizzare le cordicelle del paracadute. Ma quelle ormai penzolavano sopra di lui; come arrampicarsi a prenderle?

Un abbassamento della luce perché il sole se ne stava andando gli diede la paura. Faceva freddo. «Aooh!» chiamò con una specie di furore. «Aooaaoooh!» ripeterono sette otto volte le montagne, anche dall'altra parte della valle. Allora gli venne una speranza. Trasse la rivoltella e tendendo il braccio in alto, quasi che lo potessero udir meglio, sparò, scanditi, tutti i colpi. Gli echi ripeterono. Silenzio.

Mai aveva visto cose tanto immobili come le montagne, neanche le case erano capaci di stare così ferme. La tenuta di volo non bastava, il giovane sbatté le braccia per scaldarsi. Provò una sigaretta, non ebbe sollievo. Quando si sarebbero decisi ad arrivare, per farlo prigioniero, quei porci di Tedeschi?)

Ritrovarono il corpo alla base della paretina. Nella caduta esso era uscito fuori del sacco. Lo ricomposero alla meglio. Franceschini, con l'aiuto di due cinghie da calzoni lo trascinò fin dove la neve terminava. Qui la salma fu messa su una barella. E si fermarono di nuovo.

(*Solo quando anche l'estremo picco rimase senza sole e la notte si rovesciò a fiotti giù per i burroni, l'aviatore capì di essere solo. Gli uomini, i paesi, il fuoco, i caldi letti, le spiagge, le ragazze furono assurde storie di un altro mondo.*

Mangiò quel poco che aveva con sé, a gran sorsate mandò giù il gin di una fiaschettina. Ma certo: domattina qualcuno sarebbe giunto. Si accoccolò sulla cornice. Provò a chiamare ancora ma gli echi, ora che non si vedeva quasi più niente, gli diedero fastidio. L'alcool, la stanchezza, la gioventù: poco dopo prese sonno.)

Il tenente pregò Franceschini di scendere fino alla Malga Canali; di là avrebbe potuto mandare un mulo. Loro, col morto, sarebbero intanto venuti giù adagio adagio. Si capiva che erano terribilmente stanchi. Franceschini andò ma dopo poco udì alle sue spalle alcune voci. Erano gli Americani che scendevano di corsa senza barella. E il morto? chiese Franceschini. L'abbiamo lasciato là, dietro a quella roccia. E quando venite a prenderlo? Il tenente rispose: Quando peserà meno.

(*Si risvegliò e vide Filadelfia. La sua città, Dio santo! Cambiata in modo indefinibile da come la ricordava eppure sbagliarsi era impossibile. Vedeva, nella notte, le facciate dei grattacieli risplendere alla luna e dal lato opposto gli spigoli inabissarsi neri nelle vie, vedeva le strade bianche, perché mai così bianche? vedeva piazze e monumenti, e cupole e le bizzarre incastellature pubblicitarie in cima ai tetti, contro le stelle. Sì, laggiù, dietro il muro della Dutchin Inc., dopo quella selva di fumaioli, era la sua casa! Dormivano? Perché neanche una luce?*

Perché neanche una luce, una finestra accesa, un minuscolo breve riverbero di lighter? *E le strade così deserte, senza una macchina che muova attraverso i candidi quadrivi. Scintillano qua e là, altissime, come azzurre lamine di quarzo, le vetrate sui giardini pensili dei miliardari, ma anche lassù tutto è sprofondato in un pauroso sonno.*

Filadelfia è morta. Un misterioso cataclisma l'ha lasciata così, con le turbine ferme, gli ascensori congelati a metà strada lungo le vertigini dei cementi armati, le caldaie spente, i vecchi quaccheri impietri-

ti con in mano la cornetta muta del telefono. Il freddo entra a pungiglioni negli stivali foderati di pelliccia. Ma che cos'è questa voce che assomiglia a un respiro sommesso? È il vento, entra quasi con timidezza tra i colonnati, ne cava un querulo lamento. Oppure è voce umana? A momenti sembra di udire una specie di confusa musica, come di violini e di chitarre dalle recondite sale dei palazzi circostanti. Sulle cuspidi supreme c'è un polverio d'argento. Il freddo è una lama che lo taglia. E Dio, del quale egli ha sentito tanto parlare, dov'è Dio? Non è Filadelfia, maledizione, questa è l'ultima schifosa fossa della terra.)

Così il sottotenente Muller rimase solo, esposto al sole, in mezzo alle montagne che lo contemplavano. I pastori che d'estate salgono lassù con le pecore gli tolsero gli stivaletti di cuoio ancora in buone condizioni. Poi, non sopportando lo spaventoso odore, bruciarono la salma. Gli Americani tornarono tre mesi dopo a prendere le ossa.

(*L'alba, ma a che serve? La notte gli è entrata così in fondo che mille estati non basterebbero a riscaldarlo, non c'è più niente del sottotenente Muller tranne che un automa sonnolento. Picchi, muraglie, pencolanti baldacchini, dormono ancora. Non verrà nessuno. Adesso egli misura l'abisso sotto di lui. Fa tutto come per un dovere, senza convinzione. Si toglie gli stivali di volo, sguaina la breve baionetta per infilarla tra roccia e roccia e così tenersi. Sceglie una larga fessura che sprofonda a imbuto. Forse, infilandosi dentro. Con una mortale svogliatezza prova, tenendosi aggrappato con le mani. Ma le mani sembrano di un altro, tanto sono insensibili. Eccolo incastrato nel camino. Centimetro a centimetro si lascia scivolare. Vede per un attimo il sole battere su una lamina di roccia sospesa a un'altezza immensa.*

Quanto durerà l'abisso? Sotto il piede destro qualcosa a cui era appoggiato vola via. Ode lo scroscio di sassi che precipitano. La punta della baionetta gratta con affanno senza trovare. Una forza lenta e persuasiva lo rovescia indietro. Ecco, la parete gli si abbassa dinanzi, quasi diventasse orizzontale. Libero! Una risata fugge su tre cinque dieci pareti allungandosi grottescamente, presto si spegne. Volando giù di roccia in roccia, la baionetta tintinna allegramente. Poi tutto fermo e muto come prima.)

Ora, sul posto, non è rimasto niente. Perché resti un ricordo, il custode del rifugio Treviso, là dove il morto fu lasciato per tre mesi, ha segnato con vernice rossa, su alcune pietre in mezzo all'erba, il nome: F.P. Muller, e una croce. E sotto, in sbaglio: England. Forse perché dalle misteriose rupi della Val Canali America e Inghilterra sono ugualmente distanti, lontane miliardi di chilometri, ed è facile fare confusione.

«Corriere della Sera», 2 ottobre 1948

Uno strano caso in montagna

La signora Teresa Mortot, rimasta da poco vedova, si ricordò improvvisamente di aver perduto nove anni prima un figlio in montagna e sembrò diventare pazza.

La sua pazzia consisteva in questo: si mise in mente che il figlio era ancora vivo e che quei nove anni non erano ancora passati; però presentiva vagamente che qualcosa di terribile sarebbe successo e lottava, in certo modo, nella speranza di impedirlo.

Dal balcone della sua casa, alta sopra il paese, si vedeva benissimo il Vallon delle Scale e a sinistra la parete biancastra del Sass de Mezz, donde Andrea era precipitato nove anni prima.

Il padre Mortot era morto da tre mesi, quando Ernestina, la figlia, cominciò a sentire la mamma alzarsi in piena notte e girare per la casa.

Passava da una stanza all'altra, specialmente rovistando in un cassettone dove c'erano vecchie cose, abiti, scatole, scarpe. Che cosa cercava?

Poi Ernestina notò che la mamma ogni tanto si fermava, con la testa un po' piegata da un lato, come per ascoltare. Ma fuori c'era silenzio.

Una notte, come udì i soliti passi, la figlia si mise una sciarpa addosso e andò a vedere. La mamma era in piedi, completamente vestita, di fianco al grande letto matrimoniale. Immobile, era intenta a ascoltare. Quando vide la figlia, portò un indice alle labbra, «Ssss, ssss!», invitandola a tacere.

Ernestina vide che il cassettone era aperto e la mamma ne

aveva tirato fuori, disponendoli in ordine sul letto, un vestito, camicie, biancheria da uomo, le robe del fratello morto. Pensava forse di venderle o utilizzarle in qualche modo?

«Cos'hai, mamma? Che cosa ascolti?»

«Ssss, ssss!» rispose lei dolcemente «poco fa le sentivo.»

«Chi, mamma? Chi è?»

«Si sentivano poco fa... lo aspettano. Passano su e giù, intorno alla casa... credono che io dorma...»

Ernestina supplicò: «Mamma, mamma, che cosa succede?».

«Non sanno,» spiegò la signora Teresa «non sanno che lui è andato a Venezia per gli esami.»

«Chi a Venezia?»

«Ma Andrea! Come, non lo sai?»

Ernestina cominciò a capire. «Mamma, mammina,» le disse «non è meglio che tu vada a dormire?»

«Sss, ss!» fece Teresa «non le hai sentite adesso?»

Ma c'era silenzio, l'immenso silenzio dei boschi e delle montagne che di notte scendeva fin giù nel paese.

La mamma ora si mosse. Con precauzioni infinite si avvicinava alla porta che dava sul grande balcone di legno verso le montagne. La signora faceva scorrere adagio adagio il catenaccio delle imposte, poi le aprì d'impeto, balzò sul balcone guardando intorno. Ma fuori non c'era che la notte, il riflesso della porta accesa sugli abeti di fronte e più in là solo buio, il nero delle montagne addormentate, chiuse nei loro misteri e nella solitudine.

«Eh, sono svelte, sono!» mormorò la signora Teresa col suo fine sorriso «non si fanno mica prendere!»

«Chi, mamma?» chiedeva Ernestina «Chi era?»

La signora Teresa fece segno verso un punto indefinito, in alto, non si capiva bene se al cielo o alle montagne. «Guardale, guardale,» disse «adesso si direbbe che dormano.»

Cadendo in quei giorni l'anniversario della morte di Andrea, la figlia si guardò bene dal parlarne a Teresa, sperando che se ne fosse dimenticata; ma alla vigilia del giorno la signora andò a trovare il fratello Giovanni, più vecchio di lei, guida alpina, che da anni gestiva un alberghetto e non andava più per montagne.

«Giovanni,» gli disse «tu domani devi farmi un piacere.»

«Oh, Teresa, beati che ci si vede» la salutò lui tanto più cordialmente, perché aveva saputo delle sue recenti stranezze.

«Senti, Giovanni,» disse lei «tu domani devi condurmi sul posto.»

«Che posto?»

«Là, lo sai bene, sul Sass de Mezz, proprio nel punto preciso.»

«Ma è impossibile Teresa» rispose lui imbarazzatissimo. «È in parete... Tu non ci puoi arrivare.»

«Oh, io sto bene, io sono ancora in gamba, ce la faccio io a camminare, non avere paura... conducimi fin sotto almeno, là dove si comincia a arrampicare, non ti darò fastidio, te lo giuro.»

Partirono prima dell'alba. Non si scambiarono parola. Dopo circa un'ora il sentiero usciva dal bosco, si inerpicava a serpentine sugli ultimi costoni erbosi e sopra c'erano le ghiaie e poi ancora, ai lati del vallone, le pareti solenni: nella penombra fredda dell'alba stavano immobili, raggiungendo inconcepibili altezze; e, tra l'una e l'altra, certe gole buie con giganteschi pietroni in bilico e scoli di pietre bianche denotanti recenti rovine.

«Adesso bisogna andar su di qui» avvertì Giovanni. E lasciarono il sentierino.

Un pendio regolarissimo di sfasciumi portava con inclinazione scoraggiante fino alle rocce di un balzo solo. I macigni, via via che si saliva, diventavano sempre più piccoli, finché furono ghiaia che smottava sotto i piedi prolungandosi in piccole frane. Teresa, stanca, guardò in su, vide le lastronate grigie che si protendevano di sbieco nel vuoto, pencolando sopra di lei con una speciale espressione, e più in alto, ma come lontano!, un gruppetto di tre esili guglie che il sole illuminava lentamente.

Giovanni chiese: «Vuoi fermarti qui? Non ti basta?».

Senza rispondere, lei riprese il cammino.

Come raggiunsero le rocce, il sole non c'era più. Uno strato informe di nubi si era steso nel cielo, molto al di sopra delle montagne, che ne divennero grigie e stranamente quiete. I due finalmente si fermarono su una estrema terrazza ghiaiosa.

«Qui?» chiese Teresa. Giovanni confermò con un cenno.

Lei piegò indietro la testa a guardare la rupe che si incurvava sopra di loro con biechi baldacchini giallastri a strapiombo.

Una spaccatura la fendeva per una ventina di metri, facendosi sempre più sottile fino a perdersi nell'aerea parete. Senza parole, Giovanni alzava lentamente la mano come per indicare la via; finché il braccio si fermò a segnare le rocce umide e assurde sopra la fessura. Proprio là era successo.

Teresa si guardò intorno, ai piedi, quasi cercando qualche segno. Nel punto dove lei si trovava era piombato, sfracellandosi, Andrea, per la rottura della corda. Dopo nove anni lei cercava una traccia di sangue, un lembo di vestito, qualche cosa dimenticata dal figlio? No. Forse pensava ad altro. Poi all'improvviso chiese:

«Giovanni, è vero che mi assomiglia?»

«Chi?»

«Andrea, no? Dicono tutti così. Tu non lo trovi?»

«Ma certo, certo.»

«Doveva tornare da Venezia ieri sera,» disse ancora Teresa dopo una pausa «si sarà fermato in paese con gli amici a fare un po' di festa... non credi?»

Giovanni era sulle spine: «Certo,» disse «in paese... probabilmente è così». Anche lui si era seduto sopra una roccia e con pazienza aspettava, fissando indifferentemente, dall'altra parte del vallone, una forcelletta tra due picchi con un curioso torrioncino che pareva un gatto accovacciato.

«Giovanni,» fece la sorella con ansia improvvisa «Giovanni, vero che non è successo ancora niente?»

Che cosa intendeva dire? Che quei nove anni non erano passati? Che il figlio non era ancora morto?

«Ma certo,» rispose Giovanni «che cosa dovrebbe essere successo?»

«Perché?» ribatté lei. «Perché è oggi che questa maledetta montagna... è oggi che lui dovrebbe venire...»

«Ma che cosa ti metti in mente Teresa? Tra poco...»

Lo interruppe: «Ci sono qui io, però... Sono qui apposta... Sua mamma. Vuoi che non mi ascolti? Vuoi che non mi obbedisca? Che si ostini?... No, no, non deve ostinarsi» sembrava che si lasciasse prendere dalla paura. «Oh, Dio, mio Dio, perché devono essere così testardi questi ragazzi?»

«Ma no, Teresa,» cercò di consolarla lui, genericamente, senza però capire bene che cosa lei intendesse «vedrai che tutto si sistemerà.»

Teresa parve tranquillizzarsi, si aggiustò il fazzoletto sui capelli. Poi si volse a esaminare di nuovo la parete incombente. I suoi sguardi parevano divorarla. Nel silenzio, dalle profondità del vallone, uscì una voce: Glup! o un suono simile, sordo e sinistro.

«Che cos'è?» chiese Teresa con apprensione.

«Niente. È il ghiaccio che si spacca» spiegò Giovanni e fece segno a un ghiacciaietto acquattato sotto le pareti di fronte, tutto striato di crepe nere e insudiciate dai detriti.

«Glup!» si udì ancora, più piano, e subito dopo uno scroscio di sassi cadenti che si perse a poco a poco.

E fino a quando staremo qui a aspettare? pensava Giovanni, cominciando a impazientirsi. Intanto il tempo passava sulle rupi deserte, non c'era né vento né freddo.

Quand'ecco Teresa si levò in piedi d'impeto, tendendo un braccio verso il basso: «Là, là... guardalo!... È lui!...» gridava, ma non le usciva dalla gola che una voce spenta.

Giovanni si sentì mancare il fiato. Guardò verso i ghiaioni e vide uno che di buon passo saliva per il sentierino con una specie di rabbioso impegno. «È lui, è lui, Andrea. Adesso viene» balbettava la mamma. E poi, smarrita:

«Dio, aiutami, ora aiutami!» come disponendosi a una prova.

Ma Giovanni, esaminando con occhio pratico il solitario alpinista, si era subito tranquillizzato.

Non era Andrea, quello. Grazie a Dio gli spettri non girano per le montagne. Un vago dubbio tuttavia gli restava.

«Teresa,» disse «guarda che non è mica lui.»

«Oh, adesso non farmi impazzire. Non vedi in che stato sono? Perché vuoi tormentarmi? Chi vuoi che sia, oggi, se non è lui?»

Era ancora lontano l'uomo, poco più di un puntino ai piedi delle solitarie pareti. Continuava alacremente a salire con passo giovane e lieto. Ma quando fu arrivato al punto dove loro due avevano piegato a sinistra, lui continuò diritto dirigendosi al versante opposto.

«Guarda, Giovanni!» balbettò Teresa. «Dove va adesso? Madonna, che cosa faccio io?»

Era salita fin lassù – pareva dire – per impedirgli di andare alla morte, si era messa in agguato ai piedi della parete destinata; e lui adesso le sfuggiva.

«Andrea! Andrea!» gridò, sperando di fermarlo. Ma lo spazio era immenso. L'omino si fermò, probabilmente per cercare intorno donde venisse quel richiamo, quindi proseguì deciso.

Teresa gridò ancora, ma inutilmente. Finché lo vide inerpicarsi attraverso il piccolo ghiacciaio per la linea della massima pendenza. Si fermò soltanto sotto le rocce, là dove si innalzava un precipitoso spigolo nerastro, solcato da lugubri camini.

«Andrea! Andrea!» Ma l'uomo, arrampicandosi agilmente su quelle rocce, disparve entro un canale tenebroso. A quella distanza non era possibile distinguerlo.

Giovanni lasciò passare qualche minuto.

«Teresa,» poi disse, persuasivo «hai visto? Non è venuto... Tra poco piove... Vuoi che scendiamo?...»

Ma la donna era tesa ad ascoltare, in un'ansia massima, tremando lievemente.

«Teresa,» fece lui allarmato «cos'hai, Teresa?»

«Dio! Lo sapevo!» gemette la donna.

In quell'istante stesso, dall'opposto lato del vallone, giunse il fragore sinistro di una frana.

Giù dalla parete, lungo il tetro camino, sassi scrosciavano in rovina e in mezzo parve di udire anche un grido acuto, umano, tosto spento nel rimbombo delle pietre. Una coda di polvere serpeggiò giù per la rupe perdendosi sul piccolo ghiacciaio. Poi tornò il silenzio.

«Marco Polo», Touring Club Italiano, 1949

Lo spavento dell'antropologo

Un giorno, in Val di San Lucano – raccontò il professore Cino B. – stavo esplorando una piccola grotta quando all'imboccatura comparve un vecchio che si fermò a guardarmi. Era un pastore, aveva una faccia scarna e astuta, dai suoi panni veniva un fetido tanfo di pecore.

«Cerca ossa, signore?» mi domandò in dialetto, sibilando tra i denti disgregati.

«Oh Dio, non solo ossa» risposi divertito, e gli spiegai: «Forse un giorno qui abitavano degli uomini. E io cerco se hanno lasciato qualche cosa». «Allora non deve cercare qui» fece lui come se la sapesse lunga. «Qui non c'è niente. È tempo perso. So io dove. A Tiei dovrebbe andare.» «Tiei? Dov'è Tiei?» «È il mio paese, in Val Cesilla. Là ci sono otto nove grotte. Io dico di una, specialmente. In quella sì ne troverà di roba.» «Che roba?» «Ah, io non so, io... Nessuno è mai entrato. Ma ci sono le ossa del gigante...»

Noi maniaci delle cose antiche stiamo sempre all'erta, con le orecchie in su, sapete bene. Il minimo indizio ci fa venire il batticuore. L'uomo, che si chiamava Gero, non disse niente di preciso. Però insisteva su quella storia delle ossa e ammiccava maliziosamente quasi gli fosse vietato di parlare. Sperava così di guadagnare qualche soldo? O cercava di imbrogliarmi? Fosse stato anche così, ormai ero troppo incuriosito. Meglio tentare. Gli offersi mille lire se mi avesse accompagnato. Ne volle duemila.

Andammo in auto, la mattina dopo, e c'erano con me due giovani assistenti, il Vigoni e il Bettel, che conoscete. Gero, per l'occasione, aveva cercato di mettersi un po' in ordine, ma ci voleva altro: averlo accanto era un supplizio.

Anche in Italia, qui da noi, nel Veneto, esistono paesi dove si può arrivare con l'auto in meno di un'ora eppure sono lontanissimi, una lontananza addirittura di millenni. Chi di voi li ha visti? Sono squallidi, dimenticati, misteriosi. Non ci va mai nessuno. Paesi pieni di leggende. La gente, per lo più pastori e contadini, è vestita come altrove, le case sono in muratura, coi vetri alle finestre, c'è la luce elettrica, gira qualche motocicletta, si sente perfino qualche radio. Cosa importa? Anche col pieno sole c'è un'aria immensa di tristezza. Lo stesso aspetto delle case, grigio, nudo, torvo, senza un fiore, ci toglie il respiro. E gli abitanti danno, per quanto assurda, l'impressione di essere antichissimi, nati migliaia di anni fa e mai cresciuti, con dentro una indefinibile stanchezza, anche i bambini. Come se da tempo immemorabile tutto là sia rimasto fermo, mentre il mondo camminava, fermo alle remote età quando non c'era ancora il ferro e si lottava con le belve. Esseri ottusi, diffidenti, bugiardi, senza speranze, manchevoli di Dio.

Così era Tiei. Mai vidi anzi contrada più triste e sconsolata, benché il paesaggio fosse verde. In realtà i monti intorno, tozze e insulse gobbe coperte di prati e di cespugli, erano soltanto brutti, senza neanche la romantica mestizia che consola spesso i deserti. Per di più, quando ci giunsi, era una giornata grigia. Questo poteva certo influire sull'animo. C'era però ben altro: come un greve incanto, un'aria di maledizione, una specie di paralisi che pesasse su quell'angolo di terra.

Si attraversò il paese. Qualche donna immota sulle soglie, due tre cani, e basta. Non si vedevano bambini. Poi ci inoltrammo per una strada ripida, poco meglio di una mulattiera, che si inerpicava per la valle. Qua e là, nei campi, dei contadini intenti al lavoro. Gero dal finestrino li chiamava. Quelli neppure si voltarono.

«Ecco, laggiù» fece il pastore, finalmente, una stretta curva, indicando un valloncello. Qui ci fermammo, ma mi era passata già la voglia. Non so, avevo un senso di vergogna. Immaginate un ricco che entri a chiedere acqua in una catapecchia di familici pezzenti. Pressappoco così. E non vuol dire se lassù gli uomini non pativano la fame. Era peggio che fame: soli, abbandonati a sé, in esilio, incapaci perfino di dolore.

Intorno, campi incolti, lunghi muretti di sassi nerastri, qualche vigna, pochi alberi da frutta. Non si vedeva anima viva.

Lasciai il Vigoni a custodire l'auto e in tre scendemmo alla caverna. La quale si apriva in un breve bastione di rocce seminascosto dai cespugli.

«È qui?» chiesi al pastore. «È qui» disse. «Tu mi aspetti fuori?» Non rispose, limitandosi a un sorriso. In quel mentre si udì il richiamo di un uccello, querulo, lungo. Un altro rispose da lontano. Qualcosa si mosse alle mie spalle (o almeno ne ebbi l'impressione). Mi voltai, non c'era nessuno. Che mi stessero spiando?

«Dimmi, Gero,» chiesi con un inspiegabile disagio «dimmi, c'è qualcuno?»

«No, no, signore. E chi vuole che ci sia?» Andò avanti Bettel, aprendosi la strada tra i cespugli. Ecco la imboccatura. Chinatici, entrammo nella grotta facendo lume con due torce elettriche. La cavità subito si allargava così che si poteva stare in piedi. I raggi cercarono qua e là. «Qui, professore, guardi» fece Bettel che si era spinto in fondo. Da fuori, stranamente modulato, giunse di nuovo il richiamo dell'uccello. «Che c'è?» chiesi, senza muovermi. Ero inquieto.

«C'è un cranio, professore» disse Bettel dal fondo. «Un cranio d'uomo.»

«D'uomo?» feci, avvicinandomi. «Sei proprio sicuro?»

«Direi, almeno... Forse un *Neanderthalensis*...»

Da uno strato di fango fatto solido dagli anni (o dai millenni?) la cupoletta candida sporgeva. E si intravvedevano le occhiaie, mezze dentro e mezze fuori, dall'espressione intensamente amara. Sulla volta cranica, una crepa.

Mi inginocchiai per vedere meglio. Un cranio d'uomo, senza dubbio. Ma di quando? Abbastanza antico per essere di competenza mia?

Fu Bettel che cominciò a tossire. Qualcosa di aspro prese anche me poi subito alla gola. Un rabbioso singulto mi scuoteva.

«C'era aria cattiva qui» disse Bettel. Io: «Forse qualche esalazione». «Ma questo è fumo, professore!»

Fumo. Veniva dall'ingresso. Densi nembi irrompevano di là così compatti da nascondere la luce del giorno. Gli occhi ci bruciavano.

«Bettel» gridai ansimando. «Presto! Fuori!»

Ci lanciammo all'uscita mentre di là del fumo nere ombre umane dileguavano. Sulla soglia bruciava un mucchio d'erba.

Feci per sorpassarlo, ma una cosa nera mi passò a un pel dalla faccia, piombando con un tonfo sul terreno. Una pietra. Ne seguì un'altra, sarà pesata dieci chili. Fortuna che feci un balzo indietro. Ne venne giù una cateratta.

Era un agguato. Non con bombe, o mitra, o schioppi. Lassù vigeva ancora la tecnica dei tempi favolosi, quando si dava la caccia al drago col fuoco dinanzi alla caverna e il lancio dei pietroni sul mostro obbligato a uscire. Ma perché? Per puro bestiale odio al forestiero? O per oscure superstizioni tramandate? O per proteggere un segreto? Dietro di me, Bettel, semiasfissiato, giaceva al suolo. Anch'io mi sentivo soffocare. Dentro non potevo più resistere. Tentando il tutto per tutto (forse quelli credevano di averci già accoppati e stavano andandosene) sollevai Bettel da terra e lo trassi all'aperto. I temuti proiettili non vennero. Appena fuori all'aria libera, trovai invece Vigoni, spaventato. «Che cosa succede, professore? Un uomo è venuto ad avvertirmi, ha detto che lei mi voleva...»

«Uno ti ha avvertito, dici?» «Ma sì... Ah, guardi, guardi, le carogne!» Guardai, là dove sul ciglio della curva avevo lasciato l'automobile. Tra i fumi del braciere che oscillavano, lividi, i pazzi, i selvaggi, i bruti, gelosi della loro stessa solitudine, e decisi a difenderla col sangue. Erano quattro e controluce parevano preistorici giganti (io ne cercavo nelle grotte i dubbi resti ed essi erano là, a due passi, in carne e ossa, spaventosamente vivi!). Inarcati nello sforzo, sollevavano da un lato la macchina, evidentemente per rovesciarla nel burrone.

«Ehi, canaglie!» urlai, mentre Vigoni, che aveva con sé la rivoltella, sparava un colpo in aria.

In quel mentre, con un mugolio bestiale, i quattro riuscirono ad alzare l'auto di quel tanto che bastava. Come fantasmi poi disparvero. La macchina per un istante restò in bilico, quindi si rovesciò in fuori. Volò tre quattro metri, batté con schianto su un roccione per rimbalzare e a orrendi colpi precipitare in fondo, sconquassandosi.

«Via, via, presto!» Bettel era intanto rinvenuto. Prendemmo a piedi la strada del ritorno. Vigoni in testa con la rivoltella. A Tiei qualcuno ci avrebbe pure dato aiuto.

Vallette, campi, forre, tutto era deserto e silenzioso. Anche Gero era sparito. E la sera stava per discendere. Camminando, pareva di sentire cento occhi che ci spiassero alle spalle.

Ma anche Tiei era deserto. Porte, finestre, botteghe, osterie sprangate come se fosse notte fonda. Non una voce, un passo, neppure più una gallina. E invece sapevamo che tutti erano là, dietro ai battenti, col fiato sospeso, a controllarci. Attraverso le minuscole fessure scintillavano le pupille fisse su di noi. Battemmo all'uscio di una casa dall'apparenza più civile. Dalle profondità dell'edificio rispose l'abbaiar di un cane.

Nessuno di noi tre diceva niente. Come parlare in quel silenzio così carico di odio? Ai compagni feci un muto cenno: andarcene, fuggire, non perdere un minuto, prima che venisse buio. Che suono smisurato fecero i nostri passi fra le case taciturne. Ci voltavamo indietro. Niente. Non si muoveva un filo (eppure ci guardavano, da ogni parte ci divoravano con gli occhi). Poi via, per la campagna.

Questa è la storia. In seguito girai per la zona interrogando. Seppi che già altri studiosi erano andati, prima di me, alle grotte di Tiei: un professore di Napoli, mi dissero, due antropologhi olandesi, un prete docente di geologia. I due olandesi li avevano trovati dinanzi alla caverna, morti, il professore e il prete attraversarono Tiei, diretti alla montagna; non furono mai visti di ritorno.

«E dopo» chiesi. «C'è stato qualche altro?»

«Non credo» disse il professore. «Il cranio del gigante, come diceva Gero, deve essere ancora là, nell'antro, mezzo immerso nel fango. Personalmente non mi attira più. Temo che non sia molto antico.»

«Corriere della Sera», 20 settembre 1950

Le aquile

Una coraggiosa impresa è stata compiuta da alcune guide della Val di Fassa che hanno raggiunto e violato un nido di aquile reali su una parete dei dirupi di Laredo... La guida B è riuscita a catturare un aquilotto che però ha reagito artigliandole una mano; per liberarsene è stata costretta a ucciderlo sbattendolo contro la roccia. (Dai giornali)

Benché siano passati più di trentamila anni, io, grande aquila dei Feruc, maschio, vecchissimo e forse ormai immortale, ricordo quel mattino come ieri.

Era l'età felice quando nella valle non c'erano né strade né ferrovia né ponti gettati sopra il fiume, e non si udivano altri rumori se non il vento, le acque, le frane, gli uccelli, e i boschi erano pieni di bestie buone da mangiare; e io non avevo visto ancora l'uomo.

Degli uomini mi avevano parlato a lungo i genitori, come di animali strani, ma non li avevo visti mai. Dicevano ch'erano bruttissimi ma furbi, più furbi di noi aquile e perfino delle marmotte e delle volpi che sono furbissime. Che non avevano becco né artigli, né ali né penne e neppure il pelo propriamente detto, di cui pure sono ricoperti anche i topi e i ghiri. Che si muovevano più lentamente di tutti gli animali eppure con la loro astuzia riuscivano a uccidere perfino gli orsi adulti. E si raccontava che un uomo avesse rubato le uova da uno dei nostri nidi; e le avesse bevute; ma questa era forse una leggenda. Certo il mondo allora era infinitamente più piacevole; più splendido il sole, più grandi le montagne, più verdi i boschi, tutto più allegro e più pulito. Oppure è una mia illusione e la sola differenza sta nel fatto che quella era la mia gioventù?

Anche oggi noi aquile siamo le regine delle rupi ma allora lo si era assai di più. Grandi e magnifiche eravamo. Poi cominciò la decadenza, ma la colpa è stata nostra? Dite, sinceramente, dite pure: è colpa nostra se oggi siamo ridotte così sole e poche?

Era mattino presto e già risplendevano, bianche, gialle e rosa, le guglie delle somme creste, bellissime. Ma giù nei valloni restava ancora un po' del buio della notte. Il cielo limpido, l'aria del Nord, l'odore delle rocce riscaldate dal sole a poco a poco, una dolce giornata cominciava.

Vidi salire velocissima, come se portasse una notizia, mia sorella, a cui volevo bene. Venne da me, disse che aveva scoperto un nido di uomini, maschio e femmina con tre quattro figli piccoli: era in una piccola caverna, nel fondo della valle presso il fiume.

Le dissi: «Conducimi a vedere». Mi sentivo bene, avevo fame. Ci precipitammo a piombo. «Là» indicò mia sorella «dove c'è quel fumo.» Ora ci abbassavamo lentamente. La famiglia era tutta su un breve prato, dinanzi alla spelonca. Stavano riscaldandosi al primo sole.

Gli uomini! Rimasi sbalordito. Non mi aspettavo che fossero così grossi e neppure così orribili a vedersi. Proprio schifosi con quella pelle bianca e i grotteschi cespugli di pelo qua e là, e quelle due gambe davanti lasciate ciondolare. Sulle spalle avevano delle pelli di animale, forse di capra. Ma era stupefacente come stavano diritti sulle gambe posteriori alla guisa di scoiattoli, e si servivano delle altre due con meravigliosa varietà di movimenti. I figli poi di pelo non ne avevano, tranne in testa; dovevano essere molli, appetitosi.

Benché cercassi di tenermi contro sole, dovetti fare qualche manovra errata perché a un tratto mi videro. La madre, che aveva il pelo in testa più abbondante, e due grandi mammelle, prese i figli ad uno ad uno e li portò di corsa nella tana mentre il maschio, agitando un'asta, lanciava verso di me degli urli come non avevo mai sentito, non tutti uguali come fanno di solito i mammiferi, ma di suono vario, cosicché ora sembrava un cane, ora una pecora, ora una cornacchia, ora un orso, ora una gallina.

Fortemente impressionato, ritornai al nido e dissi a mia sorella: «Bisogna far la posta. Pronti a lanciarci giù appena padre e madre si allontanano». «Per fare cosa?» disse lei. «Per catturare i piccoli. Non hai visto come sono belli rosa? Più rosa ancora dei porcellini appena nati.» «Impossibile» fece mia sorella «che siano buoni come i porcellini. Non c'è carne migliore del maiale.»

C'erano anche mio padre, mia madre, altre aquile amiche di famiglia tra cui la più vecchia dei Feruc, un tipo verboso di filosofo. Ricordo che cominciò una discussione. «Ragazzo,» mi disse il patriarca «lascia stare gli uomini. Essi non sono come le altre bestie. Anche se non è capace di volare, l'uomo è uno dei grandi enigmi della natura, l'uomo accende il fuoco come fanno i fulmini, sa mettere pietra su pietra, emette suoni complicati. La sua intelligenza testimonia la saggezza dell'Eterno, arricchisce la maestà dell'universo. Fargli male sarebbe sacrilegio!»

«Balle!» ribatté senza riguardi uno della mia compagnia. «Lasciali fare, o vecchio, e poi te ne accorgerai. Li ho visti arrampicarsi su una rupe, sembravano camosci. Li ho visti andare a caccia, ammazzavano le lepri da lontano, lanciando degli stecchi. Lasciali fare!... Un giorno arriveranno qui, bruceranno i nostri nidi, ci faranno a pezzi. Altro che maestà dell'universo!» I vecchi erano però tutti di un parere e mi fecero energico divieto.

Ero giovane allora e le persone che parlano difficile mi facevano impressione. Sul momento tacqui, persuaso. Ma ben presto la voglia mi rinacque e continuavo a guardare in basso, al praticello. E quando il sole fu giunto al sommo del suo arco, vidi i due uomini, maschio e femmina, uscire insieme dalla tana. Scrutarono a lungo il cielo, per paura forse di vederci, poi discesero al fiume, allontanandosi con quella loro ridicola andatura. Subito io mi gettai a capofitto.

In un baleno fui all'ingresso della grotta. Era larga, non profonda né difesa. I piccoli giocavano per terra. Stavo per piombargli addosso quando da dietro un macigno si alzò urlando un uomo; era magro e altissimo, grinzoso, con una lunga barba bianca. E non so bene come facesse, ma cominciò a lanciarmi delle pietre, che fischiavano.

Spaventato mi risollevai nell'aria e roteavo sopra il loro nido, rimanendone discosto per evitare il lancio delle pietre. Intanto i piccoli correvano di qua e di là strillando. Altre grida risposero dal fiume. I genitori ritornavano?

Scelsi il momento giusto e come una saetta mi lanciai su uno dei cuccioli che si era messo a fuggire per il prato. Doveva essere il più piccolo. Già io volavo e me lo sentivo tra gli artigli, caldo e soffice, doveva essere un cibo delizioso.

In quel mentre, dal basso salì un suono a me ignoto, curiosissimo. Mi riabbassai un poco per guardare: tanto, chi mi poteva più raggiungere? Era la madre; ritornata alla caverna, ora sul prato si divincolava, tendendo a me le due zampe anteriori. Mi abbassai ancora un poco. Adesso la distinguevo meglio, in tutti i suoi particolari. Sempre con le zampe tese, per minacciarmi o supplicarmi, vibrava tutta, sussultando, la faccia si accartocciava in buffe smorfie e dagli occhi veniva fuori acqua. Però la cosa impressionante era la voce. Mai avevo udito un lamento simile.

Chissà come, a quel pianto mi passò la voglia di mangiare. In pochi colpi d'ala fui in alto. Per quanto io salissi, non riuscivo tuttavia a raggiungere il silenzio. La voce disperata mi inseguiva anche lassù. La preda, che mi palpitava tra gli artigli, divenne ad un tratto pesantissima.

Per rinfrancarmi, come facevo spesso, levai gli sguardi alle grandi rupi, palazzi e chiese del mio regno. E allora, alti sopra di me, sull'estremità delle somme guglie, vidi gli anziani. Sagome nere contro il cielo, stavano immobili come le rocce stesse, le ali irrigidite e parevano seduti a tribunale. Che aspettavano? Perché mi fissavano in quel modo? All'improvviso mi venne addosso la vergogna.

Fermai le ali, non sapevo neppure io il perché. Discendevo, discendevo a grandi cerchi, sfiorando le pareti.

Non lo lasciai cadere, lo deposi sul prato piano piano, ripartii sollevato. Con smanie ignobili a vedersi, la femmina si precipitò verso il suo nato, mugolando.

E ora sono passati più di trentamila anni, io sono un esemplare da museo, e può anche darsi che non muoia più. Nel frattempo, se ne ho viste! Gli uomini hanno invaso il mondo, fatto strade, tagliato boschi, massacrato le altre bestie. Tra poco li vedremo spadroneggiare anche quassù, con gli schioppi e le loro smorte facce. Essi hanno tolto ad una ad una le cose che facevano gradito questo mondo, e non si fermano mai, corrono, continuamente corrono in su e in giù, si direbbe che si sentano inseguiti. Chissà perché corrono tanto e si affannano. Come se poi non gli toccasse di morire.

La pace, la solitudine, il silenzio se ne sono dunque andati. E io sono ormai decrepito, mi muovo a stento, mi nutro quasi d'aria, non me la prendo più per niente. Ma penso sempre a quel lontano giorno. E dico: ingenuo che io fui, stupido, illuso, oca non aquila. Vorrei riaverlo tra le grinfie oggi, quel bambino.

«Corriere della Sera», 22 luglio 1951

La guida alpina

Anna Durand, incontrata lungo il viottolo la cugina Marta, appoggiò la gerla carica di legna sul ciglio del muretto. La giornata di lavoro era finita. Già l'ombra della sera si annidava nei boschi, soltanto sul ciglio estremo dei ghiacciai, lassù, a un'altezza inverosimile, l'ultima luce del sole risplendeva, come un'ostinata fanfara che resistesse sui diroccati spalti. «Buonasera Marta.» «Buonasera Anna.» «Un pezzo che non ci vediamo.» «Davvero un pezzo.» «Tutti bene?» «Tutti, grazie a Dio. E voi?» «Anche noi bene, grazie a Dio. È sempre in città Daniele, tuo marito?» «Sempre in città, torna alla fine di novembre, credo.» «Ha un buon lavoro tuo marito, vero?» «Be', insomma se la cava. Finché il Cielo ci dà la salute. E il tuo François, dimmi, sempre su per le montagne a far la guida? Sempre a rischiar la vita?» «Eh no, sai, basta. Ci mancherebbe altro.» «Ma è ancora in gamba il tuo François!» «Certo che è in gamba, un giovanotto lo puoi dire, anche se va per i sessanta.» «Già. Ho sentito, mi pare, che di clienti c'è penuria, non vengono più gli alpinisti di una volta.» «No no, di clienti, il mio François, ne avrebbe perfin troppi, dall'Inghilterra, dal Belgio, dalla Svizzera apposta vengono a cercarlo. Se non va più, è per via delle montagne.» «Cosa?» «Lo saprai no? Dopo la guerra, nessuno sa spiegare come, le montagne sono tutte rovinate.» «Rovinate, dici?» «I ghiacci non tengono più come una volta, basta metterci un piede e tutto crolla. Anche le rocce. Si spaccano, precipitano. Figurati François se non ci andrebbe volentieri, un camoscio come il mio François.

Ma chi si arrischia più? Ah, erano delle gran belle cime. E nessuno, nessuno sai, le conosceva come il mio François. Ma adesso. Tutto si rompe, tutto è marcio. Figurarsi se non ci andrebbe di corsa il mio François. Ma chi si fida ormai su quelle creste? Basta toccarle e vengon giù. No no, sarebbe una pazzia. Be', buonasera Marta.» «Buonasera, Anna.»

Curve sotto le gerle, ripresero il cammino verso casa. Il sole nel frattempo si era spento sull'estremo ciglio dei ghiacciai, ma ancora, irraggiungibili fantasmi, contro il sipario della notte, i picchi più alti rilucevano.

Egregio signore, siamo spiacenti di..., Elmo, Milano 1960

Neve nera

Da tempo l'amico Arrigo insisteva perché si facesse insieme un viaggio nella repubblica di Belora, di là della Grande Cortina, dove la catena dei Kunzi ha le sue vette più alte.

Come tutti sanno, su queste montagne, per un fenomeno non ancora spiegato, la neve, anziché bianca come da noi, è di colore nero.

Sciare sulla neve nera, diceva Arrigo, doveva essere una esperienza elettrizzante che nessun italiano aveva ancora provato, essendo la Belora un paese fuori di mano e di difficile accesso.

Ma lui, attraverso chissà quali maneggi, era riuscito a ottenere il visto diplomatico per entrambi; Arrigo è un uomo abile e intraprendente.

Si partì in aereo, con due grosse valigie e due paia di sci. Di scalo in scalo, atterrammo infine all'aeroporto di Beorca, la capitale.

Ivi giunti, prendemmo alloggio all'Eskurus Hotel, stabilimento di impianto sontuoso ma oramai degradato. All'inizio del secolo i monti della Belora erano prediletti dalla aristocrazia dell'Europa orientale. Mutato poi il regime politico, gli apprestamenti per gli ozi e gli svaghi dei ricchi erano stati confiscati dallo Stato, con le conseguenze del caso. Restavano i fregi, i tappeti, i tendaggi, i mobili intarsiati; ma i bagni erano in condizioni pietose, le lenzuola di lino piene di toppe e di buchi; e di notte era un continuo andirivieni di topi.

Si constatò subito la difficoltà di intendersi. Il beloro è un idioma a sé, con influssi slavi, ungheresi, brostici e perfino arabi. Pochi gli abitanti che conoscessero l'inglese o il tedesco, nessuno il francese. Ma in pochi giorni Arrigo riuscì a farsi una certa infarinatura.

Da Beorca bisognava raggiungere in treno il villaggio di Paralif e di qui in macchina risalire la lunga valle dello Smir o Valle Smira.

Evitando il treno, prendemmo a nolo una macchina di fabbricazione locale, e partimmo. La gente, vedendoci, non sembrava affatto incuriosita.

Percorrendo la Valle Smira, incontrammo dapprima numerosi paesini che parevano abbandonati perché non si vedeva anima viva. Più avanti cessò ogni traccia umana, eccezion fatta per la strada, stranamente larga e asfaltata.

Cominciarono i boschi, la pendenza si accentuò, le curve si fecero più frequenti e più strette.

Non ci eravamo imbattuti finora in altre vetture finché ci fu dato di superare una macchina gialla, tipo giardinetta. A bordo scorsi soltanto il guidatore, che mi parve uomo d'età, coi baffi spioventi, singolarmente curvo; mi stupì che non si voltasse a guardarci.

Dopo circa altri tre chilometri, un'altra macchina ci comparve dinanzi; era anch'essa gialla e procedeva lentamente nella stessa nostra direzione. La superammo senza fatica; c'era a bordo il solo guidatore, un uomo d'età, coi baffi spioventi e la schiena curva.

Possibile che fosse la stessa vettura di prima? E come aveva fatto a superarci senza che noi la vedessimo? Forse per una scorciatoia il cui imbocco ci era sfuggito? La cosa era strana e complessivamente sgradevole.

Arrigo però rise delle mie inquietudini. Di che cosa avevo paura? A parte l'impossibilità che le due macchine fossero la stessa, era assurdo pensare fosse stato disposto un servizio di polizia per controllarci.

Egli rise finché, dopo un'altra decina di chilometri, ci trovammo dinanzi, per la terza volta, una giardinetta di colore giallo che saliva a bassa andatura. Confesso di avere avuto un brivido nel constatare che la targa era la stessa di prima: PSL 65A.

Da scartare l'ipotesi di una scorciatoia; nell'ultimo tratto non esistevano deviazioni. Allora un'auto fantasma? Oppure la polizia segreta, a scopo di intimidazione, sguinzagliava a controllare gli stranieri varie macchine del medesimo tipo, colore e targa, guidate da autisti che si assomigliavano come gocce d'acqua? Anche il terzo conducente infatti era uomo d'età, coi baffi e con la schiena curva.

Una sensazione di allarme e disagio ci avvelenò quindi l'ultima parte dell'interminabile viaggio, sebbene non incontrassimo altre giardinette di colore giallo. In realtà non incontrammo più nessuno; né automobili, né camion, né carri, né viandanti.

Mehraklya, la nostra meta, con nostro grande stupore si rivelò non già un paesetto di montagna, bensì una città moderna di stampo industriale. Si seppe poi che il governo le aveva dato un grande impulso per lo sfruttamento delle vicine miniere.

Essa ci apparve sul tramonto, nell'ultima concavità della valle, come un miraggio. Intorno si levavano gli erti pendii di maestose montagne completamente nere per la neve che le copriva.

Scendemmo all'Hotel Sindoz, testimone di antichi fasti ormai sepolti. Nel salone da pranzo, carico di decorazioni, camerieri in frac dall'aria professorale ci servivano lentamente un magro pasto su vasellami stemmati. Pochi altri clienti sedevano a tavola: tipi per lo più dimessi, chi in maglione, chi in tuta. Nessuno ci degnò di uno sguardo.

Alzatomi presto al mattino dopo, andai a svegliare Arrigo che aveva sempre il sonno duro. Rimasi sbalordito quando venne ad aprirmi una ragazzetta non sgradevole vestita solo di un asciugamano. Arrigo era ancora sotto le coltri. Quel diavolo di un uomo, perfino in un paese così ostico, non aveva perduto tempo.

La nostra esperienza sciistica si ridusse al minimo. Come impianti di risalita, esisteva soltanto un rudimentale skilift di trecento metri. Ma il peggio era la neve, pesante e attaccaticcia come non avevo trovato mai sulle Alpi.

Arrigo fu d'accordo con me per ripartire senz'altro, nonostante la ragazzina. Per lo meno, ci eravamo cavati il capriccio.

Senonché, al ritorno dai campi di neve nera, non trovammo

più la nostra auto dinanzi all'albergo. Il portiere, in inglese, ci spiegò che era stata prelevata dalla polizia.

Alla polizia, non senza cortesia di modi, ci fu spiegato che a Beorca era stato commesso un errore. Per regolamento, nessuna macchina poteva essere noleggiata da stranieri.

Servizi pubblici non esistevano. Come noi, allora, si poteva far ritorno? Il problema – fu la risposta – non rientrava nelle competenze dell'autorità amministrativa.

Vedendoci costernati – poiché anche in Belora l'umanità sussiste – uno degli ufficiali del comando ci offerse di accompagnarci fino alla capitale con la sua macchina; ma dovevamo aspettare due giorni. Guardandolo meglio, lo riconoscemmo per il tipo strano che aveva pilotato la fantomatica giardinetta.

Scarso conforto furono in quell'attesa le successive esercitazioni sulla tenebrosa neve, che si rivelava sempre più viscosa e impraticabile. Per di più, la ragazzina non si fece più vedere dall'ardente Arrigo.

Durante il viaggio da Mehraklya a Beorca, il sinistro ufficiale al volante non disse una parola. I sedili, dietro, erano incomodi, la macchina procedeva sobbalzando a non più di trenta all'ora. La schiena curva del poliziotto ispirava malinconia.

Giunti che fummo alla capitale, finalmente l'ufficiale aprì bocca. Nel suo stentato tedesco ci chiese dove volevamo essere deposti. Rispondemmo: all'Eskurus Hotel, grazie.

Ma l'Eskurus Hotel era chiuso. Nelle vicinanze, due giorni prima, erano stati trovati per la via manifesti sovversivi. Ragione per cui era stato proclamato una specie di stato di emergenza, con la chiusura di tutti i locali e stabilimenti pubblici. Anche i voli di linea erano stati sospesi *sine die*.

La terra di Belora ci scottava ormai sotto i piedi. In che modo avremmo potuto levare le tende? Col treno, ci fu spiegato.

Ma come entrare in stazione? Nel piazzale antistante era in corso, evidentemente, un imponente raduno politico; migliaia e migliaia di cittadini si stipavano, emettendo grida a noi incomprensibili.

Non era un raduno politico. Interrogando qua e là, Arrigo seppe che l'assembramento era permanente; si trattava dei viaggiatori in attesa dei treni. Ciascuno portava al collo una medaglietta metallica col numero di precedenza. Un inserviente, prima che noi lo potessimo impedire, ce lo infilò per la testa anche a noi.

Ma quanto c'era da aspettare? Le voci erano discordi. Chi parlava di pochi giorni, chi di mesi, chi di anni. Intanto, senza che noi ci se ne rendesse conto, un recinto di filo spinato venne steso tutto intorno, ad impedire l'accesso alla stazione di nuovi candidati. A tutti noi furono distribuiti una coperta a testa e un rancio a base di trippa.

Poco dopo, un impiegato della dogana venne a controllare i nostri bagagli (gli sci li avevamo abbandonati chissà dove).

Là sul piazzale – cominciava a cadere un nevischio nero – le nostre due valigie furono aperte e il doganiere si accinse a rovistarle, sparpagliando gli indumenti e gli oggetti, che i presenti, assiepatisi intorno, sottraevano via via senza che il funzionario intervenisse. Ben presto tutte le nostre cose furono inghiottite in silenzio dalla folla; alle proteste di Arrigo il doganiere non batté ciglio.

Dopo sei giorni di quel calvario, facemmo conoscenza con un professore di lingue, che parlava correntemente inglese, turco e francese. Con grande franchezza e non senza pietà, ci disilluse dall'idea di poter mai più tornare in patria. La Belora in realtà non era mai esistita. La capitale Beorca era una pura parvenza. I presunti viaggiatori, noi due compresi, non erano altri che degli sciagurati senza scampo, di tutte le razze e i paesi (avevamo adocchiato infatti, nella moltitudine, diversi negri e mongoli). Quello era il campo di concentramento di tutti i campi di concentramento del mondo. E le guardie armate che lo controllavano non obbedivano a nessuna particolare autorità: erano guardie, e basta. La colpa non era di nessuno. Il mondo era fatto così.

Ma la speranza è dura a morire. Un giorno mi accorsi che alcuni corvi, i quali stavano sbeccottando i nostri avanzi, parlavano italiano.

«Come mai italiani qui?» chiesi. «I corvi non sono stanziali? Voi da dove venite?»

«Stanziali sì» rispose uno del gruppo. «Noi abitiamo in Valsesia. Però ci avevano detto che le corve di quassù fanno pazzie per gli italiani.»

«Senti, gentile uccello, potresti farmi un favore?»

«Un messaggio da portare in Italia? Vecchia storia! Tutti qui hanno un messaggio da spedire... E va be', per questa volta farò il possibile. Ma fa presto a scriverlo, perché siamo sull'ala di partenza.»

Ecco il messaggio. Veniteci a liberare, amici. Dio vi ricompenserà.

«Corriere della Sera», 30 agosto 1967

La parete

Non era ancora giorno quando partimmo, il vecchio Stratzinger, guida alpina e ottimo amico, mio fratello Adriano e io, per fare la parete sudest della Ota Muragl nelle Alpi Oniriche.

Come è caratteristico di quel gruppo, si tratta di una gigantesca muraglia mista di ghiaccio, roccia, sabbia, terra, vegetazione e infissi artificiali.

Quando uscimmo dal rifugio piovigginava, e compatti filoni di nubi rivestivano completamente le montagne. Confesso che me ne rallegrai perché anche il più accanito alpinista si rallegra, in un primo momento, se il tempo gli impedisce di sfidare il pericolo, salvo poi a piangere lacrime amare per l'occasione perduta.

Senonché Stratzinger disse: «Fortunati, siamo, oggi sarà una bellissima giornata». E immediatamente le fasce di nubi si dissolsero, restò soltanto un argenteo velo di neve pulviscola dietro al quale si spalancarono il cielo violetto e la potente parete della Ota Muragl, già inondata di sole.

Ci legammo in cordata e si attaccò un erto canalone di ghiaccio vivo nel quale però i ramponi entravano come fosse burro.

Ai lati, sulle due precipitose quinte di roccia che chiudevano il canalone, finestre e porte si aprivano e chiudevano, le donne di casa dandosi un gran daffare per pulire, lucidare, mettere in ordine. Ci vedevano benissimo, naturalmente, vicini com'eravamo, ma sembrava che non se ne interessassero affatto.

Tutta la parete, del resto, era popolata da gente che scriveva in piccoli uffici, leggeva, lavorava, ma per lo più si affollava a far chiacchiere nei caffè sistemati sulle cenge e in certe caverne.

A un certo punto ci trovammo alle prese con un pericolosissimo muro fatto di pietroni tenuti insieme da erbacce e radici. Tutto mollava. Stratzinger propose di tornare. Noi due fratelli insistendo, lui disse che allora era meglio slegarsi. Tanto, se uno cadeva, gli altri, non potendosi in alcun modo affrancare, lo avrebbero seguito fatalmente nella catastrofe.

Poco dopo Stratzinger e mio fratello disparvero dietro un costolone. Io mi trovai aggrappato a un macigno che, trattenuto solo da filamenti vegetali, dondolava in modo pauroso. A tre metri di distanza, in una cavità della parete, un folto gruppo stava prendendo l'aperitivo.

Prima che il macigno si staccasse trascinandomi nel baratro, con un balzo disperato riuscii ad afferrare un telaio metallico che sporgeva a mensola dalle rocce, forse allo scopo di sostenere una tenda.

«Agile però per la sua età!» commentò sorridendo un giovanotto affacciato all'apertura della grotta.

Aggrappato con le mani al telaio di ferro, il corpo penzolante nel vuoto, cercavo con le estreme forze di issarmi. Il macigno, sotto di me, stava ancora rimbombando nelle viscere profonde della voragine.

Purtroppo, sotto il peso, il telaio accennò a piegarsi, cedendo. Era chiaro che stava per rompersi. Non sarebbe costato niente, a quelli là dell'aperitivo, tendermi una mano e salvarmi. Ma ormai non si occupavano più di me.

Mentre cominciavo a precipitare, nel silenzio sacro della montagna, li potei udire distintamente che discorrevano del Vietnam, del campionato di calcio, del Cantagiro.

«Corriere della Sera», 20 giugno 1966

OLIMPIADI

... alla grande cerimonia d'apertura nessuno era riuscito ad avvistare lo spirito di Olimpia.

Lo spirito di Olimpia

Non è poi così cattiva la «pista della morte»

Sono andato questa mattina al Patscherkofel dove ci sarà la gara di discesa libera. È questa corsa, probabilmente, il do di petto delle Olimpiadi, la prova massima di abilità, di forza e di coraggio. E avevo curiosità per quali sdruccioli si sarebbero precipitati giù i più grandi campioni del mondo.

In pochi giorni il Patscherkofel si è fatta una fama sinistra. Durante le prove l'australiano Ross Milne di diciannove anni ci ha lasciato la vita andando a sbattere contro un albero. E volando fuori dalla pista due del Liechtenstein, Edmund Schaedler e Wolfgang Endler, sono conciati in malo modo.

Un comitato di esperti ha fatto subito un'inchiesta. E il Patscherkofel incriminato di omicidio è stato assolto con formula piena. La morte di Ross Milne – tale la diagnosi – è dovuta a un concorso di circostanze fatali. Appena trecento metri dopo la partenza l'australiano deve aver «spigolato», e ogni sciatore sa quanto brutto sia se uno spigolo esterno per sbagliata angolazione si infila malamente nella neve. In questi casi non c'è possibilità di recupero. Ci si trova scaraventati via di colpo. Infatti Ross Milne, lanciatissimo, è stato catapultato in aria, la testa in avanti. Là c'era un albero protetto da balle di paglia. Ma il ragazzo, tale è lo slancio, è passato sopra il riparo picchiando la testa contro il tronco. Però quel tratto – hanno detto gli esperti – non è specialmente ripido, la pista era in ordine e non mancavano le misure di sicurezza come gli sbarramenti di paglia e di corde nei punti più rischiosi.

Non importa. I giornali si sono messi a gridare che fare la gara su quel percorso era una pazzia, che l'Olimpiade non doveva diventare un cimitero. E ieri il «Bild» di Monaco aveva un titolone in prima pagina: «Riservare agli assi questa pista della morte!».

Era dunque una cosa così spaventosa? Siccome mi avevano detto che la pista oggi era chiusa mi ripromettevo di salire in cima con la funivia e di discendere a piedi costeggiando il funesto striscione. Ma all'ultimo momento un collega mi ha avvertito che alle dieci permettevano ai giornalisti di discendere in sci.

In funivia due soltanto hanno gli sci. Li riconosco per colleghi dal bracciale nero con su scritto in bianco «Presse». Sono due fustoni atletici che parlano tra di loro in tedesco. «Si può scendere in sci?» io domando. Il più alto fa cenno di sì. «E la pista è difficile?» «*Molto difficile*» risponde lui. «*Sì, molto difficile*» conferma l'altro con aria severa. Poi mi guarda ed evidentemente resta poco persuaso: «*Lei come va?*» mi chiede. «Beh, insomma...» faccio intimidito. In che razza di inghippo mi sono messo per una stupida curiosità.

Intanto la funivia ci tira su. Di sotto si dipana in un paesaggio quasi estivo la pista di bob: tra i verdi prati una sinuosa cunetta di cemento è rivestita interamente di ghiaccio; è inverno questo? Fa un freddo boia, ma i tetti, i prati, i monti sono nudi e melanconici, le strade sono polverose, le piste per le gare vengono costruite metro a metro con un andirivieni di camion, di cingolati, e di volonterosi militari.

In cima trovo gli altri colleghi, anch'essi dall'aria schifosamente sicura di sé e di poche parole. Mi conforta la presenza d'una americanina dall'espressione mansueta, chissà che non condivida la mia abominevole sorte.

Ed eccoci alla partenza. Ci farà da cicerone il professore Hans Zehetmayer del comitato organizzatore, con un altro maestro. C'è un bel sole, l'aria è fresca e leggera. Ma sotto ai miei piedi sprofonda una specie di livido toboga che svolta in fuori come la pala di un'elica. Ecco dove avrà ingloriosa fine il mio reportage olimpionico.

Il professor Zehetmayer si è gettato all'ingiù con un paio di secchi scodinzoli di rigoroso stile austriaco. Tre altri, bene o male, lo hanno seguito. Mentalmente mi faccio il segno della croce. In questo preciso momento da un altoparlante appollaiato su un abete vicino erompe una musica, è una meravigliosa marcetta militare tirolese, eroica e patetica insieme. I muscoli tesi e il cuore in gola io già mi sono avventurato su quello che sembra un tipico e repulsivo esempio di ghiaccio vivo.

Ma non è ghiaccio. E non è poi così ripido. E le lamine degli sci mordono bene. E la fanfara si spande per l'aria come un balsamo rigenerante. Laggiù dietro quella gobba la pista ora sprofonda in un presumibile abisso. Ma non è abisso. È una pista bellissima e stimolante, in condizioni perfette, il fondo duro ma con sopra quella simpatica polverina che tiene.

Il posto dove ha trovato la morte Ross Milne, a vederlo e a percorrerlo, non ha proprio niente di speciale. La ripidezza è morigerata, non esistono gobbe o tranelli. Si vede proprio che il giovane australiano, arrivato qui a velocità esagerata, non aveva più potuto mantenere il controllo.

Non si tratta insomma di una macchina di morte. È una pista tra le più belle che abbia mai fatto, larga come minimo una ventina di metri, attualmente in uno stato ideale. E a ogni curva le balle di paglia formano lunghi e compatti paraurti. Come ripidezza, discontinuità e pericoli la Stratofana è certamente peggio.

Certo questo discorso rischia di essere disonesto. C'è una bella differenza tra lo scendere come facciamo oggi noi, con l'animo in pace, a continui zig-zag e lo scendere come faranno i campioni dopodomani lanciati come proiettili per la linea della massima pendenza tanto più che la pista, scendendo lungo il convesso fianco della montagna, ha le curve spesso svasate all'esterno e allora quanto più è alta la velocità tanto più si è sollecitati per forza centrifuga a volare fuori. E senza contare che dopodomani non ci saranno le musichette tirolesi.

«Corriere della Sera», 29 gennaio 1964

Il fuoco e il ghiaccio

Un marziano racconta:

Sceso stanotte, travestito da uomo, fra certe montagne, al mattino mi sono accorto che nella valle esisteva una città e che da questa città stava uscendo l'intera popolazione, chi a piedi, chi con delle strane macchine a quattro ruote che facevano rumore.

Ho pensato che fosse successa qualche disgrazia o pestilenza, come da noi negli antichissimi tempi, ma la gente non aveva l'aria di essere triste o impaurita. Andavano tutti dalla stessa parte convergendo in direzione di un colle boscoso che sovrasta la città.

Per curiosità mi sono messo anch'io in cammino nella stessa direzione e dopo un buon tratto di strada eccomi tra la folla, sul bordo di una stranissima conca, come non avevo mai visto. Da una parte un largo vialone coperto di neve. Questo s'innalzava con tale spaventosa ripidità che non capisco a che cosa possa servire. Di fronte a questo viale un altro, pure coperto di neve ma più breve. E laddove cessava la seconda pista stava una immensa coppa sorretta da tre gambe con una scaletta che saliva fino al bordo. Tutto intorno una quantità di gradinate disposte irregolarmente. In mezzo, uno spiazzo bianco e vuoto.

Via via che arrivava, la moltitudine si disponeva sulle gradinate e sui bordi del ripidissimo vialone formando una massa sempre più densa e grandiosa. Aspettavano qualcuno o qualche cosa, evidentemente. Forse per un solenne rito religioso. Ma da nessuna parte si vedeva la statua del Dio.

Benché avessi freddo, ho aspettato pure io. Finché gli uomini e le donne si sono messi a battere le mani l'una contro l'altra, come se fossero contenti. Avanzava in quel momento verso il centro della conca un drappello di uomini vestiti in modo completamente diverso dagli altri. Con uno strano cappello a punta, una casacca rossa, corti pantaloni neri e calze bianche. Ciascuno aveva un ordigno di metallo giallo, chi grande, chi piccolo. Si sono disposti su due file, quindi il loro capo ha alzato le mani e gli uomini hanno avvicinato gli ordigni di metallo alla bocca come per bere. Invece si è udita una musica non bella come le nostre ma neppure male.

Allora dal ciglio del bosco sono cominciati a uscire dei gruppi di altri uomini incolonnati a tre per tre. Ciascun gruppo portava vestiti diversi. Alcuni gruppi erano numerosi, altri esigui, persino di due persone soltanto. Dapprincipio ho pensato che si trattasse di sacerdoti o tipi del genere. Ma erano tutti troppo giovani.

Ogni gruppo era preceduto da un uomo che reggeva un'asta con attaccato un drappo simile alle nostre bandiere. E ogni drappo aveva colori diversi come i loro vestiti. Allora ho sospettato che stessero sfilando gli ambasciatori o i messi delle molte nazioni in cui il mondo è diviso. Solo che non riuscivo a capire come tutti andassero d'amore e d'accordo. Anche noi su Marte sappiamo infatti come gli uomini delle varie nazioni litighino continuamente fra di loro e spesso si facciano addirittura guerra, uccidendosi a vicenda.

Invece era proprio così. Per fortuna negli anni scorsi ho studiato un poco dei linguaggi umani. E dai discorsi che sentivo fare intorno ho potuto capire. Quei giovani vestiti nelle più bizzarre e colorite fogge erano per l'appunto accorsi da ogni parte del mondo e questa mattina, chissà come, avevano smesso completamente di litigare.

A un certo punto è avanzato un drappello dei più numerosi, erano ragazzi vestiti di scuro ma piuttosto eleganti. E in testa avevano una bandiera di tre colori, verde, bianca e rossa, se ben ricordo. Ho sentito dire che si trattava di un Paese vicino con il quale gli abitanti di questa valle hanno una grossa e brutta questione. Ciò nonostante non ci sono stati gesti o voci ostili. Anzi, all'apparire della bandiera verde bianca e rossa, la folla ha di nuovo battuto le mani, pur senza esagerato entusiasmo.

Dispostisi i gruppi uno di fianco all'altro sulle successive gradinate e schieratesi le bandiere dinanzi a quelli che facevano musica, due signori si sono presentati a un piccolo palco e si sono messi a parlare ma io naturalmente non ho capito una parola, non era una lingua da me studiata.

Di fianco al gigantesco tripode c'era un'antenna. Su questa antenna è stata innalzata una bandiera più grande di tutte, di color bianco, con cinque cerchi intrecciati. A questo punto si è sentito uno scoppio tremendo ma non era successo niente di male. Come mi sono ben presto reso conto erano dei botti di esultanza che venivano sparati in un bosco vicino.

Subito dopo un giovane è apparso con in mano uno scettro che ardeva alla sommità superiore. La gente tutta batteva le mani, sembravano emozionati, e moltissimi si mettevano dinanzi alla faccia delle curiose macchinette con un occhio di vetro, puntando questo occhio in direzione dell'uomo con lo scettro. Il quale è salito lentamente verso il tripode, si è arrampicato su per la scaletta, infine ha intinto lo scettro nella grande coppa da cui è uscita una fiamma.

In pochi istanti questa fiamma è cresciuta diventando un fiore gonfio e altissimo. A vederlo, era molto bello. Che cosa significasse veramente non so. Eppure fosse la stanchezza del viaggio, fosse l'aspetto di tutta quella folla così solenne e insieme contenta, non riesco a capire perché, ma mi sono sentito una cosa dentro, ero stranamente felice, poco è mancato che mi venisse voglia di piangere.

Alla partita di hockey su ghiaccio fra Stati Uniti e Unione Sovietica, vinta dall'Unione Sovietica per cinque a uno, mi è capitato di udire il dialogo seguente.

Erano due signore sulla quarantina, una con occhiali e l'altra senza.

«Cosa vuoi che ti dica, ma a me sembrano personaggi da fantascienza.»

«Chi?»

«I russi, no? Con quel casco bianco traforato e con quello scafandro rosso.»

«Macché scafandro, è semplicemente un maglione. Esattamente come gli americani.»

«Ma gli americani non hanno casco, eppoi non vedi come sono meno gonfi, meno compatti? Non so, ma mi danno l'impressione di avere meno carica dentro. Li hai visti i russi prima che cominciasse la partita, quando si esercitavano fra loro, che razza di demoni, come cascavano apposta sulle ginocchia, e saltavano all'indietro e giravano su se stessi a velocità pazzesca, non parevano neppure uomini, a me mi facevano paura.»

«Corriere della Sera», 30 gennaio 1964

La semplice gloria di un finlandese

La gloria, nube elettrica e invisibile, sta librandosi sulla valle dell'Inn. Ma com'è questa gloria?

La gloria è quella che tutti noi fantastichiamo alla sera nelle nostre città di lavoro e di nebbia, quando, con l'immaginazione, si costruisce nei minuti particolari la favola di una nostra assurda grande vittoria: l'impeto sovrumano che misteriosamente ci porta sulla neve volando in stato di grazia, i famosi campioni del Nord sbranati ad uno ad uno, laggiù nel sole la striscia rossa del traguardo, allora l'ultimo balzo irresistibile, e poi l'esplosione del trionfo: gli applausi, le urla, gli abbracci, la fanfara che attacca, le bandiere, una foresta di fiammeggianti bandiere, le preziose ghirlande, la radio, la televisione, la stampa, le meravigliose ragazze dal faccino arguto e voluttuoso che si serrano intorno e, di sotto a enormi colbacchi di volpe, sorridono con espressione che non lascia dubbi, e sullo sfondo i grandi lussuosi alberghi simili a castelli di fate che aspettano nel bosco con le loro delizie segrete, la telefonata alla mamma, il «bravo» della somma autorità, l'invidia delle persone più invidiate, i tremendi titoli dei giornali, le fotografie in prima pagina, gli sguardi di ammirazione per la strada, quel sentirsi voluti bene da tutti.

Ma la gloria è pure quella che stamattina, maligno fantasma, ha abbandonato all'improvviso Marcello De Dorigo, nella gara di fondo sui trenta chilometri, dopo essere apparsa accanto alla partenza – e nessuno degli altri la scorgeva – mentre i colleghi in attesa saltellavano intorno per combattere il fortissimo gelo.

E, per un buon tratto, il pericoloso miraggio lo scortò, ripetendogli le tanto splendide previsioni che su di lui avevano stampato i giornali. Non era una gloria strepitosa o esagerata, dopo tutto, quella che sorrideva a De Dorigo. De Dorigo è uno dei nostri atleti più intelligenti e seri, egli pensava specialmente alla gioia della famiglia, alla soddisfazione di far bella figura di fronte a tanti che speravano in lui.

Eppure, dopo qualche centinaio di metri, lui per il primo non ci credette più e il fantasma, all'improvviso, gli sfuggì dinanzi, staccandolo seccamente e si perse nell'intrico del bosco che il sole cominciava a illuminare. Non è che De Dorigo si sentisse ingrippato: ma non era più come nelle giornate buone che lo avevano reso famoso, la grazia era svanita, persino superare il coreano Ko Am Kim – partito mezzo minuto prima di lui, il quale, a rigor di logica, doveva essere inghiottito alla prima sorsata – gli costò una fatica inspiegabile.

Basta poco anche per gli uomini dai nervi sani perché si rompa l'incanto. E perché mai gli italiani, appostati qua e là lungo la pista, mandavano quegli urli? Perché gli gridavano «Marcello, stracciali tutti», perché sventolavano le bandierine tricolori? Non capivano che per lui era peggio? Certo, egli ce la dava dentro tutta, ma per il gelo le lacrime gli appannavano gli occhi, le gambe rispondevano sempre a dovere ma le braccia meno, chissà perché, e nel fondo il lavoro di braccia è decisivo. Soprattutto egli ormai sapeva, per quella singolare sensibilità telepatica che posseggono certi campioni, come ci fosse qualcuno – più di uno, anzi – che oggi marciava più forte di lui.

Al ventiquattresimo chilometro, giù per una discesa, cadde due volte come non gli era capitato mai. Non è che fosse «cotto». Eppure cadde, la seconda volta malamente, pestando la parte destra della faccia sulla neve. E allora capì che non c'era più niente da fare. Gli tornò alla mente come un rintocco di malaugurio la caduta fatta in Svezia, che lo lasciò minorato per qualche mese. Anche lì aveva sbattuto la faccia proprio dalla stessa parte. «Quando si prendono di quelle sberle» pensò De Dorigo «non ci si tira più su.»

All'arrivo, non si fermò subito dopo il traguardo come tutti gli altri: piegò sulla pista di gara trasversale, salendo per una ventina di metri. Qualcuno pensò che fosse ammattito, che avesse perso il controllo di sé. Era soltanto rabbia.

E adesso è disteso sul suo piccolo letto all'ultimo piano del Hfeldberg, la scarna faccia arrossata e gli occhi lucidi. Ancora ieri sera un barlume di gloria fluttuava qui dentro, adesso c'è soltanto una piccola folla noiosa di amici e giornalisti che cercano di tirargli su il morale. Domenica ci sarà il fondo di quindici chilometri, per lui una magnifica occasione. «Certo, non mi arrendo mica» lui risponde. Però si capisce come egli si senta solo.

Ed ora descriverò esattamente la gloria del vincitore, Eero Antero Maentyranta, finlandese, ventisei anni, nato a Pello, di professione doganiere, sposato, padre di una bambina e di un bambino. Guardatelo: lo direste mai un finlandese? Smilzo, bruno, appena un metro e settanta. Lo si crederebbe benissimo nato a Monza o a Genova, per esempio. La sua è stata una gloria molto semplice. Non c'erano fanfare, non c'erano bandiere, né ghirlande, non c'erano alte autorità o ragazze meravigliose a festeggiarlo. Soltanto, all'arrivo, due della sua squadra che gli hanno messo una coperta sulle spalle con delle pacche affettuose e lo hanno accompagnato via.

Il campionissimo non era affatto stravolto, non era imbrattato come tanti altri, di succo d'arancio, marmellata e altre disgustose incrostazioni. Non sputava, non scatarrava. Mezz'ora dopo, aveva già fatto una sauna e, rivestito di tutto punto con un maglione tipo norvegese marrone e bianco e i calzoni blu, sedeva a colazione con due compagni in una saletta della pensione Veronika. Fuori non c'era nessuna folla che inneggiasse. Solo qualche suo connazionale, nel corridoio, gli aveva stretto la mano per complimentarlo. Si fa più festa a un ragazzo che torna da scuola con un sette in matematica. Il vincitore spalmò il burro su tre *crackers*, poi consumò la lista del giorno composta da brodo con fegato tritato, bistecca di maiale con patate arrosto e cavolo in insalata, una fetta di torta di cioccolato con panna, un bicchiere di succo d'arancio e un bicchiere di latte. Questa la gloria.

Subito dopo, il trionfatore sedette al sole, all'aperto, su una panchina, rispondendo alle domande di nove connazionali che gli rivolgevano le solite domande d'occasione, fatalmente cretine; e qualcuno prendeva appunti. Seguì anche una breve intervista cinematografica per la televisione. Amabilmente imbarazzato, con a fianco il capo del *team* olimpionico finlandese, se ne stava in piedi, tenendo fra le mani una scatoletta di ignoto contenuto, regalatagli da qualcuno, e quattro fiori gialli. Ben presto si scocciò. Disse una frase che fece ridere i finlandesi presenti. E lo lasciarono in pace.

Anch'io gli ho rivolto qualche domanda, pure fatalmente cretina, per mezzo di una interprete perché Maentyranta – sembra il nome di un insetto – non parla che il finlandese e lo svedese. Gli ho chiesto se era sicuro di vincere in partenza, e lui ha risposto di no, ma che al ventiquattresimo chilometro aveva capito di avercela fatta. Gli ho chiesto quali avversari temeva di più e lui ha fatto un sorrisetto, senza rispondere niente. Gli ho chiesto di De Dorigo e lui ha risposto che oggi De Dorigo andava meno bene del solito. Di suo ha aggiunto una cosa: alla partenza, incontrando lo svedese Sixten Jernberg, suo grande rivale ma anche amico che partiva prima di lui, gli aveva detto: «Vedrai che ti beccherò al decimo chilometro». E Jernberg – quello che dovrà smettere di correre sulla neve per non perdere la vista – gli aveva risposto: «No, ci vedremo al trentesimo». Come difatti è stato.

Eravamo dinanzi alla pensione Veronika. Con Maentyranta era un dirigente della squadra. Nessuna folla osannante intorno. Pace e silenzio. In quel mentre arrivò un ragazzino con uno scatolone, probabilmente un regalo. Maentyranta ringraziò senza darci importanza, poi si allontanò a piedi, reggendo con la sinistra la scatoletta e i fiori gialli, con la destra lo scatolone. Ecco la gloria.

«Corriere della Sera», 31 gennaio 1964

Il difficile passaporto del «signor trentasette»

Per entrare nella cittadella delle Olimpiadi, a noi cronisti è necessario un passaporto speciale. Si sa come vanno le cose nel mondo di oggi. Per ottenere questi documenti, bisogna fare la domanda molto tempo prima: in certi casi con un anticipo di anni, talora prima ancora che il cronista sia nato.

Per una fatale congiura di circostanze, la domanda per me è stata fatta troppo tardi. E invano sono ricorso negli ultimi giorni a potenti raccomandazioni. Quando mi sono presentato al posto di guardia della cittadella per ritirare il passaporto, una bella ragazza – con un enorme cappuccio di pelo bianco e una mantellina rossa – ha sfogliato certi registri e, quindi, mi ha detto amabilmente che il mio nome non risultava nelle liste. Che mi restava da fare? Rispose la ragazza: mi rivolgessi al centro-stampa là vicino.

All'ingresso del centro-stampa c'erano dei gendarmi cortesi ma fermissimi. Il centro-stampa faceva parte della cittadella. Ora, siccome per entrare nella cittadella era necessario il passaporto, senza passaporto non si poteva entrare neppure nel centro-stampa.

Feci allora presente l'assurdità della situazione: come potevo chiedere il passaporto a chi aveva il potere di concederlo se, per avvicinarmi a questa autorità, occorreva il passaporto? I gendarmi risero, credendo che io avessi voglia di scherzare.

Desolato, mi aggirai lungo il perimetro della cittadella e mi accorsi che molti altri si trovavano nelle mie stesse condizioni.

Essi erano raccolti a gruppetti dinanzi alle finestre del centrostampa, guardando dentro avidamente. Insensibili a queste occhiate importune, funzionari e impiegati continuavano a sbrigare tranquillamente il loro lavoro.

Uno dei presenti mi indicò un signore indaffaratissimo che andava e veniva. Si chiamava Monkerius, era uno dei funzionari delegati al rilascio dei passaporti, lui solo avrebbe potuto salvarci. Aveva un aspetto signorile, una espressione umana. Ma come parlargli?

Attesi che, nei suoi continui movimenti, il dottor Monkerius passasse vicino e battei con una chiave sul vetro. Si voltò, mi vide e sul mio volto lesse evidentemente lo smarrimento, il freddo e l'ansia. Infatti, con due dita della mano sinistra fece un minuscolo cenno, che gli altri non vedessero, come per dirmi di aspettare.

Non passarono dieci minuti che dalla vetrata d'ingresso, vigilata dai gendarmi, il dottor Monkerius uscì con cappotto e colbacco di pelo grigio. Non dovetti spendere molte parole. Come gli dissi il mio nome, scosse sorridendo il capo. Il caso gli era noto. Da giorni se ne discuteva là dentro, le potenti raccomandazioni avendo suscitato un particolare interesse. Ma le iscrizioni erano già chiuse.

Per uno strappo alla regola, necessariamente severissima perché erano migliaia i postulanti ritardatari, ci sarebbe voluto un ordine del signor trentasette, perché i funzionari della cittadella sono numerati secondo l'importanza e si arriva su su, fino al duemila, fino al tremila. Però il signor trentasette è abbastanza autorevole. In quanto a lui, Monkerius, è soltanto il signor tre.

E il capo supremo delle Olimpiadi, chiesi, che smisurato numero porta? È un segreto ignoto a tutti. Forse il capo supremo delle Olimpiadi non esiste nemmeno.

Commosso dal mio scoramento, Monkerius mi fece animo. Chissà come, mi aveva preso subito in simpatia. Avrebbe cercato in serata di avvicinare il signor trentasette e di strappargli un sì: ma non era una cosa facile. Per intanto, ma non lo mettessi per carità nei guai, lui Monkerius avrebbe corrotto alcune guardie a lui devote, così da permettermi non già di entrare veramente nella cittadella ma di gettarvi un'occhiata da certe feritoie dei muri di cinta che guardavano all'interno. Nel caso però che fossi stato scoperto, spettava a me cavarmela. Mai e poi mai avrei potuto fare il nome di lui, Monkerius. Poteva anche rimetterci la testa.

Così, clandestinamente, come un ladro, per i primi tre giorni ho potuto vedere da lontano i giochi, le gare, le feste della cittadella e, con struggente invidia, le evoluzioni dei miei colleghi, i quali – sventolando il divino passaporto – si introducevano nei più reconditi penetrali, rispettosamente salutati dalle guardie.

Potrò mai raggiungere la loro felicità? Di ora in ora si può dire quella santa anima di Monkerius mi fa pervenire piccoli lasciapassare abusivi, accompagnati da contrastanti notizie: il signor trentasette stamattina sembrava quasi ben disposto ma nel pomeriggio aveva fatto sapere che non poteva ricevere nessuno; il signor trentasette alle dieci aveva di suo pugno firmato il *placet* per il mio passaporto, il cui rilascio era ormai questione di ore, ma alle undici e mezzo – per un subitaneo pentimento – aveva diramato il contrordine. Una altalena da scardinare qualsiasi sistema nervoso.

Finché stasera il dottor Monkerius, da una finestrella dell'ultimo piano, mi ha fatto con la mano sinistra il segnale convenuto tanto atteso: il signor trentasette ha detto finalmente di sì. Subito dopo ha fatto, però, un cenno correttivo e prudenziale perché io non mi montassi la testa. Prima di domattina il passaporto non può essere fatto e nel frattempo non è escluso in via assoluta che il signor trentasette possa cambiare ancora idea.

Nella peggiore delle ipotesi, tuttavia – mi ha garantito l'adorabile Monkerius –, il passaporto mi verrà senz'altro concesso l'ultimo giorno delle Olimpiadi, durante la cerimonia di chiusura. Se non altro potrò allora scorribandare a mio piacimento lungo le piste e lungo gli stadi deserti e godere nella solitudine e nel silenzio il *pathos* delle cose belle perdute che non ritorneranno mai più.

«Corriere della Sera», 1° febbraio 1964

Due medaglie per due sorelle

Su per un pendio di neve ghiacciata, una ragazzina – che mi precedeva nella colonna di folla – fece un repentino scivolone e cadde in avanti. Avendola io aiutata a rialzarsi, mi guardò molto seria e, senza ringraziare, riprese la salita. Allora mi accorsi che non camminava giusto.

Eravamo a Lizum, ore 13 di oggi. La scena era romantica e bellissima. Il cielo grigio, una splendida luce livida, da una parte e dall'altra ripidi monti coperti di abeti e, sugli abeti, ancora attaccata la neve da ieri mattina. Ma grandi precipitose strisce erano tagliate nel bosco: le piste da sci. A destra, ripidissima, quella di riserva per la discesa maschile, poi quella dello slalom gigante femminile, e più avanti quella della discesa femminile. A sinistra, quella dello slalom maschile, quella dello slalom gigante maschile e, più avanti, quella dello slalom femminile, verso la quale si andava.

La ragazza non camminava giusto. Mica che fosse proprio zoppa; si poteva piuttosto dire squilibrata, come se da una parte si reggesse meno bene.

Due seggiovie da una parte e dall'altra della valle continuavano a sgranare il loro rosario di uomini e di donne con gli sci sulle ginocchia, una folla sempre più immensa sgorgava dalle centinaia di torpedoni, dagli altoparlanti usciva un baldanzoso valzer tirolese che faceva bene sperare nella vita. Sulle torve rupi incombenti del Kalkkoegel, che chiudono la valle, passavano folate di nebbia, cosicché una sghemba guglia della cresta andava e veniva. Una voce avvertì che stava per cominciare la seconda *manche* dello slalom femminile.

La ragazza avrà avuto quindici anni, era bionda e alquanto slavata, ma un arguto nasino a sella le salvava la faccia. Era accompagnata da una donna sui quarant'anni, forse la madre, che badava pochissimo a lei. Parlava un dialetto tirolese, indossava un berrettone di *peluche* bianca, una mantellina di *loden* grigio, calzoni verdi da sci e scarponi da sci vecchio stile, che certo gli sci non li avevano mai conosciuti. Sebbene i pantaloni non fossero attillati, mi accorsi che una gamba era più sottile dell'altra. Forse il resto d'una poliomielite.

Io avevo ormai raggiunto il traguardo e mi aggiravo nello spazio riservato alla stampa sul bordo della pista. La voce degli altoparlanti sospese le comunicazioni sulla gara per annunciare che nel pomeriggio sarebbe giunta a Innsbruck la coppia reale olandese. Poi avvertì che l'ordine delle partenze era cambiato rispetto alla prima *manche*. Si sarebbe cominciato dal numero 15 e proceduto in senso inverso. Prima, dunque, l'austriaca Haas.

La ragazza dalla gambetta minorata era rimasta indietro perché non poteva entrare nel posto riservato alla stampa; ma poco dopo la rividi. Era riuscita a conquistare un posto vantaggioso dietro lo steccato di cinta e, ad un certo punto, mi guardò, senza però riconoscere lo straniero che l'aveva aiutata a rialzarsi.

Sopra di noi c'erano due piste segnate con le bandierine a zig-zag. Quella a sinistra era servita alla prima *manche*. Giù per quella a destra arrivò abbastanza bene l'austriaca Haas: data la distanza non potevo vedere se fosse bella o brutta.

Ora toccava alla francesina Christine Goitschel, vent'anni, di Val d'Isère, figlia di albergatori, nella prima *manche* piazzatasi seconda dopo la sorella Marielle, di un anno più giovane di lei. L'altoparlante avverte che è già in pista. Il primo pezzo della discesa, dal basso, non si vedeva. Eccola comparire sul bordo del secondo e ultimo «muro». Fluida, sicura, le ginocchia piegatissime che si tirano dietro gli sci molto uniti.

Mi voltai, la ragazza dalla gambetta sbagliata si teneva aggrappata al bordo del recinto con le mani coperte da grossi guanti di lana e osservava la gara con concentrazione assoluta.

Uscita dall'ultima porta, Christine Goitschel si avventò sul traguardo fra i mugolii e le urla della folla. Subito fu comunicato il suo tempo: 46"1. Come minimo, il secondo posto non glielo toglierà più nessuno.

Le campionesse avevano un'espressione contratta avida e rabbiosa, sembravano uomini non donne, arrivavano una per una, a distanza di un minuto circa, tranne il numero 5, Hecher Traudl, Austria, che cadde per due volte nell'ultimo difficile «pettine» e la seconda volta con un tal rotolone che non le restò che appartarsi in buon ordine. Da dietro lo steccato, la ragazzina dalla gamba sbagliata continuava a guardare intensamente.

La fortissima americana Jean Saubert fece un 46"58, oramai la medaglia d'oro non la beccava più. Ed eccoci a Marielle Goitschel, classificatasi in testa nella prima *manche*. Il suo tempo totale era 90"77: cinquantanove centesimi di secondo meno dell'americana. Ma la sorella era andata ancora più forte.

Ormai tutto era deciso. Alle altre 33 concorrenti che restavano da sbrigare, nessuno ci badava più. Con furore quasi da linciaggio, i fotografi s'avventarono sulle due sorelline di Francia coronate dalla gloria di Olimpia. Al centro di un groviglio umano, strenuamente difese dai militari di servizio, si intravedevano le due sorelle, sballottate qua e là in una sorta di delirio. L'altoparlante raccomandava di tenere sgombra la pista, l'altoparlante comunicava i tempi di Giustina Demetz, di Françoise Gay, di Pia Riva. Ma chi li ascoltava?

Christine e Marielle si tenevano abbracciate strettamente. Hanno delle facce sane e simpatiche. Piangevano, ridevano, piangevano: era il momento più bello della vita. A questo punto, crudelmente, mi voltai a guardare la ragazzina che non andava mai in sci. Sì, anche lei piangeva. Sì, anche lei rideva – un riso di disperato smarrimento – mentre le lacrime in due rivoli colavano giù per il faccino. E agitava alta una mano in segno di festa.

«Corriere della Sera», 2 febbraio 1964

I fondisti azzurri
battuti solo dai nordici

Voci allo stadio di Seefeld durante la gara di fondo dei quindici chilometri.

Altoparlante in lingua tedesca, inglese e francese: parte il numero 1: Steiner, Italia.

Fa soffoco oggi, un tempo schifo.

Cicalino: te-te-te-te piiit. Tu sai chi dà la sciolina ai nostri?

Un po' loro stessi. E poi c'è Riziero Rodeghiero, il «mago». Una volta, in Svezia, un giornale gli ha fatto un titolo a otto colonne. Jernberg era andato a vincere in Russia, adoperando la sciolina di Rodeghiero. Allora gliene hanno ordinata dei quintali. La fa lui con la moglie, rimestando in certi pentoloni.

Forza Giulio! Chi è quello?

De Florian, Giulio De Florian.

Com'è la neve oggi?

Molle, fradicia.

Al terzo chilometro Steiner ha lo stesso tempo di Huhtala e Vaganov.

Ma le salite dove sono?

Una è fra il secondo e il terzo chilometro, una al settimo e la terza, la più forte di tutte, tra il dodicesimo e il tredicesimo.

Mit Nummer einunvierzig startet Kitamura, Japan.

Guarda il tabellone, Steiner è terzo.

La Sergia sarà pentita di non essere qui.

Altoparlante: il miglior tempo sui primi cinque chilometri finora è di Roennlund, Svezia, 17'57"7.

Chi è lo *speaker*?

Vico Rigassi, un giornalista del Canton Ticino, una istituzione del mondo sportivo.

Quante lingue parla?

Secondo il numero dei fiaschi che ha vuotato.

Ma se è astemio!

Ecco, parte De Dorigo. Perché non si è messo gli occhiali?

De Dorigo soffre dello stesso disturbo di cui soffre Jernberg.

I fondisti non sono dei raffinati, i fondisti sono tipi duri.

Maentyranta, parte Maentyranta.

Però, non si direbbe che è Maentyranta da come va in salita.

È l'atleta che fa la vita poco buona, contrastato dall'Azione Cattolica. E poi vince. Va nei *night* e beve. Una notte l'hanno trovato sbronzo fradicio disteso sul marciapiede e il mattino dopo ha vinto la gara.

De Dorigo mi sembrava molto legato.

È così difficile giudicare.

Ma quanto tempo rimane la sciolina sotto gli sci?

Adesso parte Groenningen.

Che locusta è. Un metro e ottanta al minimo.

E De Dorigo?

De Dorigo oggi non va bene. Ha già perso su Oestby, il numero quarantotto.

Ha incespicato in partenza, cosa vuoi?

Anche a Huhtala deve essere capitata qualche cosa, ha perso tre secondi.

Si sarà rotto uno sci.

Appare sempre più straordinario Steiner, ha dieci secondi meno di Roennlund.

Ma perché non hanno comunicato il passaggio di De Dorigo?

Altoparlante: finora il miglior tempo dei primi cinque chilometri è del numero sessanta, Maentyranta, 17'43" e 08.

E De Dorigo? È passato al decimo chilometro?

Mah, dovrebbe essere passato.

Fra poco i primi dovrebbero essere all'arrivo.

Sì, sì, eccoli là in fondo. È Steiner, è Steiner, è ancora in testa.

Com'è bravo! Accidenti, è caduto. Però, guarda adesso come va in *souplesse*.

Ha fatto anche un magnifico tempo.

De Dorigo è scomparso, anzi si è ritirato.

Tu non diffondere voci tendenziose.

Come mai non ne dicono niente?

Al decimo chilometro è passato talmente veloce che non lo hanno potuto controllare.

No, è passato talmente adagio che non hanno capito che era il corridore.

Fa caldo, però, oggi.

Altoparlante: il miglior tempo finale è finora del numero ventidue, Jernberg, 51'42"2.

Vedo De Florian! Eh, De Florian ha avuto una scoppola con quell'operazione dell'ulcera. Un anno fermo. L'unico non nordico in tutta la storia dello sci che abbia vinto una medaglia mondiale. Eccolo, eccolo. E quel francese, che gusto! Si è fatto superare da De Florian e adesso dovrebbe bruciarlo sul traguardo. E questo poveraccio, accidenti, com'è ridotto!

Numero undici. È un mongolo. E poi che nome! Zundui Banzzagtch.

Altoparlante: una sensazionale notizia. Sui primi dieci chilometri, il numero sessanta, Maentyranta, ha il miglior tempo con 35'53"8, circa trenta secondi di vantaggio sul secondo.

Diventerà una figura leggendaria.

E chi ha fatto il peggior tempo?

C'è stato un inglese che ha fatto un'ora e due.

Ma De Dorigo non arriva.

Si è ritirato.

No, no, è passato.

Chi è quello là terribile?

È Maentyranta.

No, è Stefansson.

Eccolo là, è lui, è Maentyranta.

Guarda che falcata!

E spinge ancora!

Lui è fatto così, è un avvoltoio.

De Dorigo si è ritirato, non c'è dubbio.

Macché ritirato! È qui che arriva.

Sì, è lui.

Se non altro, ha finito la gara.

Beh, è venuto il sole. Meno male.

Tu adesso vai in albergo?

No, voglio vedere Nones.

Ha fatto una corsa magnifica, avrà un grosso tempo, garantito. E poi potrebbe vincere ancora Groenningen.

Figurarsi. Proprio adesso arriva. Incredibile, quel Groenningen com'è lungo. Sembra *monsieur* Hulot.

Insomma, noi i soli dei non nordici a essere sullo stesso livello dei nordici.

Certo, nella vita, è questione di accontentarsi.

«Corriere della Sera», 3 febbraio 1964

I due capitomboli di Miwa Fukuhara

Miwa Fukuhara stava immobile, le braccia dischiuse in gesto di offerta, il piede destro un poco arretrato come le ballerine in attesa. Alla sua destra Leopoldo del Belgio e Liliana, alla sua sinistra Bernardo e Giuliana d'Olanda: un *parterre des rois* nello stadio del ghiaccio. Lo *speaker* annunciò: numero 11, Miwa Fukuhara, Giappone.

Non è propriamente bella, Miwa Fukuhara. È piccola, ben nutrita, dai capelli di corvo, con quei tratti da bamboccionα tirati un po' via; ma è brava. È piuttosto commovente tra le tante pattinatrici olimpiche. Non è che sia la più piccina, con il suo metro e 56: per esempio, la ungherese Almassy misura tre centimetri meno. È neppure la più leggera con i suoi 52 chilogrammi: per esempio, la medesima Almassy ne pesa nove meno. Però ha qualcosa di tenero, puerile e indifeso: da lontano una specie di esotica focaccetta.

Spera in una medaglia, Miwa Fukuhara, diciannovenne studentessa di Tokio. Nel punteggio delle figure obbligatorie, eseguite nei giorni precedenti, è riuscita quarta. E non pretende certo di battere la Dijkstra, bionda valchiria d'Olanda, che non sbaglia un colpo. Ma nel «paragrafo tre avanti destro» la inesorabile giudice numero 5 – la veterinaria canadese Francis Morrow, che il pubblico fischia così volentieri – le ha dato un magnifico 4,7. E due altri 4,7 li ha avuti nel «paragrafo con boccola destra indietro», che è l'esercizio più difficile dei cinque. Anche l'austriaca Heitzer e la canadese Burka, nelle prove classiche, hanno fatto meglio di lei.

Però Miwa Fukuhara sa di dare il meglio nel «libero» quando la musica sembra portarla via. Ha indossato un costume aderente di raso rosso con qualche lustrino e una gonnellina lunga una spanna. Nello stadio si è fatto il silenzio. Perché non si decidono ad attaccare il suo disco? Resta là, con le braccia gentilmente aperte un tempo interminabile, e sente il cuore che batte. Cerca di non guardare i nove terribili giudici seduti al lato della pista, con il rispettivo numero applicato sul petto come un marsupio, immobili e importantissimi. Meno male che fra i nove c'è il compaesano Hasegawa, che nel verdetto le darà magari una spintarella in su.

Ah, meno male: i quattro famosi colpi iniziali della quinta sinfonia, le quattro martellate del destino. Miwa Fukuhara scatta trascinata da Beethoven. Si abbandona in avanti, poi si volta e vola all'indietro in dolci curve, via via più rapide e lievitanti, spingendo via il ghiaccio sotto di sé con le tonde gambette. Un doppio *salchow*: Miwa gira due volte su di sé nell'aria, ricade con la delicatezza di un velo, un lungo applauso scroscia. Come repertorio, Miwa Fukuhara non presenta cose straordinarie. Però lei sa fare tutto così bene.

Poi Beethoven, con estrema disinvoltura, lascia il posto alla *Madame Butterfly*, Miwa Fukuhara sorride felice, ondeggiando, schizzando, danzando. Dopo Puccini, *Funiculì Funiculà*: e tradizionali passetti di danza. Già tre minuti sui cinque consentiti. Manca poco. Per il finale, c'è la *Reverie* di Schumann. Forza, Miwa, che tornerai a casa con la medaglia. Su un sospiro dei violini, al termine di un doppio salto, Miwa Fukuhara piomba col sedere sul ghiaccio, il culetto fa cioc, la folla impietosa emette un lungo boato. La bambola rimbalza in piedi, guizza via sorridendo, una caduta, quando è dovuta a troppa disinvoltura, i giudici la perdonano volentieri. Coraggio, giapponesina.

E adesso il crescendo finale, l'acuto oltre le righe, i supremi pezzi di bravura. Esplode un applauso: Miwa Fukuhara ha vorticato tre volte su se stessa, in un *rittberger* degno di manuale. Lo stato di grazia, l'afflato della musa, l'estasi del corpo e dell'anima. Ma stavolta non si siede sul ghiaccio, stavolta fa un vero capitombolo, rotolando su se stessa come i bambini di un anno quando imparano a camminare. E che conta la soffice grazia del capitombolo? Lo stadio manda un mugolio di raccapriccio. Addio medaglia, addio sogni di anni e anni, addio ritorno trionfale in Giappone.

Cinque secondi ancora. Al centro della pista l'esotico bambolotto vestito di rosso comincia a girare su se stesso alzando lentamente le braccia sopra il capo in un vertiginoso vortice. Miwa Fukuhara non si distingue più, si vede soltanto una specie di vibrante fiammella che palpita disperata. La fiammella diventa sempre più sottile, all'ultima nota di Schumann si dissolve e svanisce. Sul ghiaccio resta un mucchietto di cenere. Subito gli inservienti lo spazzano via, fra gigantesche ovazioni.

«Corriere della Sera», 4 febbraio 1964

Lo spirito di Olimpia

La prima sera delle Olimpiadi si notava una certa preoccupazione fra i maggiorenti del Bundes: alla grande cerimonia d'apertura nessuno era riuscito ad avvistare lo spirito d'Olimpia.

È una brutta sorpresa se, nelle Olimpiadi, non interviene questa evanescente creatura. Ci possono essere delle Olimpiadi bene organizzate e interessantissime anche senza la sua partecipazione. Ma non ne possono fare a meno per riuscire veramente felici.

Lo spirito d'Olimpia è una specie di Puck, grazioso e spensierato folletto che ha bisogno di allegria come del pane; e, a sua volta, diffonde buonumore, gioia di vivere e appetito. Dove c'è lui, tutto sale di tono, tutto diventa elettrico ed eccitante: ed una vana esaltazione si produce negli animi. Di questa grande festa sportiva rappresenta lo stato di grazia.

Assume svariate forme. Per lo più, appare come un giovanetto leggero e mobilissimo. Ma, abbastanza spesso si trasforma in un albero, in un lume, in una musica, in una bandiera, in un furetto o in altri simpatici animali. E, talora, resta affatto invisibile, pur essendo presente. Di temperamento, è espansivo e generoso. Però gli piacciono gli scherzi ed è piuttosto permaloso. Ci tiene a fare il protagonista. Se non lo prendono sul serio, se non gli fanno tutti onore, taglia la corda.

Così ci sono state delle Olimpiadi piene di lui e delle Olimpiadi deserte o quasi. A Cortina, per esempio, non passò ora, si può dire, senza la sua presenza. A Roma, invece, la città eterna ebbe su di lui il sopravvento. Cosicché lo spirito di Olimpia si fece vivo solo di quando in quando, per pochi minuti, il minimo indispensabile. E se i giornali non ne parlarono, è solo perché gli uomini sono degli stupidelli e si vergognano di parlare pubblicamente di certe cose, quasi fossero delle puerilità, mentre sono invece molto importanti. In quanto a Innsbruck, la sua presunta assenza all'accensione del fuoco aveva avuto un effetto deprimente. Si era forse urtato per la austera compostezza della cerimonia, lui così propenso ai giochi? Lo aveva depresso il panorama autunnale privo di neve? O aveva trovato il freddo eccessivo?

Sino a tarda notte, le autorità austriache e olimpiche attesero invano la sperata segnalazione. Dov'era andato a ficcarsi il fatidico spiritello? C'era qualcosa che non gli andava? In serata, il pattinaggio artistico a coppie fu un successone di pubblico. Nelle mani dei bagarini, i biglietti arrivarono persino a venticinquemila lire. Ma invano gli sguardi perlustravano la folla, gli atri e i vestiboli dello stadio del ghiaccio.

Soltanto il giorno dopo, al ventinovesimo chilometro della gara di fondo, quando passò Maentyranta ormai netto vincitore, un guardiapista credette di scorgere il desiderato sotto forma di scoiattolo che balzellava da un abete all'altro. Ma la segnalazione non poté avere conferma ufficiale.

A Seefeld il salto speciale determinò un clima eccezionale di festa, sebbene tutti battessero i denti. E, all'improvviso, lo spirito di Olimpia non si lasciò più desiderare. Fu visto, infatti, nei più disparati settori, nell'immensa folla, comparire e scomparire velocemente, il volto irradiato da un soddisfattissimo sorriso. Ad un certo punto sbucò persino fra le gambe di Farah Diba, accovacciandosi in sembianze di cagnolino *boxer* sotto il *plaid* che le copriva le ginocchia.

Da allora, è doveroso riconoscerlo, le sue comparse non si contano. Non già nelle strade di Innsbruck, fangose e alquanto tristi. Ma a Lizum, per esempio, tra le bandierine dello slalom vinto dalle sorelle Goitschel o a cavalcioni di Sergio Zardini, lanciato a capofitto sul bob (e Dio sa se non sia stato lui a fargli perdere il primo posto). O fra gli scatenati pattini degli hockeysti russi, canadesi e svedesi (ed a lui si devono i più teatrali capitomboli).

Anche stamattina è balenato a più riprese, magnetica apparizione, come un serpentello di luce, allo stadio del ghiaccio, per la corsa in pattini dei cinquecento metri. Fra l'altro, s'è divertito a far sbandare, proprio sul traguardo, il giapponese Fumio Nagakubo, che pure aveva fatto un'ottima prova, cosicché è andato a sbattere contro l'apparecchio a cellula fotoelettrica con un magnifico sconquasso e complicatissimo ruzzolone. Ed ha somministrato un pizzicotto, verso la metà della seconda curva, all'americano McDermott, il quale è quindi schizzato in avanti come una cavalletta, segnando 40"1 e conquistando la medaglia d'oro, dinanzi a due russi e ad un norvegese, che avevano fatto tutti e tre 40"6.

Anch'io l'ho visto, del resto, questa sera per un minuscolo istante, in Mariatheresienstrasse, mentre tirava la spiritosa criniera della belga Patricia Du Roy de Blicquy, una delle più graziose discesiste. Lei s'è voltata inviperita ma lui era già chi sa dove. Aveva l'aspetto di un ragazzo di dodici anni. Un berretto di pelo, una giacca a vento rossa imbottita, calzoni neri aderenti alle gambe lunghe e sottili. Capelli biondi, occhi a mandorla, bocca impertinente e un piccolo naso greco.

«Corriere della Sera», 5 febbraio 1964

Vampiri del ghiaccio

Tre ore e mezzo allo stadio del ghiaccio per la velocità maschile sui cinquemila metri. Pensavo di restarci mezz'ora, un'ora al massimo, e ci sono rimasto fino alla fine. La cronaca, per il pubblico italiano, aveva una importanza relativa. E io non sono un patito di queste gare. Eppure sono rimasto fino alla fine. Perché?

Il motivo credo sia questo: al di là delle loro prestazioni sportive, i pattinatori, attraverso la loro intensità estetica, finiscono per diventare dei personaggi di un altro mondo, i protagonisti di un fantastico mito.

Lo stesso mi accadde la prima sera di Olimpiadi, per il pattinaggio artistico a coppie. Le esibizioni durarono oltre tre ore, e quasi tutte si assomigliavano, e io non ero in grado di valutare i pregi stilistici delle varie figure, e c'erano degli amici che mi aspettavano a pranzo. Tuttavia non ero capace di muovermi. Quegli uomini e quelle donne che conosciuti in privato probabilmente non mi sarebbero parsi niente di straordinario, erano, là sul ghiaccio, delle affascinanti figure di romanzo. Data la distanza non distinguevo le loro facce, non sapevo se erano belli o brutti. Era dunque il loro gioco, non le loro specifiche personalità fisiche, a emanare con sorprendente forza un fatto di poesia. Era l'amore. Il prendersi e il lasciarsi, l'abbandonarsi concorde all'armonia dinamica del ritmo, i voli tratti da un comune slancio, l'aerea devozione di lei nel lasciarsi trasformare in giunco, in velo, in trottola, in uccello, il sincronismo rigoroso per cui il vocabolo «insieme» raggiungeva sconosciute perfezioni, tutto diventava, senza nulla di sensuale, un concreto incantesimo d'amore. E i due che affrontavano l'esame dinanzi ai nove giudici non si chiamavano più Ludmilla Belusova e Oleg Protopopov, Marika Kilius e Hans Baeumler, erano Giulietta e Romeo dei giorni nostri e veniva d'istinto immaginare stupende storie, fughe attraverso i continenti, incontri nelle fatidiche notti, ore di tormento e di delirio, uno sfondo insomma eccessivamente romantico forse, eppure irresistibile. Certo, intorno a me nelle tribune c'era chi misurava al centimetro i moti, i piegamenti, le volute, assorbito dal problema tecnico. Ma tutti gli altri, cioè la maggioranza, erano presi da ben diverso pensiero. Non saprei neppure dire perché la danza, anche nei casi più insigni, difficilmente riesce a tanto: forse per la maggiore perfezione geometrica e per il travolgente guizzo che il ghiaccio consente?

Ma c'è anche il mito dei velocisti, nutrito da tutt'altro repertorio fantastico. Mi ricordo che quando ragazzetto frequentavo il palazzo del ghiaccio di Milano, c'era un mio amico che aveva avuto in regalo dei pattini da corsa. E si era montato la testa e si allenava indossando la classica calzamaglia. Bene, bastava questo perché ai miei occhi diventasse un'altra creatura, a me del tutto sconosciuta, irraggiungibile, dotata di arcani poteri.

Lo stesso curioso sentimento, moltiplicato per dieci, mi hanno trasmesso i massimi campioni venuti a Innsbruck da tutte le parti del mondo. Guardateli, alle dieci del mattino di oggi, che allo stadio del ghiaccio si misurano per la medaglia dei cinquemila metri.

Nonostante tre gradi sotto zero, la folla gremisce le tribune e i bordi della grande pista, ci saranno almeno ventimila persone. Stranamente, io che di solito mi trovo sempre relegato agli ultimi posti, trovo una sedia in prima fila. La bruma dell'inverno sui boschi e nelle valli, un sole lattiginoso che non si sente, le *hostesses* col berrettone bianco che girano offrendo bevande calde, le bandiere allineate tutt'intorno che palpitano svogliatamente. «*Weiter gehen, weiter gehen*», ripete senza fine un inserviente perché proprio dinanzi a me la gente di passaggio si ingorga.

È la folla più cosmopolita che abbia mai visto. Una ragazza di fianco a me parla in svedese, dietro a me tre personaggi in pelliciotto di tricheco parlano in russo, più in là due piccoletti ridacchiano in giapponese. I concorrenti sono quarantaquattro e partiranno a due a due. Nel girone interno della pista sette pattinatori stanno allenandosi con neghittose pedalate. L'altoparlante comunica i primi due partenti, un finlandese e un coreano del Sud. Poi il colpo di pistola.

Che cos'è dunque il mito di questi atleti che sono nello stesso tempo vestiti e nudi tanto il costume aderisce? Non si tratta di una favola d'amore, almeno direttamente. È l'avventura, che essi esprimono, una esistenza strana e folle, neppure il cinematografo, che è la più facile fabbrica di miti, arriva a una forza d'evocazione così precisa.

Il giro dello stadio è di quattrocento metri circa, devono farlo dodici volte e mezzo. A ogni giro, chi è nella pista interna passa a quella esterna e viceversa, il cambio avviene in un varco di settanta metri. Il coreano Young Bai Choi mi passa vicino. Faccio appena in tempo a intravedere il suo spiacevole volto, la bocca contratta nello sforzo.

Laggiù in fondo c'è un grande tabellone rosso che segna i tempi con cifre luminose. Al colpo di pistola, nelle rispettive caselle, i secondi e i decimi di secondo si mettono in moto. Non ero mai riuscito a capire questa convenzione teorica. Finalmente ora vedo che si sgranano dall'uno al nove con la rapidità del pensiero. È come qualcosa che si sgretoli a precipizio, nulla può esprimere in forma più concreta e cattiva la rovina vertiginosa del tempo. Nell'attimo stesso che il corridore varca il traguardo, le cifre luminose si fermano. Rialzatosi in piedi, il corridore subito si volta a leggere il proprio tempo, perde di vista la curva, spesso incespica nelle crestine di ghiaccio in polvere che delimitano le due piste, subito accorre un inserviente con una pala a rimettere le cose a posto.

Si accavallano le voci dell'altoparlante in tedesco e in inglese. Ora è in gara, con un danese, l'italiano Renato De Riva. Farà un tempo più che buono, battendo il record nazionale, si classificherà quattordicesimo precedendo anche tre finlandesi. È bellissimo quando i campioni entrano in curva, curvi nell'impeto della corsa, le mani giunte sulle reni e cominciano a incrociare il passo, sfiorando il limite interno della pista, come se nella stessa curva trovassero un appoggio per prendere nuovo slancio. Allora le lucenti spade addentano il ghiaccio a bei colpi iracondi e soffici nello stesso tempo. È uno dei movimenti più armoniosi e dinamici che siano consentiti al corpo umano. Ed è qui che il pattinatore raggiunge il suo massimo tono.

So benissimo trattarsi di bravi giovanotti in tutto simili a tanti altri bravi giovanotti che qui vanno in sci, in bob, in toboga. Nessuno però mi impedisce, quando li vedo filar via elastici, sinuosi sull'orizzontale scivolo, di immaginarli esseri enigmatici e lontani. Essi mi parlano di sette segrete nei bassifondi delle grandi città industriali, di congiure e di parole d'ordine, di Fantomas e Gordon, di delitti e di razzi interplanetari. Nello stesso loro passo avido e insinuante hanno qualcosa di Satana. La loro assoluta eleganza è nello stesso tempo notturna, femminea e scellerata. Sono i vampiri del ghiaccio.

L'austriaco Strutz ha già fatto crollare il record olimpico con 7'48"3. Subito dopo il russo Kosichkin lo supera, battendo anche il record sovietico. Ma ecco in gara il norvegese Per Ivar Moe. I suoi compatrioti, annidati qua e là nella folla, intonano in coro ritmiche grida di: «*Hejapa, hejapa*», agitando le bandierine. Per la terza volta nel giro di pochi minuti il record olimpico è abbassato. E non sarà l'ultima.

Tranne i giapponesi, i coreani e i mongoli, che anche da lontano si distinguono per la corporatura piccola e la faccia strana, gli altri, una volta lanciati in pista, sembrano tutti uguali. Ciò facilita la sintesi con cui la fantasia li accomuna in un particolarissimo e fantomatico settore di umanità. Passa in cielo un elicottero che sbircia in basso ciò che accade. Passa a me dinanzi una ragazza straniera col naso bendato, probabilmente superstite di una gara di sci. Ora parte, col norvegese Maier, Choon Bong Kim, nordcoreano.

Non sono commoventi questi asiatici venuti da lontanissimi paesi a popolare le code delle classifiche? A casa loro probabilmente erano delle specie di eroi, idoli delle folle in immensi stadi, simboli di giovinezza e di vittoria. Qui le lancette del cronometro li divorano, umiliandoli agli ultimi posti. Ne vedo uno che scivola via tra la folla, con gli sconfitti pattini sotto il braccio. Crudelmente ignorato da tutti.

Ed ecco invece un autentico vampiro, un Fantomas di grande stile: Knut Johannesen, Norvegia. Mentre i suoi amici si sgolano in atroci «*Hejapa*», egli inghiotte i metri a morbide e potenti palate. Via via che lui avanza l'altoparlante segnala: al decimo giro Johannesen ha il migliore tempo dopo il secondo classificato, all'undicesimo è passato secondo, al dodicesimo ha pareggiato il primo. La folla è un urlo che cresce cresce, Johannesen ce la farà? Precipitano vorticosi i numeri luminosi del tabellone. Si fermano su 7'38"4. Il record olimpico è nuovamente battuto. La medaglia d'oro.

Prima ancora che la gara finisse – tanto non restava nessuno di preoccupante – in un andito del palazzo del ghiaccio, i tre primi arrivati, Johannesen, Moe e Maier, tutti e tre norvegesi, hanno dato una specie di conferenza stampa. Dovevo fare a meno di andarci. Come li ho visti da vicino la romantica illusione è caduta. Tre ragazzoni pieni di salute. E Johannesen poi. Immaginate uno scolaro di terza ginnasio cresciuto esageratamente, con una faccia camusa non ancora ben decisa. Altro che vampiro delle notti. Il costume da corsa, già impeccabile guaina per torbide perdizioni, si era tutto afflosciato, increspandosi in goffe pieghe, come i vestiti che passa il fratello maggiore.

«Corriere della Sera», 6 febbraio 1964

Le colpe della sciolina

La discesa libera femminile, vinta nettamente dall'austriaca Christl Haas, ha consentito di applicare in modo perfetto la tecnica moderna di assistere alle gare di sci.

Le gare di sci stanno alle corse ciclistiche su pista, con lo svantaggio anzi che talora i ciclisti arrivano in gruppo e la volata finale diventa la fase più bella della gara, mentre per lo sci gli arrivi in gruppo sono esclusi per definizione. Insomma, lo spettatore di una gara in sci, per quanto attento e munito di binocolo, non vede quasi niente. Se si apposta lungo la pista, gode il vertiginoso passaggio dei campioni per un tratto di poche decine di metri. Se si apposta al traguardo, assiste soltanto allo *schuss* finale, cioè all'episodio meno importante e meno decisivo.

D'altra parte, è assurda la teoria che convenga starsene a casa, comodamente sdraiati su una poltrona dinanzi al *video*. Per chi va ad assistere a una gara di sci, la gara in sé rappresenta al massimo il dieci, il quindici per cento della soddisfazione. La TV ci dà forse l'ambiente? Ci dà i colori? Riesce a trasmetterci l'atmosfera eccitante e gagliarda che si determina intorno al traguardo? Ci dà le voci, i commenti, le musiche interlocutorie, le risate, gli scherzi, le facce e i costumi delle belle spettatrici? Ci dà il sole? Ci dà il freddo? (e il freddo, quando è bestiale come stamane, si trasforma in una prova sportiva da raccontare poi agli amici). No, la televisione tutto questo non ce lo dà, almeno finora. E quindi, non basta.

Perciò stamane siamo saliti a Lizum e, nonostante la nebbia coprisse fino a metà le montagne, abbiamo preso, scrupolosi cronisti, la seggiovia dell'Hoadl, salendo fino in vetta. Così da poter contemplare panoramicamente il campo di gara (la nebbia, infatti, verso le undici si è alzata), incontrare lassù campioni, campionesse, maestri e commissari di gara ed esperimentare, infine, una temperatura da antartide che oscillava, io penso, sui quattrocento sotto zero. Quindi, ridiscesi, abbiamo girato tra la pittoresca folla assiepatasi intorno al campo d'arrivo, così da raccogliere le dovute impressioni.

Dopodiché, con la coscienza a posto, non appena è partita dall'alto la prima delle tre apripiste, ci siamo affrettati al modernissimo Sporthotel Olympia, dove il televisore era in azione. Perché ad un certo punto, cioè quando la gara comincia, questo è ormai l'unico modo di seguire ciò che succede. E non capisco come nessuno abbia ancora pensato in questi casi a installare nei pressi del traguardo, accanto al tabellone che segnala i tempi, un grande schermo per proiettarvi, a uso del pubblico, le immagini della televisione.

In quanto alla gara, sul puntualissimo pullman del Pressezentrum che mi riportava a Innsbruck, ho udito qualche commento.

«Ma come si spiega?»

«Si spiega cosa?»

«Come si spiega un simile disastro?»

«Bravo, la sciolina. Le italiane hanno sbagliato la sciolina. Altrimenti non capisci come la Pia Riva si sia fatta dare quasi sette secondi dalla Haas.»

«E spiegami, allora, perché nel primo tratto le nostre sono andate bene e poi hanno calato nel tratto in cui bisognava spingere?»

«Semplicemente perché il primo tratto è più ripido.»

«Beh, io la faccenda della sciolina la lascerei stare, anche se fosse vera. È una scusa talmente vecchina e rancida. Non vi sembra più elegante sorvolare, se non altro per pudore?»

Lungo silenzio, e poi una voce: «Beh, dopo tutto ci siamo piazzati all'undicesimo posto. Una prova onorevole, direi».

Prova onorevole per un Paese che possiede almeno tre quarti dell'arco alpino? Apprezzamenti del genere, ahimè, ne abbiamo uditi fin troppi, qui a Innsbruck. Bastava che un italiano non fosse arrivato ultimo e c'era chi ne traeva motivo di conforto. Verrà il giorno che il semplice fatto di essere iscritti ad una gara sarà una consolazione nazionale?

«Corriere della Sera», 7 febbraio 1964

Gli ultimi delle classifiche

Prima che l'Olimpiade invernale chiuda le porte, mi sembra giusto mandare un saluto non già ai vincitori né a coloro che potevano vincere e sono invece stati sconfitti, bensì a quelli che non avrebbero potuto vincere mai e lo sapevano ancor prima di partire dai loro lontanissimi e quasi leggendari Paesi.

Parlo specialmente dei ragazzi venuti a Innsbruck dalla Corea, dalla Mongolia, dall'India, dalla Persia, dall'Islanda, dal Libano, terre che in fatto di sport invernali sono fatalmente ancora depresse. Per loro non c'è mai stato un brivido, non è crepitato un applauso, non si è alzata la bandiera, non è stato suonato l'inno. I loro pittoreschi, misteriosi e spesso bellissimi nomi non sono stati riportati dai giornali perché respinti dal cronometro nell'estrema coda delle troppo lunghe classifiche. Ed essi sapevano che sarebbe stato così ancor prima di imbarcarsi sull'aereo, salutati dai «pezzi grossi» sportivi della loro città con assurdi auguri di trionfo a cui nessuno credeva.

Non è drammatica la loro storia come quella del grande campione che la sfortuna, o il caso, o il malessere, o l'età stronca a metà di una gara. Non c'è la tragedia di una gloria a cui si sa di poter pretendere e che dilegua crudelmente nell'attimo che si stava per ghermirla. Non si può neppure parlare di delusione. Di malinconia sì, forse, perché è sempre amaro entrare a far parte di una comunità umana quando si è consapevoli che in questa comunità ci sono rigorosamente negate le vette, che per noi non potrà scoccare la grande ora, che mai la luce ci illuminerà.

Vi abbiamo visti sulle nevi e sul ghiaccio, Zusvanaiush Dashembarel, Dambadariaa Baadai, Lobsanglhagv Daschnam, Shadamba Gurschav, figli della remota Mongolia, e voi coreani Kim Dong Bock, Yang Yong Ok, Ri Kyoo Hwan, Kim Zin Kook, Choi Nam Youn, e voi discesisti persiani Kia Chemchali Lotfollah, Meguerdoumian Ovaness, Bendali Feizollah, e tu solitario indiano che porti il poco indiano nome di Jerry Bujakowski.

Secondo i termini della imparziale procedura olimpica, che in partenza è uguale per tutti, siete stati chiamati uno per uno alla ribalta, e per voi – come per i sommi assi – l'altoparlante ha annunciato il nome, il cronometro è scattato, è suonata la campana dell'ultimo giro e, infine, sono comparsi sul grande tabellone i numeri luminosi delle ore, dei minuti, dei secondi e dei centesimi di secondo.

Non ci sono stati, però, battimani, né abbracci al traguardo, né interviste, né assalti di fotografi. Tutt'al più degli sguardi e dei commenti di curiosità per le vostre così insolite facce. Avete recitato la vostra breve parte e poi basta, nessuno si è occupato più di voi. Probabilmente, nella casa lontanissima, la mamma pregava per voi perché le mamme non possono ammettere che i loro figli non siano i più bravi: e avevano appeso piccoli cartigli con preghiere di vittoria nei venerati santuari. Ma i vostri dei non si interessano abbastanza di discesa libera e di velocità sui pattini, essi ignorano queste curiose follie, e hanno fatto finta di non sentire.

Eppure – ed è giusto che lo sappiate – voi non siete stati inutili. Gli allenamenti, lo studio, gli sforzi, i sacrifici, il lungo viaggio, le mortificazioni, la solitudine di cui è fatta la vostra oscura storia non sono stati buttati via. Anzi l'Olimpiade, senza di voi, non sarebbe quella bella e felice cosa che è. Proprio voi, più degli Zimmermann, delle Goitschel e degli Jernberg, siete il sale di questa grande festa.

Che peccato che non sia accaduto il miracolo. Al di là del

buon senso e delle inesorabili cifre, un lumino di pazzesca speranza esisteva certo in ciascuno di voi la sera che stavate preparando le valigie e gli attrezzi per partire. Non poteva esserci l'arcano stato di grazia, l'afflato inatteso del dio? Anch'io, confesso, l'ho sperato. Che bello sarebbe stato se, sulle nevi di Seefeld, il mongolo Sonomatseren Natsagdori avesse staccato di un quarto d'ora Maentyranta, e il nordcoreano Sung Woon Bak avesse bruciato sul ghiaccio tutti i records mondiali, polverizzando McDermott e Johannesen. Ma la vita, purtroppo, non ha abbastanza fantasia.

«Corriere della Sera», 8 febbraio 1964

La «spigolata» di François Bonlieu

Al quarantanovesimo secondo il numero 15, François Bonlieu, spunta sul ciglio dell'ultimo muro dello slalom. Soltanto Pepi Stiegler è comparso lassù al quarantanovesimo secondo: tutti gli altri al cinquantesimo, al cinquantunesimo, François Bonlieu è il favorito, mai forse come in questi giorni è stato in forma, la medaglia d'oro dello slalom gigante ne è la prova. Ma Pepi Stiegler, numero 8, ha fatto una discesa formidabile: 69"3, nessuno si aspettava tanto da lui. Stiegler ce la deve avere messa tutta.

Sfido: non capita spesso di correre in condizioni morali così difficili. Tre giorni fa, dopo una prova di qualificazione contro Zimmermann, Stiegler era stato escluso dal *team* austriaco per lo slalom. Allora da Lienz, dove è nato, e anche da Innsbruck, proteste violentissime. La solita camorra, dicevano, perché Pepi non è dell'Arlberg, voi lo vedete come il fumo negli occhi, voi dimenticate che è ancora oggi lo stilista più perfetto, che nello slalom è sempre un maestro. Insomma, una tale ammoina che i capi lo avevano riammesso in squadra.

Ma è ben difficile sfidare un esame a dispetto dei santi. Figurarsi che putiferio se Stiegler oggi avesse fatto fiasco. E Stiegler non è quello che si dice una tigre, ciò che gli rimproverano è appunto di non avere la grinta. «Quando ti alleni allo slalom» gli diceva un amico «dovresti partire d'impeto come se fosse una vera gara, mica tranquillamente come fai.»

«Ma anche in gara» aveva risposto quel candido «io parto sempre così.» Pepi Stiegler ha la faccia di un bambino molto serio, parla pochissimo, chi lo conosce dice che è una specie di angelo. E per questo non ha tutta la cattiveria che ci vorrebbe.

A Lizum sta nevicando lentamente. La prima *manche* è già cominciata ma i pullman fanno ancora la spola, scaricando valanghe di persone. François Bonlieu si infila nell'ultima serie di porte con bellissima ed elastica decisione. È il tratto più ripido e difficile. La pista, in alcuni punti, è ghiaccio. Si ode a distanza il morso rabbioso delle lamine nelle secche virate.

In cinquanta secondi di sforzo assoluto per i muscoli e per i nervi, i campioni hanno perduto per strada tre quarti della loro eleganza. Addio sci uniti, addio armoniosi ancheggiamenti. Le braccia protese in avanti, alla ricerca affannosa di un appoggio per i bastoncini, le ginocchia piegatissime per dominare il pendio e la forza centrifuga: sembrano quasi tutti al limite. Il zigzag delle porte è un cunicolo tortuoso nell'aspra selva e una torma di lupi è alle calcagna.

François Bonlieu farà più presto di Stiegler? La porta numero 65 – ne restano ancora tredici – ha i pali dipinti di blu, la successiva ha i pali rossi. È forse il punto peggiore. Subito sotto la porta blu, c'è un lastrone di neve ghiacciata. Bonlieu, con esemplare angolazione del corpo, la affronta virando a sinistra. Ciò che accade è così rapido che gli occhi non riescono ad afferrarlo. È l'assurdo, l'inverosimile: gli sci di Bonlieu si aprono a V, Bonlieu viene come strappato via dalla neve, vola giù a testa avanti, quella che comunemente si dice «caduta a pelle di leone». È impressionante, quando un campione cade, la metamorfosi. Lo stupendo e autoritario atleta si trasforma di colpo in un goffo fantoccio che si dibatte con ridicoli sussulti. Poco prima, a cinquanta metri dal traguardo, è caduto stupidamente il celebre Perillat, rimettendoci almeno sette irreparabili secondi (e si prenderà una rivincita morale nella seconda *manche* con il tempo migliore di tutti), e per due volte è stramazzato l'americano Ferries, la prima inciampando in un palo, la seconda nell'ultimo balzo al traguardo, abbattendosi a faccia in giù, come una slitta, per una trentina di metri, accompagnato da un mugolio di raccapriccio.

In sé, si tratta di una caduta innocente, ne abbiamo fatte chissà quante tutti noi. Ma per lui vuol dire la sconfitta. Continua a nevicare lentamente. Bonlieu si rialza, resta un istante immobile come se ci pensasse su. Poi, coi due bastoncini nella destra, scende diritto e lieve allo spiazzo d'arrivo, evitando il traguardo.

Adesso si è tolto gli sci e se ne sta solo, appoggiato al recinto. Non fa scene, non impreca. Ha più una faccia di intellettuale che di campionissimo, un volto fine e civile: «Una cosa simile non mi era mai capitata. E sì che ne ho viste nella mia vita».

«Questi sci» dice, e li fa esaminare, sollevandoli dalla neve «hanno le lamine che sporgono di mezzo millimetro. Il guaio deve essere qui. Sono facili a spigolare. Io lo sapevo. Ma, nello stesso tempo, pensavo: non ti è mai capitata, se per caso succedesse, saprai ben cavartela. Per il resto sono sci perfetti ugualmente. Insomma, anch'io ho spigolato. Il resto l'avete visto anche voi.»

Un radiocronista gli avvicina il microfono alla bocca: «Come è successo?» chiede. Paziente, Bonlieu ricomincia a bassa voce: «Una cosa simile non mi era mai capitata... Le lamine... Ho spigolato». È rassegnato, non parla di sfortuna, riesce anche a sorridere, parlando tiene gli occhi fissi ad un punto lontano che probabilmente non esiste.

«Corriere della Sera», 9 febbraio 1964

Un milione di spettatori

Le piste deserte, i ghiacci vuoti, il fuoco spento; Innsbruck ritornata tranquilla. Possiamo già guardarci indietro. Che cosa hanno avuto di buono le Olimpiadi invernali? E che cosa di non buono? Cominciamo con i punti dolenti, i quali, del resto, sono piccoli e pochi.

LA NEVE. Superfluo ripetere ancora una volta che è mancata una delle due fondamentali materie prime per i Giochi. Dopo l'accensione del fuoco olimpico, si sono avute soltanto due brevi nevicate, insufficienti. E il paesaggio qui intorno ha continuato ad essere autunnale e triste.

LA DISCIPLINA. Più di una volta l'organizzazione, i posti di blocco, i divieti, il controllo delle tessere agli ingressi, lo smistamento della folla e delle auto e la sorveglianza dei parcheggi hanno avuto, almeno esteriormente, una pesantezza e un rigore militareschi, se non addirittura polizieschi. I capi hanno avuto il polso fermo. D'altra parte, è onesto riconoscerlo: se appena avessero mollato, chissà che spaventosa confusione.

I PREZZI. Durante le Olimpiadi, tutto qui costava più che da noi. I conti nei buoni ristoranti arrivavano come niente alle tremila, tremilacinquecento lire a testa. Per lo meno il doppio, rispetto a Milano, le tariffe dei taxi.

L'ATMOSFERA. Nel darci il benvenuto, Bertl Neumann, capo del servizio stampa, ci fece presente che i Giochi di Innsbruck erano stati concepiti sulla base dello *slogan*: «Olimpiadi semplici, ritorno alla ragione. Installazioni efficienti ma esteriorità semplice e modesta». E su questo, niente da obiettare. Nel complesso, però, secondo me, si sarebbe desiderata più allegria. Va bene che mancava la neve, con la sua bianca luce fastosa, ma non poteva esserci un po' più di bandiere, un po' più di musica, un po' più di luminarie?

E adesso le note di lode.

LA NEVE. Veramente meravigliosa la costruzione artificiale delle piste di sci con neve trasportata in camion dallo Schnitztal, sopra il Brennero, e smistata sui fianchi delle montagne per mezzo di *unimog* cingolati e gerle a spalla. Diecimila metri cubi sul Patscherkofel, trentamila a Lizum.

L'ORGANIZZAZIONE. È stata una macchina formidabile. I dirigenti austriaci possono essere contenti. I cinque miliardi e mezzo di lire (3750 milioni per gli impianti e il resto per la organizzazione) sono stati bene spesi. C'erano da sistemare 1300 atleti, 900 accompagnatori e mille giornalisti. Il trasporto di immense folle con centinaia di pullman postali da Axams (dove le auto dovevano fermarsi) a Lizum si è compiuto con regolarità sorprendente. Il villaggio olimpico, costituito da otto modernissime casone popolari appena costruite, era tutt'altro che allegro, però ha ospitato convenientemente, e sfamato con quattro tipi diversi di cucina, 5600 persone fra atleti, accompagnatori, impiegati, soldati di servizio, personale della posta e polizia, nonché 145 *hostesses*. I compiti sono stati assegnati con meticolosa precisione: ciascuno aveva una specie di passaporto, un bracciale e un distintivo (ne sono stati distribuiti quindicimila di sessantadue tipi differenti).

IL SUCCESSO. L'afflusso di pubblico ha superato i bilanci di Squaw Valley e di Cortina d'Ampezzo. In tutto, quasi un milione di spettatori paganti (esattamente 936.000). Il palazzo del ghiaccio (non bello, non ancora finito, capace di undicimila persone, costato 1900 milioni di lire, indiscutibilmente funzionale) era sempre esaurito e i biglietti arrivavano alle 12.500 lire. E nessuno dimenticherà lo spettacolo delle moltitudini assembrate sulle nevi di Seefeld e di Lizum, lo sterminato parco di macchine in attesa ad Axams, simile a un gregge favoloso.

LE CLASSIFICHE ELETTRONICHE. Un gruppo di calcolatori IBM installati in città era collegato con tutti i campi di gare, dove funzionavano stampatrici ad alta velocità. Così, a metà di uno slalom, per esempio, *hostesses* e militari già distribuivano ai giornalisti grandi fogli coi primi risultati. Una rapidità incredibile. Per avere la classifica del pattinaggio artistico, che esige calcoli complicati, una volta bisognava aspettare otto ore. Stavolta la si è avuta in tre minuti. Andando avanti di questo passo, verrà il giorno che i cervelli elettronici ci forniranno la classifica prima ancora che la gara cominci?

L'OSPITALITÀ. È normale che, in una sede di Olimpiadi, la parola d'ordine sia la cortesia verso gli stranieri. Ma per noi italiani, con l'Alto Adige di mezzo, non era malignità eccessiva prevedere, se non vere e proprie villanie, qualche segno di diffidenza o di freddezza. Bene: non ho notato uno sgarbo, un'ombra di avversione, uno sguardo di antipatia, una parola infelice. Dovunque, pur quando capivano che eravamo italiani, premure, cortesie, amabilità quasi affettuose. Certi sorrisi sembrava perfino ci volessero dire: «Abbiate pazienza. Non è colpa nostra se quegli scalmanati continuano a rompere le scatole. In tutta confidenza, ne abbiamo le tasche piene anche noi».

LE DONNE. Fossero state o meno mobilitate dal comitato olimpico, un notevole numero di belle ragazze, oltre a Farah Diba e alle principesse d'Olanda, ha sempre rallegrato il campo delle gare. Le *hostesses* olimpiche, con berrettone di pelo bianco e mantella di *loden* rosso, erano quasi tutte molto graziose, di tipo sano, pulito e poco sofisticato.

I MOMENTI PIÙ BELLI. Quando il tempo avrà decantato le tante immagini che oggi si affollano nella memoria in gran confusione, quali ricorderemo di più? Per ora vedo le sorelle Goitschel guizzar fuori dalle ultime porte dello slalom sotto i torvi sguardi del Kalkkoegel. Vedo Monti che, sceso dal bob, all'intervistatore risponde: «Dovrei mettermi a piangere?». Vedo Maentyranta che galoppa solitario in mezzo agli abeti, le sghembe falcate dei levrieri umani allo stadio del ghiaccio, le sarabande selvagge dell'hockey piene di colori, di furore e di luce, il giapponesino che nello slalom cade ma subito si raddrizza ridendo e viene giù come un girino impazzito. Vedo il sofferto volo di De Dorigo che torna a illuminarsi, vedo i trentamila sguardi concentrici che nella sera di Bergisel fissano ansiosamente la fiamma; e, ad un tratto, la fiamma non c'è più.

«Corriere della Sera», 10 febbraio 1964

SCI

La massima aspirazione dello sciatore, all'inizio di ogni discesa, è quella di trovarsi al più presto in fondo, cioè al medesimo punto da cui era partito.

Il discorso d'apertura dei corsi invernali...

Congedo al gallo cedrone

Un gran corteo di minuscole mode accompagna lo sci nel suo cammino trionfale. Esse recano giubilo ai commercianti di articoli sportivi: dagli stessi commercianti vengono disinteressatamente incoraggiate; si tramutano spesso in curiosissime manie e in strani snobismi, come può a suo agio rilevare chiunque frequenti le stazioni invernali. Ma il destino delle mode è lo stesso, per gli sport come per l'abbigliamento. Il vero signore, in fatto di vestiario, segue sì il costume, anzi lo previene indicandolo, ma non si cura affatto dei capricci della moda stagionale che porta un centimetro più in su, rispetto al livello delle tasche, il bottone centrale della giacca, che impone i guanti color canarino o vuole che la falda posteriore del cappello si tenga abbassata. Lo stesso accade per lo sportivo di razza. Ricordiamo qui, come curiosità di cronaca, alcune di tali effimere fissazioni.

SCI. L'uomo, come è noto, tende di natura sua a una perfezione. Alcuni riescono a determinarla con sicurezza, questa meta ideale, e scelgono una data via per raggiungerla. Altri, che non vi riescono, si guardano attorno per orientarsi, scelgono un esemplare umano che sembri loro ammirevole e si sforzano d'imitarlo, se non in tutto, almeno in uno dei suoi aspetti, anche se è l'aspetto meno importante. Quando John Gilbert, per esempio, parve personificare l'ideale maschile (così ci ha narrato un nostro bisnonno di tenace memoria), centinaia di zerbinotti, cui la maligna natura non aveva concesso assolutamente di assomigliare al divo, vollero avere come lui almeno i baffetti.

Questo preambolo vorrebbe spiegare la causa fondamentale per cui anni addietro, allorché i maggiori atleti disputavano di preferenza gare di fondo, che richiedevano sci stretti e leggeri, era un vanto, per i novizi, comparire al Mottarone con un paio di pattini larghi come un dito (e intendiamo dito di persona magra) a costo anche di affondare fino al ginocchio nella neve molle e di compiere cinquanta capitomboli quando venti erano più del necessario.

Oggi siamo precisamente all'opposto. Essendo in voga le gare di discesa su piste battute, i campioni adoperano sci larghissimi e pesanti, con ricche laminature d'acciaio. Ne consegue che molti dilettanti, non possedendo dei campioni né l'abilità né l'occasione di disputare simili gare, vogliono potersi paragonare loro almeno in fatto di sci. Ecco perché i treni e le automobili diretti il sabato sera verso la montagna rigurgitano di immensi tavoloni tipo Carnera, larghi una ventina di centimetri, lunghi come la fame, corazzati di ferro come neanche Bartolomeo Colleoni. Guai se si tratta di fare una gita di qualche ora su neve fradicia. A quegli sci d'eccezione i lavori usuali non vanno a genio.

Abbiamo assistito per caso, non visti, alle segrete evoluzioni di un giovane, il quale, credendosi oramai esperto, aveva acquistato due di quegli sci di legno armato e ne faceva il collaudo in un valloncello deserto. Evidentemente non si trovava a suo agio; i piedi gli si erano come impastoiati, impedendogli di mantenere più di pochi secondi la posizione eretta. Mentre ci allontanavamo, spoetizzati da quello spettacolo, ancor ci giungeva l'eco delle sue sorde imprecazioni.

ATTACCHI (si chiama così quella parte degli sci che serve a tenerli attaccati alle scarpe). La loro evoluzione ha confermato ancora una volta la natura ciclica della moda. Nei tempi postbellici signoreggiava indiscusso l'attacco tipo «Huitfeld» con la cinghia che attraversava il legno dello sci e le «ganasce» fisse. Affermatosi poi l'attacco tipo «Thorleif», a servirsi ancora del vecchio sistema si attiravano sguardi di commiserazione e si rischiava d'essere scherniti a sangue come misoneisti e retrogradi. In seguito ci si accorse che le alette di ferro da cui veniva trattenuta la suola rovinavano le scarpe. Tramontò il «Thorleif» e si ricorse al tipo «Alpina» con la cinghietta. Ma non passò molto che qualcuno notò come il movimento del piede rimanesse troppo libero ed escogitò nuovi dispositivi. In breve, gli sciatori all'avanguardia, con qualche leggera variante, sono ritornati all'attacco tipo «Huitfeld», che oggi porta diversi nomi, si vale di molle metalliche anziché di cinghiette, costa magari molto di più, ma in fondo è sempre quello dei nostri padri.

STILE. Nelle gare di discesa ad altissima velocità è quasi necessaria – come è noto – la posizione abbassata a gambe piuttosto larghe (che i Tedeschi chiamano *in der Hocke*, da *sich hocken*: accoccolarsi). Avvicinando infatti al terreno il centro di gravità e allargando, per così dire, il piedestallo, l'equilibrio risulta logicamente maggiore. Tale posizione è stata introdotta come sistema dai campioni austriaci, mentre al contrario gli svizzeri, Zogg per fare un nome, della stessa loro forza, non l'hanno adottata. Ad ogni modo questo è il grido del giorno: non è raro scorgere veri principianti che si illudono di possedere già uno «stile» procedendo a cinque sei chilometri l'ora, rannicchiati sugli sci, gambe a ranocchio, così da determinare nello spettatore istintive associazioni d'idee poco eleganti, che qui non è il caso di specificare.

COPRICAPO. D'inverno, e segnatamente in montagna, usa far freddo. Il copricapo razionale da sci dovrebbe quindi coprire le orecchie, appendici sensibilissime. Ma siccome alcuni divi d'oltre confine hanno cominciato a sfoggiare cappellini di panno alla tirolese, il che del resto spetta loro di buon diritto, ecco anche da noi, sulla testa degli elegantoni, una fioritura di identici cappelli, meglio se adornati con code di gallo cedrone o pennelli da barba. A scusante di costoro va notato come essi non abbiano ancora compreso il senso di acuta ribellione, che la vista dei cappellini da «Alpenjaeger» desta in coloro che li ebbero di fronte, per mesi e mesi, in guerra, e li vedevano spuntar su ogni tanto dal bordo delle trincee nemiche.

DISCESISMO. Oggi non si parla che di gare di discesa; ieri era il gran fondo; domani, chissà cosa. Trionfano le piste battute che si possono definire artificiali, tanto la loro neve differisce dalla neve genuina preparata dal buon Dio. Non si vuol negare il coraggio degli sciatori che si buttano giù a capofitto per quegli sdruccioli, raggiungendo velocità da autostrada. Come competizioni anzi, si deve ammettere che queste siano le più tipiche, eleganti e appassionanti gare di sci, subito dopo il salto.

C'è però anche molto snobismo. Centinaia di sciatori, di abilità meno che media, si limitano a ripetere per giornate intere la stessa strada, fino a che la conoscono tutta a memoria e la san fare da gran signori. Sulla neve battuta, quando si conosca il terreno metro per metro, il «Cristiania» vien fuori da solo ed è una delizia volare giù con perfetta sicurezza, ondeggiando come serpenti. Ma non basta. Abituati prevalentemente alla neve «artificiale» provatevi in una bella traversata d'alta montagna, dove si presentano via via gobbe irregolari e dure come sassi, valloni ricolmi di neve tenerissima, lunghi tratti di «crosta che si rompe» eccetera, eccetera. La vostra proverbiale eleganza si dileguerà misteriosamente. Sarà una passeggiata ricca di impensate sensazioni sgradevoli. La cerchia dei vostri ammiratori non avrà quel giorno motivo di allargarsi sensibilmente.

«Corriere della Sera», 14 febbraio 1934

Dalle prime scivolate all'attacco dei ghiacciai

Il grido di «pista! pista!» è il motivo dominante sui campi di neve domenicali più vicini alla città. Nell'ebbrezza delle prime volate il novizio si è lasciato scivolare dall'alto verso il fondo che formicola di uomini e di donne. A un certo punto, lanciato al massimo, attraverso le lacrime che per la velocità gli annebbiano gli occhi, egli si vede attraversata la strada da decine di indistinte figure. Il suo grido di allarme si confonde con gli appelli di chi si trova nell'identica situazione.

La prospettiva di un pericoloso scontro aumenta l'incertezza. L'equilibrio si fa sempre più instabile. Prima di giungere alla meta lo sciatore si trova sprofondato nella neve, nella più inverosimile posizione. Cinque minuti buoni per alzarsi, per togliersi tutto quel bianco di dosso, per rintracciare i bastoncini sbalzati lontani nel capitombolo. Poi da capo, per decine e decine di volte, sempre con quel grido di «pista! pista!» e quel mortificante capitombolo finale.

Ecco il calvario dello sciatore principiante. Solo con questo faticoso tirocinio l'autodidatta si renderà conto di una verità essenziale: che come per andare in bicicletta l'indispensabile è tenere l'equilibrio, così per lo sci tutto sta nel saper voltare e fermarsi a piacimento. Comincia allora la smania di imparare gli «arresti». Cominciano i consigli e gli ammaestramenti degli amici competenti.

«Portare avanti lo sci destro, fino a sopravanzare di metà quell'altro. Piegare leggermente il corpo. Girare un po' lo sci anteriore. Ecco il "Telemarck". Nulla di più semplice.» Ma ai primi tentativi, con ostinazione scoraggiante i due sci si accavallano, con varianti di caduta sempre nuove.

«Impara prima il "Cristiania";» interviene allora un altro amico «è molto più facile e si può fare con qualsiasi neve.» Si riprendono così gli sforzi, con nuovi intendimenti. Ma le tombole si rinnovano altrettanto frequenti con quest'unica consolazione: che se il «Telemarck» faceva battere sulla neve la pancia, ora si stramazza invece all'indietro, con violentissimi colpi alla schiena.

Quando alla fine il primo embrione di «Cristiania» appare all'orizzonte, gli amici chiamano insistentemente dal fondo, avvertendo che è già tardi e bisogna partire. E la domenica successiva bisogna ricominciare da capo.

Per ostinarsi a fare da sé molti giovani buttano via degli anni per diventare sciatori mediocri. Solo dopo stenti infiniti riescono a girare a destra o a sinistra con disinvoltura, evitando gli ostacoli. Parecchi poi si contentano di farsi applaudire sul campo vicino all'albergo ostentando la propria maestria su un pendio conosciuto centimetro per centimetro, pavoneggiandosi nel costume ultima moda, con le pieghe sui calzoni. Se fossero portati a oltre 3000 metri, in un desolato ghiacciaio, con la via interrotta da crepacci e da barriere di rocce, tutto quel virtuosismo andrebbe in fumo. Altro è un campo d'esercitazione battuto palmo a palmo e altro è l'alta montagna che d'inverno si chiude in una candida bianca corazza.

È solo nella solitudine contornata da vedrette e da rupi che il divertimento di moda diventa uno degli sport più seri e più duri. Lo sci non è più fine a se stesso, ma strumento per vincere la montagna nei mesi più aspri. È una battaglia non meno pericolosa e affascinante di quella che si dà, nelle serene giornate di agosto, alle grandi pareti di roccia inondate di sole. Lassù lo sci abbandona le vanità esteriori, l'eleganza da cartello pubblicitario, non si cura dei colori del vestito, non attende clamori di applausi. Si trasforma in autentico alpinismo con tutta la sua nuda e fiera bellezza.

Alla domenica, sui campi più vicini a Milano, affollati fino all'inverosimile, dove bisogna fare la coda, ciascuno dei duemila o tremila sciatori finisce per sentirsi a disagio. Si accorge che lo sport, nei limiti angusti di quella palestra mondana, si impicciolisce e umilia. Sentirebbe il bisogno di battere della neve più pura dove non si vedono automobili od alberghi e non si ode la campana che annuncia il pranzo servito. Portare i giovani verso la vera montagna: questo dovrebbe essere la maggior affermazione dello sport sciistico e questo è il concetto che guida l'attività dello Sci Club Milano, facente parte del Club Alpino Italiano.

I direttori del sodalizio sono i primi a dare l'esempio, tracciando ogni domenica chilometri e chilometri di piste sui più alti nevai delle Alpi. Aristocratici, alpinisticamente parlando, ma non esclusivisti; ogni anno lo Sci Club organizza corsi di sci che si distinguono da molte altre manifestazioni del genere per insegnare davvero qualcosa. Gli allievi non vengono educati alle acrobazie d'effetto o all'ambizione di facili gare: al termine di quello «studio» essi saranno in grado, anche se non da veri campioni, di affrontare la montagna.

Ottimi furono i risultati dei corsi estivi svoltisi ai rifugi Livrio e Casati sotto la direzione di Mario Bernasconi. Nella maggioranza i 242 iscritti erano autentici principianti che, nella necessità di fermarsi durante una discesa, non sapevano trovare di meglio che lasciarsi piombare a terra. Una settimana ininterrotta d'istruzione è servita più che una intera stagione di solitarie scappate domenicali. La continuità dell'insegnamento, la sua efficacia pratica, l'abilità degli istruttori Franchi e Colturi, hanno fatto apprendere perfettamente la tecnica dello sci ai candidati che si trovavano appena all'abbiccì. Dove prima erano fonde buche, documenti di drammatici ruzzoloni, si scorgevano l'ultimo giorno regolari piste incurvantisi a biscia lungo i fianchi dei ghiacciai.

Uguale successo avrà certamente un corso invernale, pure diretto dal Bernasconi con il concorso di altri maestri, organizzato a Misurina, a 1800 metri, dal 24 corrente al 15 gennaio e diviso in tre turni, con notevoli facilitazioni alberghiere e ferroviarie. Certamente le Tre Cime di Lavaredo, che sovrastano quella conca, vedranno alla base delle loro precipitose pareti, formarsi, in pochi giorni, una nuova falange di bravi sciatori e di innamorati della montagna.

E d'altra parte si pensa anche alla propaganda e «Lo Scarpone» in collaborazione con lo Sci Club Milano ha formulato un programma per l'effettuazione di una settimana sciatoria che prevede una scuola di sci per principianti, facili gite per sciatori non provetti ed escursioni per i più abili con l'assistenza di guide della Val di Fassa. Il programma stabilisce nove giorni di permanenza nelle Dolomiti e precisamente dal 24 corrente a tutto il 1° gennaio con base a Canazei in Val di Fassa.

Questo il lavoro di preparazione. Una volta formate materialmente e spiritualmente le sue schiere, lo Sci Club le invita a più audaci imprese. Per la frequenza e per la serietà delle ascensioni annualmente compiute e per il suo carattere tipicamente accademico, il sodalizio può vantare un primato anche di fronte a tutte le altre associazioni europee. La passione fa vincere ogni settimana le difficoltà dovute alla lontananza delle montagne o alle eventuali disdette atmosferiche. Dopo aver lavorato tutta la settimana (perché non occorre essere milionari per diventare grandi sciatori) gli amici dello Sci Club partono senza far tanto rumore. Non importa se i bollettini della neve esposti nelle vie del centro segnino «centimetri zero». Quando la neve non è caduta, i soci del Club vanno a cercarla dove essa dura tutto l'anno. I 2500 metri vengono sorpassati abitualmente, spesso i 3000 e talvolta si superano i 4000. Il Breithorn, il Blindenhorn, il Monte Tantané, la Dormillouse, il Passo Cassandra, il Gran Paradiso, i monti Vallecetta e Miravidi sono stati meta delle più belle escursioni dell'anno passato.

Il programma di quest'anno, che si è inaugurato felicemente giovedì scorso con la salita alla Punta Gnifetti (m. 4559) nel Monte Rosa, non è meno attraente. C'è la traversata del Gruppo di Brenta; si prevedono, tra l'altro, le salite della Cima di Piazzi, della Marmolada, del Monte Confinale, della Scatta Minoia e della Bocchetta di Lebendun, della Punta Kennedy, del Monte delle Loccie, della Punta Calabre, dell'Aiguille des Glaciers e del Gran Sertz.

«Corriere della Sera», 13 dicembre 1932

Si è rotto uno sci

Due sci di betulla, di color rossiccio, partono da Milano, insieme con altre tredici paia, legati al portabagagli di un autobus, in un pomeriggio di questo inverno. La macchina, oltrepassata la periferia, si dirige verso Magenta; nell'interno si chiacchiera, si fuma, si è allegri. Sono quattordici soci di un Club milanese che vanno all'assalto delle estreme creste del Monte Rosa. Il tempo promette il sereno. Attraverso i vetri appannati dell'autobus si vedono le nubi, all'occidente, rompersi lentamente, lasciando fiammeggiare il tramonto e si distinguono le Alpi, tutte candide, con la loro uniforme invernale in perfetto ordine.

Gran lavoro alla sera, nell'albergo di Gressoney la Trinité per prepararsi alla partenza. Sugli sci vengono stese le pelli di foca (qualcuna è modestamente di vitello) che permetteranno di salire facilmente anche per pendii più ripidi. I pesanti scarponi risuonano nelle sale e nei corridoi, poi salgono le scale, si sperdono nelle varie stanze fino a che ritorna il silenzio. Nell'anticamera sono rimasti gli sci con i sacchi, le corde, le piccozze e i ramponi. I due sci di betulla si sentono un po' intimiditi accanto a compagni ben più gloriosi di loro. Ci sono sci di hikori, il legno più pregiato, filettati di metallo o di fibra, che hanno battuto decine e decine di ghiacciai e di altissime cime. Ne avrebbero da raccontare per ore e ore: di faticose salite sul bordo dei crepacci, di drammatiche tormente, di lunghi giorni di noia nei rifugi dopo un'improvvisa nevicata, nell'attesa che la montagna finisse di rovesciar giù ininterrotte valanghe. Sono sci di nobile razza che in pochi minuti sanno discendere per centinaia di metri, senza una fermata, tracciando impeccabili «esse», con una tenue scia di fumo, proprio come si vede nei film. I loro padroni sono le «colonne» dello Sci Club.

Gli sci di betulla sono degli analfabeti al confronto. Non possono ricordare che brevi corse su piccoli campi di neve, con terribili ruzzoloni e poi, quando il proprietario cominciava ad «arrangiarsi», qualche gita sulle Prealpi lombarde: tutta qui la loro gloria. Nell'albergo addormentato le lunghe spatole di legno, figlie delle più lontane foreste, bisbigliano tra loro con speciali scricchiolii raccontandosi le proprie prodezze. I due sci di betulla se ne stanno timidi nell'angolo più oscuro: ma anche per loro, finalmente, verrà una grande giornata. Domani si salirà alla capanna Gnifetti e il giorno dopo è in programma l'ascensione del Castore, a oltre 4200 metri. Non si può sperare un più degno battesimo d'alta montagna.

Partenza, il mattino dopo, con un freddo che spacca la faccia, sotto un cielo limpidissimo. Le chiacchiere sono finite. Con la guida in testa i quattordici sciatori si snodano in fila indiana a zig-zag, per i valloni sopra Gressoney, meditando in silenzio ai duemila metri di dislivello da superare prima di sera. Le pelli di foca evitano agli sci di sdrucciolare indietro. Un piede davanti l'altro, per ore e ore. All'Alpe di Gabiet si apre la gigantesca visione del Rosa con le sue mille propaggini cariche di neve, con i lividi seracchi del ghiacciaio del Lys piegati paurosamente sul vuoto, con delle piccole nubi bianche sulle vette estreme. C'è vento, lassù, che disperde nell'aria la neve da poco caduta.

Sedici puntini neri (perché c'è anche un portatore) salgono lentamente su per le gobbe ghiacciate, evitando le barriere di roccia. Il sole ha già toccato la sommità della sua curva, ora piega verso occidente nel cielo sgombro di nubi. Qualcuno degli sciatori riesce a distinguere oramai, ma ancora lontana lontana, la capanna Gnifetti, dove si passerà la notte. Il sacco sembra più pesante, il respiro si fa faticoso, i passi diventano sempre più lenti, uno... due... uno... due..., e la breve fila si va allungando, fino a restar seminata, in diversi gruppetti, lungo l'interminabile nevaio. Si incontrano con maggiore frequenza peste di camosci. Si scorge una pista che scende dai valloni di destra e si perde nell'alto. È il custode della capanna Gnifetti che è salito da Alagna ad accendere il fuoco e a preparare il tè caldo.

Ecco l'ultima morena prima della meta. La neve sul ghiacciaio del Garstelet è gelata e alterna soffici strati con durissimi lastroni. Comincia a fischiare il vento. La neve strappata dal suolo turbina tagliando il volto. La tormenta si fa più gelida e impetuosa man mano che ci si avvicina al rifugio. Il fumo che esce dal camino si confonde con i tempestosi soffi. Ancora mezz'ora, ancora quindici minuti di sforzo. Tra poco si sarà al riparo: e potrà scendere, senza preoccupazioni, la notte.

Si ritorna, senza accorgersi, a una grande semplicità di vita. Le cure di tutti i giorni sono scomparse. Milano forse non esiste, si crede appena alla realtà di Gressoney i cui lumi tremolano nel fondo come stelle. La salita, la lotta contro il freddo assorbono tutti i pensieri. I rapporti tra uomini e cose non sono mai stati così intimi. Perdere un guanto, il passamontagna, rompere uno sci sarebbero gravi disgrazie. Scendere a piedi al paese, sprofondando ad ogni passo fino alla cintura, sarebbe una follia. Restare all'aperto senza guanti per qualche minuto si sconterebbe con un congelamento. Il valore consueto di una minestra calda si fa dieci volte più grande. Qualcuno che varca per la prima volta le soglie dell'alta montagna si sorprende a mormorare tra sé: «E pensare che laggiù si sarebbe così comodi». A chi non l'ha provato, sembra assurdo procurarsi, per nulla, tanta fatica. Eppure è tutta qui la bellezza del vero alpinismo.

La neve è troppo gelata per salire al Castore: attraversare il Naso del Lyskamm, sotto ai colpi del vento, sarebbe eccessivamente pericoloso per una comitiva così numerosa. Al mattino successivo perciò si parte, prima dell'alba, verso la Punta Gnifetti, a 4559 metri, la seconda vetta, per altezza, del Monte Rosa. Al rifugio rimangono sei gitanti che non si sentono abbastanza allenati. Gli altri, poco sopra la capanna, si legano: i crepacci coperti dalla neve possono nascondere imprevedibili insidie. I due sci di betulla riprendono la gloriosa fatica, si innalzano verso il Colle del Lys, varcano la sella, si avventurano sull'altro versante. Il freddo, un terribile freddo. Non si sentono più né le mani né i piedi. I nasi si sono fatti bianchi. Si pensa alla tepida cucina del rifugio o addirittura al comodo letto di Gressoney o alla dolcezza della propria casa. Si rimpiangerebbe di essere partiti se non si vedesse la vetta innalzarsi oramai vicina nel cielo profondo.

Mezz'ora prima di arrivare in cima, quando il pendio diventa molto ripido, si cambiano gli sci con i ramponi. I lunghi pattini, infissi nella neve, vedono allontanarsi verso la cresta i rispettivi proprietari. Poco dopo gli alpinisti si rifugiano, ma senza trovar conforto, nella capanna Margherita, eretta proprio sulla vetta. Il freddo non lascia nemmeno ammirare l'indescrivibile panorama, agghiaccia persino la gioia della vittoria. Più leggeri e flessibili dei compagni, i due sci di betulla intanto fremono sotto alle raffiche con una insolita allegria.

Da 4559 metri d'altezza a 1627; quasi tre chilometri da discendere in poche ore. È una precipitosa fuga dal freddo e dalla solitudine. L'abisso che si spalanca dinanzi pare interminabile e sembra impossibile di poter raggiungere Gressoney prima di notte. Le nebbie che cominciano a ondeggiare tra le creste hanno una espressione triste ed arcigna: forse sbarreranno il passo facendo perdere la via. La visione di un bivacco sui ghiacciai, in mezzo all'infuriare del vento, senza un possibile riparo, è la cupa minaccia che sospinge alle spalle.

Nella corsa vertiginosa i due sci di betulla sono rimasti un po' indietro. Mentre i «campioni» scivolano come freccie tra gli ostacoli, con miracolose voltate, si ripetono le cadute dei meno esperti, sempre più frequenti, perché la stanchezza cresce. Ma tutti hanno presto raggiunto la capanna Gnifetti e di nevaio in nevaio vedono l'Alpe di Gabiet farsi sempre più vicina. Ogni tanto ci si volta indietro a guardare le cime che si innalzano di nuovo, tutte quelle fantastiche creste ritornate alla solitudine e al silenzio.

Come un soldatino che porti a casa la medaglia al valore i due sci di betulla si affrettano, nel timore di non fare in tempo. Il maggior pericolo adesso è passato. Sarebbe troppo stupido lasciarsi imprigionare dalle ombre della sera. Giù, a rotta di collo, per la foresta che chiude il fondo della valle. Ma forse i due sci hanno voluto troppo. A un tratto uno di essi entra in una gobba di neve soffice. Non si vede, la sua punta spuntare, come al solito, dall'altra parte; si ode invece un piccolo schianto.

Uno sci si è rotto. Ma onestamente, quando oramai il padrone era in salvo. In meno di un'ora si potrà raggiungere a piedi il paese. Le cinghie degli attacchi vengono allentate. I due pattini vengono legati insieme, presi sulle spalle e la punta rotta è riposta nel sacco. Lo sciatore, che non ha punte di ricambio, maledice la disdetta, affondando ad ogni passo faticosamente, mentre scorge i compagni dileguarsi nel fondo.

Lo sci rotto non verrà aggiustato. Non val la pena di un restauro per un arnese di così poco valore, già logoro e con i bordi scheggiati. Non sarà neppure facile, data la qualità del legno, trovare un gemello nuovo per il pattino illeso. Riportati a Milano, i due sci verranno lasciati qualche giorno in un andito buio a raccogliere la polvere. Poi, svitati gli attacchi, un brutto giorno serviranno a far fuoco. Forse finiranno nel caminetto. Lo sciatore sarà seduto vicino, nell'abito borghese di tutti i giorni, e in silenzio osserverà la fiamma formarsi dai pezzi del vecchio legno. Ci sarà un poco di tristezza.

«Corriere della Sera», 16 febbraio 1933

Povero «Telemark»

L'hanno trattato veramente male il vecchio «Telemark», l'hanno ridotto al lumicino. No, in quanto a morire, non morrà. Ma certo è una pena vederlo: già un dì adulato e potente, ora ridotto a menar una grama vita tra i lazzi irrispettosi delle folle.

Il suo nome, a onta di tutto, non è ancora caduto nell'oblio. Chiedetene anche a persone che mai si avventurarono sopra campi di neve; molte di esse vi sapranno rispondere. È quindi solo per scrupolo che ricordiamo come gli sciatori chiamino «Telemark» un sistema d'arresto, cioè un metodo per potersi fermare, in pochi metri, durante una discesa; il nome, come è noto, deriva da una prefettura della Norvegia meridionale. Quando si ode o si legge «Telemark», corre subito alla mente il soprannome dell'altro non meno classico arresto: il «Cristiania».

«Telemark» e «Cristiania». Per spiegarne la differenza ai profani, a Monaco, prima della guerra, gli studenti cantavano un *couplet* che diceva press'a poco così: «Il divario è molto semplice: se fai il "Telemark" cascherai sulla pancia, se fai il "Cristiania" cascherai sulla schiena». Udendo la canzoncina, tutti facevano le più matte risate.

«Telemark» e «Cristiania» erano fratelli. Qualcuno dice che si volessero anche bene. A ogni modo andavano abbastanza d'accordo sebbene il primo volesse darsi maggiore importanza. «Spingere avanti il piede destro in modo che il collo di esso venga a trovarsi all'altezza della curva anteriore dello sci sinistro e contemporaneamente inginocchiarsi, o quasi, sullo sci sinistro; portare il busto avanti e tutto il peso del corpo sullo sci destro, ecc...» Il movimento riusciva audace e armonioso, una nube di pulviscolo bianco si alzava bellissima nel cielo, sulla neve restava impresso un vago disegno a curve.

Lasciando dietro a sé una coda di nuvolette, il «Telemark» se ne veniva giù dalle montagne composto e solenne, aggirando gli ostacoli con precisione da calligrafo, fra l'esultante ammirazione delle dame impellicciate. Di fronte a sì aristocratico gentiluomo, il «Cristiania», sbrigativo e deciso com'è, faceva quasi la figura dello zoticone.

Ma il «Telemark» aveva un debole, un grosso difettaccio. Fino a che la neve era molle e farinosa, tutto bene; ma sulla neve gelata era un disastro: il «Telemark» non serviva più a niente. Ecco allora farsi sotto il «Cristiania» più duttile, meno pretenzioso che, sia pure con qualche sforzo, sapeva adattarsi un po' a tutte le nevi, fossero dure come vetro o polverose come farina. Si cominciò a vociferare che il «Cristiania» poteva sempre bastare, che l'altro era stato troppo viziato e non valeva la pena di star lì tanto a curarlo.

Specialmente da noi, dove la neve polverosa e profonda è poco meno che un mito, il «Telemark» non riuscì a nascondere le sue magagne. E finì per perdere il monopolio delle voltate a S per le quali si cominciò a adoperare la voltata d'appoggio – evoluzione della cosiddetta voltata a spazzaneve – e quindi la voltata a «Cristiania».

Non vorremmo che sfuggisse ai profani l'importanza di tali eventi. Nel mondo dello sci «Cristiania» e «Telemark» sono figure di primo piano, fondamenti basilari, come sarebbero lo schioppo per il cacciatore e il trapano per il dentista.

Si formarono due scuole, due partiti: i telemarkisti e i cristianisti. Vecchi amici cominciarono a guardarsi in cagnesco. I rifugi alpini risuonarono, nelle sere d'inverno, di parolacce roventi. Il padre, fautore del «Telemark» ripudiò, con le lacrime agli occhi, il figliolo che non ne voleva più sapere. Giornate tremende.

Fu una lotta di anni. Il «Telemark», bisogna dire la verità, cercava di farsi forte del glorioso passato, vantando con accenti patetici la sua nobiltà di razza. Ma intanto il «Cristiania» si creò una posizione, facendosi largo con argomenti più solidi. Una volta sistematosi, perse anche un po' la testa: giunse a vantarsi che la capitale della Norvegia aveva preso il nome da lui.

A dare il colpo di grazia sopravvenne negli ultimi anni la moda o la mania della scuola austriaca di discesa, la celebre scuola dell'Arlberg. Niente di nuovo, del resto, come sistema; la posizione bassa per accrescere l'equilibrio e le voltate a «Cristiania» si insegnavano sistematicamente anche ai nostri soldati in tempo di guerra. Nell'Arlberg il «Telemark» è ignorato; se domandate a qualcuno dove sta di casa c'è caso che riceviate una rispostaccia.

Di questa gravissima polemica si occupa, nella sua *A History of Ski-ing*, anche il Lunn, profondissimo conoscitore della nostra scienza. L'autore riporta, a pagina 389, una conversazione, stenografata, da lui avuta con Hans Schneider, vessillifero della scuola dell'Arlberg. Risulta, secondo il maestro austriaco, che siccome il «Cristiania», nelle sue varie sfumature (tirato, strappato, a forbice, di costa, di salto, ecc...), permette di fare tutto ciò che si ottiene con il «Telemark», e parecchio di più, è molto più semplice dal punto di vista didattico insegnare agli alunni un metodo unico applicabile in tutti i casi. Lo Schneider, dopo avere ammesso che con certe nevi il «Telemark» riesce più facilmente del «Cristiania», aggiunge di non eseguire personalmente mai il primo arresto anche perché, portando egli i piedi molto «instaffati nell'attacco dello sci», a mettersi in ginocchio, come il «Telemark» esige, gli fanno male le dita dei piedi (!). Ed è invero mirabile spettacolo che la sensibilità dell'alluce del maestro austriaco abbia, più o meno direttamente, dettato legge agli sciatori *snobs* di tutta Europa.

Già imbarazzato a tener testa al rivale in condizioni normali, il «Telemark» venne spazzato via come un fuscello dall'ondata della moda. Oggi si guardano con un sorrisetto di compatimento i retrogradi che gli sono rimasti fedeli. E d'altro canto sui campi nevosi si scorgono giovanetti che sanno stare appena in piedi, eppure si atteggiano già allo «stile Schneider». Piegati a terra con il massimo sforzo come se a un metro d'altezza fischiassero delle pallottole, i piedi largamente divaricati, gli occhi sbarrati come se dinanzi si aprissero spaventose voragini, scendono, comicissimi, giù per pendii che raggiungono sì e no il cinque per cento.

Giovanotti e signorine, che sono andati a risciacquare per una settimana i loro panni nell'Inn, tornano in Italia completamente trasformati: prima erano buoni, simpatici, affabili; adesso non si sa più come rivolger loro la parola, tanto sono gonfi d'albagia. Scuotono la testa, con aria di compatimento: è inutile ostinarsi e farsi delle illusioni – fanno capire –; sciare sarà sempre una ridicola burletta se non ci si sia abbeverati alla fonte dei numi tutelari austriaci.

Chi osa più difenderlo, il «Telemark», con un simile stato di cose? Lo si vede raramente, che si aggira, meditabondo, segnando i suoi ghirigori, in qualche valletta fuori di mano. Ma niente paura. Non l'hanno poi abbandonato tutti. Ci sono per esempio autentici campioni che l'utilizzano ancora: lo svizzero Zogg, per ricordarne uno, il quale ha pure battuto i colleghi austriaci in parecchie gare.

A ogni modo il «Telemark» potrà sempre vantare una sua zona di competenza, sia pure da condividere con la «voltata d'appoggio»; questo almeno è il parere di molti competenti come il conte Ugo di Vallepiana il quale d'altra parte è stato il primo ad affermare in Italia nel 1921 che «Cristiania» e «voltate a Cristiania» possono venire adottati tanto con neve dura quanto con neve farinosa: l'eseguirli o no dipende dall'abilità dello sciatore. Vi sono però dei casi speciali in cui il «Cristiania» deve suo malgrado cedere il passo al rivale; così quando la neve è molto pesante e si ha da portare un voluminoso sacco sulle spalle; così in un bosco molto fitto, dove il telemarkista trova il modo di intrufolarsi fra tronco e tronco, mentre per il «Cristiania» non vi sarebbe spazio sufficiente o si richiederebbe eccessiva velocità. Inoltre sono moltissimi quelli che sostengono come uno sciatore completo debba avere a disposizione *tutti* i metodi di arresto e di voltata, in modo da poter affrontare con sicurezza qualsiasi terreno. Si può anche ricordare che le cosidette «prove di classifica» tenute dallo Ski Club of Great Britain, il massimo Sci Club inglese, comprendono pure l'esecuzione, in nevi varie ed a varie velocità, delle diverse voltate e degli arresti a «Telemark»; e la stessa opera del Lunn approva questo concetto, a pagina 396, per essere precisi. Vede dunque, il «Telemark», che c'è sempre un posticino sicuro anche per lui. Animo, animo. Non è mica poi il caso di buttarsi via così.

«Corriere della Sera», 21 novembre 1933

La chiave del tesoro bianco

Non siamo stati fortunati. Giunti in fondo alla Valle del Lys, ci aspettavamo – come necessario complemento di questo aristocratico paesaggio – di veder saltellare qua e là sagome di stambecchi e di veder rotolare nei canaloni, lontane da noi s'intende, mastodontiche valanghe a palla, come immaginavamo da bambini, che arrivando in fondo si spaccassero in mille pezzi, e provocassero echi accordati in «fa diesis minore». Invece niente. Può darsi che oggi, giorno feriale, il paesaggio riposi, riservando i suoi «numeri» caratteristici alle falangi dei turisti domenicali.

Ci aspettavamo pure di veder comparire, alla svolta del sentiero gelato, venerande figure di vegliardi che trascinassero slitte cariche di legna e lasciassero sventolare con compiacenza, alla tramontana, le loro candide barbe come grandi fazzoletti di seta.

Si attendeva infine di udire voci di corni e suono di schioppettate, provenienti da inestimabili lontananze, testimoniando magnifiche cacce ai confini delle foreste. Cose simili sembrano naturali in questa valle di razza, sempre giovane, perché le montagne non invecchiano, ma densa di occulte risonanze.

Certe casette intime, tutte imbacuccate di neve; se ne vedono di identiche sulle cartoline illustrate con gli auguri di buon Natale. Dietro alla finestrella illuminata ci deve essere, e se non c'è è un peccato, la vecchia madre della guida alpina, intenta a lavorare ai ferri; stasera la buona donna è in pensiero perché già scende la notte e il figliolo non è ancora tornato dalla vetta della Piramide Vincent (metri 4215 sul livello del mare).

Si osservino inoltre, sui costoni più dirupati, le pattuglie dei larici, piante che la devono sapere lunga, con quel loro atteggiamento dimesso e un po' sornione. Guardatele bene di questa stagione, tra le 16.30 e le 17, e dovrete convenire come sia rigorosamente impossibile che durante la notte, sotto ai rami ignudi, non avvenga qualcosa di strano.

Nei punti più inverosimili, su pericolanti lastre di neve sospese al bordo dei precipizi, si scorgono talora delle duplici tracce di sci, che a un certo punto si interrompono e svaniscono nel nulla. «Le orme di qualche cacciatore» si direbbe in qualsiasi altra valle «che la tormenta ha in parte cancellate.» Il montanaro dell'alto Lys rimarrebbe invece perplesso: banale, quella spiegazione del vento; ci può essere qualcosa di meglio, una teoria più degna di queste montagne fantasiose. E fra duecento anni, probabilmente, le guide turistiche della regione ricorderanno, in una nota a piè di pagina, come un tempo si favoleggiasse di uno sconosciuto sciatore errabondo, che andava battendo, nelle notti di bufera, i monti sovrastanti il paese.

Proponiamo anzi di adottare fin d'ora la leggenda dello «sciatore fantasma»; non stonerebbe affatto in questa zona, ideale per lo sci classico, e già popolata, forse come nessun'altra valle, di favole meravigliose. Fate, fantasmi, streghe, draghi e lemuri vivevano un giorno quassù in straordinaria abbondanza; da parecchi decenni sono oramai tutti defunti, ma il loro ricordo, vivo ancor oggi, forma uno dei sigilli di nobiltà per queste montagne, come per alcuni palazzi antichi. A spiegare il fenomeno storico, del resto, si è avanzata l'ipotesi che gli spettri e le parvenze soprannaturali in genere, per quanto di temperamento spinoso, fossero molto sensibili alle bellezze della Natura: buongustai del panorama. Appunto perciò avrebbero scelto a dimora alcune località a preferenza di altre.

Ieri sera, a tarda ora, seduto non lungi dalla stufa, interrompendosi tratto tratto per ascoltare certi vaghi scrosci di ghiacci crollanti, un gressonaro ci parlava, come un altro avrebbe parlato dei suoi parenti, di un grosso macigno, presso il paese, che reca le impronte delle corna e della schiena di Satana. Rideva anche lui, raccontando, ma poi confermava che quei segni si scorgono distintamente, così da potersi numerare, una per una, le vertebre e le costole demoniache.

Anche chi non sa nulla di queste stravaganti storie, si accorge però subito, quassù, di respirare un'atmosfera solenne, di essere alle soglie di un mondo diverso. Gli sci, sazi di piste battute a due passi dall'albergo, scricchiolano d'impazienza all'apparire dei supremi ghiacciai. Per un appassionato dello sport bianco, entrare in questo regno è come aprire i poemi di Omero dopo le peripezie di una lettura di Joyce.

Ad onta di tutto questo, per dire la verità, la valle di Gressoney, nel mondo degli sport invernali, oggi non è di moda. Ogni domenica (e le altre feste comandate) vi giungono sì centinaia di giovani specialmente da Milano. Ma è poco in confronto ai meriti. Perché anche in fatto di attrezzatura alberghiera e turistica la cittadina non teme rimproveri.

Usciti da Gressoney con gli sci in spalla, si risale la valle per circa mezz'ora, seguendo una graziosa stradetta scavata nella neve e incontrando spesso bambini bellissimi, tipo Cappuccetto Rosso. Si attraversa un piccolo bosco, si sorpassano alcune case e si arriva ai campi della capanna Carla, belle discese spaziose o levigate, quasi sempre ricche di onesta neve, dove anche migliaia di sciatori possono divertirsi insieme senza darsi troppi spintoni. Ma ben altre sono le risorse sciistiche dell'alta Valle del Lys.

Dove ricomincia il bosco, le tracce degli sciatori si rarefanno improvvisamente; dove il pendio si alza duro e deciso, le orme si possono contare sulle dita di una mano sola. Eppure è quella la strada che mena al paradiso bianco. Il Monte Rosa chiede due, tre ore di fatica per ammettervi nei confini del suo magico regno. Da quaggiù i favolosi ghiacciai non si vedono, ma se ne sente la presenza: nella casa di un uomo autoritario e potente c'è un'aria speciale, anche se il padrone sta rinserrato nella sua stanza.

Al di là della ripida bastionata che chiude i facili campi, si accavallano, in meraviglioso disordine, cime, creste, forcelle, canaloni, contrafforti, tutti imbottiti da una spessa coperta candida. Soffia il vento dei quattromila metri. In quelle austere solitudini lo sci sale un gradino in su nella sua scala sociale. L'alta montagna – indiscutibile – nobilita lo sport bianco; basta pensare alle più dure difficoltà e ai più duri pericoli.

Ben si faccia un incondizionato elogio ai pochi che la domenica si sottraggono agli sguardi del pubblico nel cuore dei ghiacciai solitari. Ma non si può d'altra parte pretendere che intere moltitudini di sciatori affrontino settimanalmente così faticose passeggiate. Non bisogna dimenticare che, per la maggioranza, lo sci oggi non è più un mezzo per salire le montagne ma rappresenta un fine a se stesso. Teorizzare è inutile. Questi sono i gusti del giorno. Si vuol salire senza fatica e impegnare tutte le energie nella velocissima discesa. Non si desiderano «pelli di foca», ma automobili e teleferiche.

Ecco perciò attendere la progettata «Strada del Monte Rosa» che porterebbe da Macugnaga, per il Colle del Turlo (m. 2736), nell'alta Valsesia; dalla Valsesia, per il Col d'Olen (m. 2871), a Gressoney la Trinité; da Gressoney, per il Colle della Ranzola (m. 2171), a Brusson, in Valle di Challant, e infine da Brusson, per il Colle di Youx (m. 1648), a Saint-Vincent: un'arteria turistica unica al mondo per audacia e splendore di scenari. Certamente l'inverno bloccherebbe irrimediabilmente i valichi del Turlo e del Col d'Olen; ma le vetture potrebbero raggiungere almeno, da Gressoney, il Lago Gabiet, a circa 2300 metri, attorno al quale risplendono mirabili panettoni immacolati, giubilo degli sciatori.

Si parla con insistenza anche dell'altro sistema per spalancare alla sana gioventù d'oggi la porta del bianco tesoro. Molti si accontenterebbero che la teleferica conducesse fino al Lago Gabiet e che la pista di discesa venisse opportunamente sistemata. Meglio ancora puntare, con l'aerea fune metallica, ai 3200 metri del Hochlicht, sotto alla capanna Gnifetti, luogo già prediletto dalla Regina Margherita, attorno al quale si innalzano, serenamente trionfali, dal loro gelido piedestallo, le vette più insigni. Si assicura che gli escursionisti, giunti a quel miracoloso belvedere, rimangano chi dieci chi quindici minuti con la bocca spalancata dalla stupefazione, a scorgere l'imponente assemblea dei ghiacciai tutt'intorno: quello del Garstelet, quello dell'Indren, le tempestose seraccate del Lys e infine – per non dire che dei più vicini, quasi a portata di mano – il ghiacciaio di Felik, dal quale in estate – a quanto si va mormorando – dovrebbe spuntar su, con il disgelo, una croce di ferro. È la croce di un campanile di una leggendaria città, sepolta moltissimi anni fa dai ghiacci, in conseguenza di una tenebrosa maledizione.

Con quel ben di Dio a loro disposizione, non si può tuttavia pretendere che gli sciatori, una volta depositati lassù dal carrozzino volante, indugino molto a degustare il panorama. O che si fermino ad esaminare un'altra croce, autentica questa, che ricorda la morte improvvisa di Battista Aymard, dovuta a una fenomenale indigestione di uova sode, come ci tramanda la storia. Si precipiterebbero invece, con gran sete di vento, verso il fondovalle, sollevando, a potenti folate di «Cristiania», alte fumate bianche. Una vertiginosa fuga nell'abisso, con arrivo 1500 metri più in basso.

Il maggiore interessato, il Monte Rosa – siamo in grado di poterlo assicurare formalmente –, non si mostra contrario a questi progetti. Lo si vede anzi spesso contemplare, con una certa tristezza, le pieghe del suo immenso mantello, i grandi valloni deserti. Non ha molti ospiti, nei mesi freddi, il gigante. Ma verranno; egli è sicuro che verranno. A migliaia e migliaia, in favolose giornate piene di sole.

Non bisogna infatti credere che sia così intrattabile, il Rosa. Vedersi attorno tanta gioventù coraggiosa e felice gli metterà anzi allegria; fuggiranno via le nubi dalla sua purissima fronte. E pazienza se vorranno attaccargli addosso una corda di ferro per far andare su e giù, giù e su, un pensile carrozzino. Non si è mai vista una quercia che si rispetti preoccuparsi per un filo di ragno.

«Corriere della Sera», 20 dicembre 1933

Carriera del campo di sci

D'estate è un prato qualsiasi, come tanti altri, con la sua erba e i contadini che la tagliano, la sua quiete alpestre e il ronzio degli insetti. I villeggianti non hanno per lui nessuna speciale tenerezza; preferiscono l'ombra dei boschi o, se buoni camminatori, le cime dell'Alben, del Castello, del Menna e dell'Arera; anche perché su quel Colle, a 1300 metri, il vento che vien su dalla Val Serina qualche volta litiga con quello che arriva dalla Valle del Riso e i due si azzuffano, recando noia a chi, seduto al sole, sta leggendo il giornale appena giunto da Milano.

Ma, venuto il freddo, la neve capovolge la situazione. I boschi restano deserti. Le scatole di sardine e le linguette nere dei *film-packs*, lasciate dai turisti sulle cime, vengono sepolte sotto il cappuccio bianco. Gli alberi, le case, i muretti, le siepi macchiano qua e là le candide prospettive. Soltanto una zona resta immacolata: il prato del Colle di Zambla. Ricomincia la sua carriera invernale piena di liete memorie. Tutti ricordano, al paese, che nel febbraio '28 Bruno e Vittorio Mussolini vennero proprio quassù a fare le loro prime esperienze sciistiche.

Sabato notte la luna penetra, come può, attraverso i vetri appannati dal gelo, nell'interno dell'albergo, illuminando le tavole apparecchiate, che aspettano nell'intima penombra il sole di mezzogiorno. E anche il campo sul Colle è stato messo a punto per gli ospiti, senza una buca o uno sfregio. Quando comincia l'alba, si ode, in mezzo al coro delle campane, il ronzio delle prime auto che si avvicinano dal fondovalle; le catene degli pneumatici, rotolando sulla neve gelata, hanno un armonico ticchettio, perfettamente uguale al canto dei grilli.

Il primo raggio di sole coincide con la comparsa, vicino alla chiesa di Zambla, del gruppetto dei primi sciatori. I più mattinieri hanno il privilegio di poter scrivere la loro firma sulla neve illesa. Dopo cinque minuti si può trarre, da quelle orme, una diagnosi esatta delle rispettive abilità sciistiche. I meno pretenziosi documentano il loro passaggio con una lunga linea diritta che finisce in una larga buca: una rapida corsa terminata in un capitombolo. Ma si vedono anche impeccabili fregi a serpente e persino qualche curvetta a ventaglio, traccia di un riuscito «Cristiania», così difficile nella neve soffice di stamattina.

Questi campi delle nostre Prealpi sono veramente bravi. Il nostro, per esempio, non si dà nessuna aria; sa benissimo che dire in società «Sono stato a sciare a Zambla» non suscita nessuna impressione. Ma il dovere suo lo fa egregiamente. Ha le sode, se pur non appariscenti, qualità della sana gente di campagna. Offre pendii mansueti per i principianti; accontenta i «discesisti» che hanno bisogno di forti velocità: riesce pure di gradimento ai robusti camminatori, lasciando loro facile e ampio sfogo fino alle creste estreme delle montagne attorno, con dislivelli di oltre mille metri.

C'è nell'aria una ospitale cordialità. Fa piacere al nuovo arrivato incontrare un barbuto montanaro che lo saluta con un fervido e rispettoso «Buongiorno». La gente, quassù, non conosce quella vaga antipatia per gli sconosciuti visitatori cittadini che si verifica talora, istintivamente, nei paesi di montagna. Uomini, donne e bambini si raccolgono invece in un angolo del campo ad osservare le evoluzioni, le tombole, le bravure degli ospiti, sorridendo bonariamente. E anche il sole – per quanto possa apparire strano – si mostra quanto mai servizievole, compatibilmente con i suoi numerosi impegni, e fa di tutto per non mancare all'appuntamento domenicale.

Verso mezzogiorno la letizia è al colmo. La discesa principale è già tutta battuta così da permettere un facile «cristianeggiare». Gli «attacchi» degli sci – lunatici ordigni che costano tante pene – sono finalmente a posto. Salute, giovinezza e benessere. È contento anche un vecchio signore corpulento e oltremodo distinto che si è messo in testa d'imparare a sciare, convinto forse che il maggiore eroismo sia combattere a fondo una battaglia anche se si sa che è una battaglia perduta. Avanza quattro, cinque metri in prima velocità, tutto rannicchiato su se stesso come prescrive la tecnica dell'Arlberg, e poi si affloscia improvvisamente nella neve, con pacata rassegnazione. Dopo una cinquantina di cadute egli è corazzato, sino al collo, da una crosta di ghiaccio infrangibile.

Col procedere della giornata il grido «Pista! pista!» si fa più alto e frequente. Gli sciatori che, già lanciati, desiderano evitare l'investimento dei colleghi, hanno due sistemi a loro disposizione: o voltare in tempo per mezzo dei vari accorgimenti consigliati dalla tecnica o gridare «Pista! pista!» in modo che il minacciato sia messo sull'avviso e si scansi in tempo. Il secondo metodo è generalmente il più usato. Da notare come nessuno tenti mai variazioni a quel tradizionale grido d'allarme, gridando per esempio «Largo!» o «La vita!» o «Attenzione, laggiù in fondo, a destra, che fra poco arrivo io!».

Come avviene ogni domenica su tutti, o quasi, i campi di neve nel mondo, a un certo punto il buonumore degli sciatori viene messo alla prova dalle evoluzioni di uno slittino; strano veicolo cui spetta lo sgradevole incarico di consolare le signore incapaci di reggersi sugli sci. In teoria dovrebbe servire a sedervisi sopra e a scivolare giù per i pendii nevosi. In realtà solo raramente siamo riusciti a vedere uno di quegli slittini compiere qualcosa che possa avere attinenza con il verbo scivolare. Al contrario essi affondano nella neve e si divertono a scavare delle specie di rotaie, affinché gli sciatori vi inciampino e abbiano a stramazzare al suolo. E quelle volte (rare come si è detto) in cui si decidono a scivolare sul serio, essi sfuggono immediatamente al controllo del passeggero e si dirigono intenzionalmente verso le persone ferme, che voltano le spalle, fumano placidamente una sigaretta e son ben lungi dal prevedere il durissimo colpo d'ariete che le proietterà di schianto a terra.

Al tramonto, avendo udito una sciatrice che gli faceva un complimento, mettendolo a paragone con una famosa località delle Alpi, il campo del Colle di Zambla arrossisce lievemente.

Gli sciatori si avviano, per il ritorno, alle rispettive automobili o discendono scivolando per quattro chilometri sino a Oltre il Colle. Laboriosa applicazione dei pattini di legno al tetto delle auto per mezzo di cinghiette diaboliche che non hanno mai i buchi giusti. Sforzo questo risparmiato a tre o quattro comitive le quali – lo abbiamo saputo positivamente in via confidenziale – intendono la sciata domenicale come un giocondo pretesto per fuggire all'aria pura e riunirsi a mensa al cospetto di un consolante panorama. Gli sci non servono quindi che da «alibi» e non vengono neppure tolti dalle macchine. Prima di ripartire, questi furbacchioni domandano in prestito un badile, raccolgono da terra qualche chilogrammo di neve e lo scaraventano sulle spatole di legno, per poter far fronte alle richieste imbarazzanti. «Se abbiamo sciato? Neppure un minuto abbiamo perso. Guardate, c'è ancora la neve attaccata agli sci.»

Quando gli ultimi ritardatari se ne vanno, ondeggia sul campo solitario, tutto a strisce e a buche, quella vaga amarezza che riempie i fastosi saloni da ballo al termine delle feste. Il sole è scomparso tra le brume. In mezzo alla neve sono rimasti una cinghia per «attacco» rotta, un foglio di carta con la scritta «Salumeria Fratelli Bianchi», una punta di sci (l'altro pezzo se l'è portato via il proprietario), una scatola di mentine vuota e 57 mozziconi di sigarette. Oramai è scesa la notte. In città, la mamma si fa sulla soglia, incontro ai figlioli di ritorno, e domanda loro se siano stanchi e se si siano divertiti.

Più tardi la luna penetra, come può, attraverso i vetri appannati, nell'interno dell'albergo, illuminando le tavole vuote. In una casa della città gli sci riposano, soddisfatti, in un corridoio, presso a un armadio a muro dove sono riposte altre testimonianze di altre ore felici: una corda da montagna, una racchetta da tennis con le corde rotte, borracce, sacchi, vecchie scarpe chiodate: tutto ricoperto di polvere. Un po' di neve del Colle di Zambla è rimasta attaccata agli sci e nella notte si scioglie, cola a terra ed evapora lentamente.

«Corriere della Sera», 27 dicembre 1933

Lo sci è lungo, la vita è breve

Vogliamo ricordare gli sciatori vecchi (da non confondersi con i vecchi sciatori). Ce ne sono di tre categorie: quelli che imparano, quelli che vogliono «provare» almeno una volta e quelli che disimparano.

Quello che impara è per lo più un signore distinto, scapolo, di corporatura voluminosa, il quale finalmente si gode i frutti di una vita di lavoro. Con la pazienza e i quattrini egli spera di conquistarsi sulle nevi una seconda giovinezza.

Un giorno per caso lesse in un manuale di sci, piuttosto ottimista: «Non è mai troppo tardi. Anche persone di avanzata età, veri patriarchi, pervennero in pochi mesi ad un grado ragguardevole di destrezza, ritraendone insperati benefizi. Si narra di un perito agrimensore che mise gli sci per la prima volta a novant'anni suonati e divenne tuttavia sì esperto da gareggiare coi pronipoti e da guadagnarsi altresì ambiti premi in difficili competizioni».

Pochi giorni dopo il distinto signore partì per la montagna, s'installò in un albergo e si iscrisse a un corso di sci. Nessuno aveva preso lo sport tanto sul serio: andava a letto alle nove; era il primo, al mattino, sul campo delle lezioni; ascoltava l'istruttore come un oracolo. Lui, che un tempo faceva tremare con una scampanellata decine di dipendenti, si sentiva miserabile come un verme di fronte agli incolti valligiani campioni di discesa e li corteggiava bassamente, offrendo loro bibite e sigarette di lusso, mendicando un saluto cordiale, uno sguardo di approvazione.

«Portare il peso sullo sci a valle, lo sci a monte sempre un po' avanti, ginocchia e testa sulla stessa perpendicolare, ecc. ecc.» Il signore anziano, dopo un mese di applicazione, aveva fatto pratico tesoro dei comandamenti del maestro e già poteva volgere sguardi pietosi ai novellini appena iscritti alla scuola e alla loro posizione scorrettissima.

Ma, strano, nello spazio di una settimana, i novellini lo raggiungevano nel faticoso progresso verso la perfezione tecnica. Ben presto anzi lo lasciavano indietro, passando ai gradini superiori e avventurandosi verso gli ermetici segreti del «Parallelschwung». E non è che fossero più zelanti di lui, o più attenti ai suggerimenti dell'istruttore.

Non si scoraggiò per questo e tenne duro. Divenne una figura tradizionale del paese, tutti ormai rispondevano ai suoi saluti distrattamente come si fa con gli esseri noiosi ed innocui. I suoi progressi, apprezzabili nelle prime settimane, si fecero sempre più irrilevanti. Più in là di così non poteva andare. C'era un confine oltre il quale la ferrea legge dell'età non si lasciava impietosire.

Ancor oggi egli continua ugualmente. Ogni mattino, alle ore 8, è sul campo per la lezione. Anche domani ci sarà, anche dopodomani, fino all'ultimo. E un bel giorno, quando avanzerà la primavera con il suo sole trionfale, quando gli alberghi saranno già vuoti, il silenzio sarà ridisceso nei boschi e pure gli sci si mostreranno stufi impastoiandosi nella neve grassa, non rimarrà più sul campo che lui, su e giù, su e giù, a ripetere una specie di timido «Cristiania», vecchio e solo tra le indifferenti montagne.

C'è anche il paterfamilias che si è lasciato sedurre dai suoi ragazzi. «Vieni anche tu, papà, a sciare una volta. Vedrai che impari subito.» Ma il vestito, l'equipaggiamento? Era pazzesco spendere centinaia di lire magari per una volta sola. «Un paio di sci ce l'abbiamo da darti. E per il vestito prendine uno dei tuoi vecchi; stringerai il fondo dei calzoni con le fascette.» Era bastato così comperare un berretto, di tipo norvegese, e una giacca a vento. Le scarpe c'erano: un antico paio già adoperate per la caccia.

Nel suo intimo aveva sperato di farsi onore. Muscoli ce n'aveva ancora e poi non doveva esserci niente di particolarmente difficile. A vederli nei film, quei famosi campioni di sci, pareva che non facessero nessuna fatica; gli sci sembravano girare da soli. Doveva essere più che altro una montatura.

Lo abbiamo poi visto alla sera, nel treno che tornava dal Mottarone. Quando egli si era trovato sulla neve, i figlioli si erano rapidamente eclissati, lasciandolo solo a cadere, a cadere, tra le risatine represse dei bimbi e delle sciatrici.

Cadere, cadere, non c'era stato altro per tutta la giornata, capitombolare nelle pose più comiche e assurde, come non avrebbe mai creduto che il suo corpo arrugginito sarebbe stato capace di fare.

Ora, in treno, era sgusciato fuori dallo scompartimento pieno di risate e di canti. «C'è troppo fumo qui» aveva detto. La verità era che si sentiva maledettamente a disagio. Si era seduto sullo sgabellino mobile in fondo al corridoio e, credendosi non visto, non si curava più di atteggiare il volto, come aveva fatto per tutta la giornata, a una disinvolta sportiva giocondità.

In casa sua o nell'ufficio direzionale della sua officina certo egli doveva apparire, se non bello, autorevole e degno di ogni rispetto. Là, in treno, in mezzo a tanti magnifici ed eleganti giovanottoni, era pietosamente meschino. Egli lo capiva bene e avrebbe voluto proclamare pubblicamente che si trattava di un puro caso, ch'era andato solo per far piacere ai figlioli, ch'egli era socialmente una persona molto più importante di tutti i presenti messi insieme. Quando passò il controllore gli chiese ad alta voce:

«Scusi, il treno ferma a Greco? Perché, sa? vorrei scendere a dare un'occhiata al mio stabilimento, vicino alla stazione.»

Sperava di fare un effettone. Invece il controllore gli rispose asciuttamente di no e nessuno dei presenti lo degnò di un'occhiata. Egli allora maledisse gli sci e pensò, come a una dolcissima felicità, che entro un'ora avrebbe potuto rimettersi il colletto inamidato.

Guardate infine quest'altro, vecchio sciatore che sta per diventare sciatore vecchio: improvvisamente, facendo uno slalom a metà della celebre discesa da lui percorsa centinaia di volte, è caduto, sprofondando nel bianco. Non ci sono ragioni tecniche che possano spiegare l'incidente. La neve è ottima, non c'è un'ombra di nebbia, la sciolina è adattissima, gli attacchi sono perfettamente a posto, la manovra per lo svolto è stata eseguita a regola d'arte da lui, nota miniera di preziosità stilistiche. Eppure è caduto.

Cose che succedono anche ai maggiori campioni, pensa. Rialzatosi, il vecchio sciatore si getta ancora giù per il pendio, segna due tre curve meravigliose da fare invidia a chiunque. Poi cade ancora di schianto.

È assolutamente inspiegabile. Lo sciatore si guarda attorno per timore che qualcuno l'abbia visto. Ma non c'è anima viva. I suoi compagni (fra essi ci sono forse anche i suoi figli) sono scomparsi oramai verso il basso, lasciando sospesa nell'aria una scia di festosi richiami.

Ora lo sciatore giace dentro alla neve, sul fondo di uno stretto valloncello, attorno ci sono abeti grandi e nubi bianche passano lente nel cielo. Il campione veterano non sente neppure la voglia di rialzarsi, di scuotersi di dosso la mortificante infarinatura, di lanciarsi ancora sulla candida pista.

Sale dal fondo una insinuante stanchezza, non una specifica spossatezza muscolare, piuttosto uno svogliato desiderio di attesa e di pace. Qualcuno, probabilmente (è una discesa tanto battuta), comparirà fra breve sul ciglio della valletta e riderà vedendolo disteso tra la neve come un principiante. Eppure non gliene importa un bel niente.

Finalmente egli si è accorto; un'ombra piena di luce, l'amica cara ombra della giovinezza, poco prima si era staccata da lui ed era scivolata giù nella valle, tra i veli violetti della sera sopraggiungente, era corsa via con l'irreparabile fuga del tempo.

«La lettura», febbraio 1936

Trionfo delle salite artificiali

La nuova stagione sciistica si apre all'insegna delle funivie, delle teleferiche, delle funicolari, delle sciovie, delle scioslitte, delle slittovie e di quanti mai altri ordigni sono stati escogitati per risparmiare la fatica di salire a piedi. Si ha unicamente sete di discesa. I carrelli sospesi alle funi aeree saranno dall'alba al tramonto rigurgitanti. Le piste, arate senza tregua e piallate da migliaia di cristiani, diventeranno come vetro. Tutti vorranno accumulare due, tre, quattromila metri di dislivello nello spazio di un giorno. Non ci stupiremo se una volta o l'altra, in qualche elegante centro di sport invernali, dovessero comparire addirittura dei cartelli con su scritto: «Vietato salire a piedi».

I «puri», quelli che ogni domenica sono al di là dei tremila metri, che si bevono con glaciale indifferenza nove ore di salita, che celebrano i loro incomodi ma gioiosi festini nelle capanne altissime flagellate dalle bufere, i «puri» che sono capaci magari di girovagare per le cime del Rosa il giorno di Natale, gli amici di tutte le nevi, siano polverose, dure come marmo, marce come panna montata, a lastroni o a onde gelate, i «puri», gli sciatori di grande classe, insomma, scuotono, disapprovando, la testa. Non è il vero sci, dicono, osservando il formicolare dei discesisti sulle piste a perpendicolo, mentre le teleferiche fanno la spola, cariche fino a scoppiare. E, in fondo, hanno perfettamente ragione.

Sì, i «puri» hanno ragione. Lo sci più bello è quello che conosce le immense solitudini dei ghiacciai, gli aspri capricci della tormenta, le trappole delle slavine e dei crepacci, è quello che ha bisogno, nella più rosea ipotesi, di sette-otto ore di spompante salita. Questo è vero, ma quanti sono, nello sterminato esercito di sciatori italiani, coloro che hanno il tempo, l'allenamento, la forza e la capacità tecnica di fare altrettanto?

Lo sciatore medio, per così dire, è un uomo che è riuscito a rubare, dopo settimane di ininterrotto lavoro nella città di pianura, uno, due, al massimo tre giorni per fuggire in montagna. È un uomo che il sabato è andato in ufficio vestito addirittura da sci per non perdere neanche un minuto quando gli amici sarebbero andati a prenderlo in macchina. Ha le ore di libertà contate. Sarebbe per lui una follia gettarsi di colpo in un'impresa d'alta montagna: dopo tre, quattro ore sarebbe già scoppiato. Chi lo può dunque condannare se cerca una compiacente teleferica che gli risparmi tempo e fatica, permettendogli di fare in salita quanto non sarebbe riuscito a fare, coi propri mezzi, neppure in una settimana?

Del resto, le discussioni fra discesisti e «puri», ormai tradizionali, lasciano il tempo che trovano. La grande massa ha accolto con entusiasmo le funivie; e le funivie, o analoghi impianti, si vanno moltiplicando su tutte le Alpi.

Quella di Cervinia è all'ordine del giorno. Il primo tratto, che conduce dal Breil, m. 2095, a Plan Maison, m. 2597, è dall'estate scorsa già in funzione, ma solo da pochi giorni, con l'arrivo della neve, è cominciata la sua grande stagione. Rispetto alle consorelle già famose, ha il vantaggio di trovarsi in un ambiente grandioso d'alta montagna, ai piedi del più insigne gigante delle Alpi, senza contare il fatto che lassù la neve dura fino a primavera molto inoltrata. Una volta sollevati dal carrozzino volante fino a Plan Maison, gli sciatori non avranno che l'imbarazzo della scelta: o proseguire a piedi al Teodulo e alle cime circostanti; o gettarsi giù per una delle tre piste alle quali si aggiunge lo slalom gigante permanente; per inclinazione, difficoltà tecniche e interesse del percorso, i competenti che le hanno assaggiate le ritengono senz'altro paragonabili al Sises. Chi poi non amasse le piste battute, può benissimo uscirne fuori e divertirsi a tracciare armoniose curve (ammesso che ne sia capace) sulla immacolata neve vergine.

Il tratto dal Breil a Plain Maison non è sciisticamente meno interessante, anzi è forse più ricco di difficoltà e più ripido del tratto superiore, quello da Plan Maison al Teodulo, m. 3303, che dovrebbe essere superato in futuro dal secondo tratto della funivia. Ma al proposito alcuni preferirebbero che la teleferica, invece che proprio al Teodulo, portasse fin sotto al Passo di Ventina nord, m. 3480, da dove la varietà di discese sarebbe maggiore: o, per il Teodulo, a Plan Maison e di qui al Breil; o al Colle delle Cime Bianche, m. 2980, per il ghiacciaio di Valtournanche, con un percorso completamente diverso e di alto interesse. Questo secondo progetto è stato avanzato dato che la funivia svizzera al Teodulo, dalla parte di Zermatt, che completerebbe il collegamento teleferistico fra i due versanti, non sembra ancora avviata a una prossima realizzazione.

Anche Sestriere, con le sue illustri piste – è facile pronosticare – sarà sempre di moda. Quest'anno sarà inaugurato il nuovo trampolino di salto, costruito nel vallone a sinistra del Sises (guardando dal passo). E fra le novità vanno pure annunciate una seconda chiesa (la prima si dimostrava insufficiente) e l'auspicato cinematografo.

Cortina a sua volta ha pensato a valorizzare maggiormente la classica pista delle Tofane con una sciovia (specie di slitta trainata da una fune metallica) che porterà dalle malghe di Rumerlo alla sommità del canalone, che offre una delle discese più eleganti e veloci del repertorio internazionale. Fino a Rumerlo si può arrivare in macchina e saranno disposti speciali servizi di autobus. Continueranno naturalmente a funzionare la veterana ma sempre frequentatissima funivia del Pocol e la sciovia del Pierosà.

Questo per le grandi stazioni invernali. Ma il discesismo, e quindi il concetto che la salita debba essere al massimo facilitata, si va affermando anche nei centri minori. Anche là dove non esistono grandi organizzazioni alberghiere o potenti organismi, anche dove non ci sono i milioni per le ciclopiche funivie, l'ingegnosità e la buona volontà umana sono riuscite a creare piccoli impianti di «salite artificiali». Spesso l'iniziativa è dovuta a un gruppetto di appassionati che non si propongono alcun intento speculativo e rischiano anzi di rimetterci di tasca loro. Spesso si ricorre a un vecchio motore d'automobile, promosso a quello specialissimo sedentario ufficio, e installato, con le debite misure di sicurezza, in una baracchetta di fortuna. È una fioritura di sciovie o slittovie, che senza dubbio avranno brillante avvenire.

Di questi «slittoni motorizzati» che faranno per tutto l'inverno la spola su e giù per i fianchi delle valli, ne è stato impiantato uno sui monti bresciani, al Maniva (si può arrivare in macchina fino al rifugio omonimo). Un altro è stato installato sopra la capanna Bruno in Val d'Intelvi. Un terzo è in costruzione a Limone Piemonte, dove Pirovano dirigerà quest'anno una nuova scuola di sci. Un quarto, infine, al Bondone, sopra Trento, farà superare, con poca spesa e nessuno sforzo, ben 250 metri di dislivello e costituirà quindi uno dei più notevoli impianti del genere. E probabilmente ce ne sono in vista molti altri, i quali ci vorranno scusare della eventuale omissione.

Alla Paganella poi, per citare un altro esempio di sagacità organizzativa, si è pensato di valorizzare sciisticamente la nota teleferica, tagliando e perfezionando vari itinerari di discesa, in alcuni tratti anche aperti nel bosco. Dovunque insomma si cerca di offrire al pubblico «salite artificiali».

Per ciò che riguarda gli sci e gli attacchi, la stagione non ha portato nulla di nuovo: sempre legni lunghi e pesanti, laminature metalliche, attacchi a trazione diagonale tipo «Kandahar». Si deve citare ad ogni modo il tentativo di «lanciare» un nuovo tipo di sci, con la parte inferiore completamente rivestita di celluloide, ciò che rende del tutto inutile l'applicazione di scioline per la discesa. Del loro avvenire dovrà decidere l'esperienza.

Anche per i vestiti, grandi scoperte non vengono segnalate. Notevole è soltanto la decadenza dei calzoni corti e il ritorno dei classici calzoni lunghi (adottati ora ufficialmente anche dai maestri delle scuole nazionali); fateveli fare piuttosto abbondanti davanti e tesi dietro, se ci tenete a seguire la moda. E per completare il quadro, comperatevi una ampia giacca a vento bianca con cappuccio. Chissà perché, i cappucci che originariamente dovevano servire soltanto a riparare dalle sferzate della tormenta a tremila e più metri, sono andati moltiplicandosi anche nelle stazioni di moda di fondovalle, dove appena è in vista una tormentina tutti si sprangano negli alberghi.

Niente di male del resto. Nell'abbigliamento da sci, sebbene sembri strano, la logica ha sempre avuto poca importanza (si veda l'esempio delle ghette, che hanno una vera utilità solo in alta montagna e che negli anni scorsi, persino al Mottarone, a non averle ci si sentiva disonorati). Provvedetevi dunque di una giacca a cappuccio. Essa vi conferirà senza dubbio dello stile; molti la considerano assolutamente di prammatica. Anche senza, però – così ci hanno assicurato –, è possibile sciare bene.

«Corriere della Sera», 29 novembre 1936

Le nevi vi chiamano

Il mattino d'inverno, con il cielo così limpido e la vista delle lontane montagne così netta e splendente, offriva un'insolita opportunità didattica. Il professore riunì gli allievi sulla terrazza superiore del ginnasio per fare di lassù, sul vivo, una lezione di geografia.

Attorniato dai suoi ragazzi, il professore fece un gesto semicircolare con la destra indicando il settentrione. Tutt'attorno alla città, a una distanza incredibilmente breve, sorgeva una muraglia bianca di cime. Ben pochi nella città ne avevano immaginato l'esistenza. Le montagne erano sempre sembrate così lontane, così fuori dall'atmosfera della metropoli; ore ed ore di treno ed auto per raggiungerle.

Adesso invece, dopo la tempesta di neve, le montagne si erano fatte stranamente vicine e sovrastavano i vecchi tetti. Con una buona corsa in bicicletta pareva possibile arrivarci.

Gli sguardi fissi alla neve lontana, il professore cominciò la lezione. Anche i ragazzi, in silenzio, non staccavano gli occhi dai vitrei castelli bianchi sospesi nel cielo.

«Oggi vi parlerò delle Alpi» egli disse. «Le Alpi sono il più alto e importante sistema montano di Europa. Esse circondano a nord l'Italia e si diramano negli Stati confinanti. Molte,» proseguì dopo una breve pausa «molte sono nelle Alpi le cime superiori ai 4000 metri e il Monte Bianco, la più alta, raggiunge i 4807. Eccolo, lo vedete là a sinistra, quella gobba più alta...»

«L'aspetto delle Alpi» continuò quasi recitando una lezione «è quanto mai pittoresco e variato. Nelle loro larghe vallate, ricche di praterie e di campi coltivati...»

Ma sapeva bene che non era così. Era un professore sui quarant'anni, né modernissimo né antiquato, con modesta esperienza di vita. Insegnava ai ragazzi che «per causa della loro altezza e la loro vicinanza al mare, le Alpi sono bagnate da precipitazioni copiose che ammontano da 1500 a oltre 2000 millimetri...» ma sentiva che tutto questo era falso.

Acrocoro, limite delle nevi persistenti, precipitazioni acquee, anfiteatro morenico, eccetera eccetera. Tutte cose stupide e assurde. Egli fissava ipnotizzato una altissima cima, forse il Rosa o il Bernina. Un po' a sinistra, sotto alla vetta, si apriva un vallone liscio e accogliente che scendeva maestosamente con larghe e soffici gobbe. Ecco, bisognava trovarsi lassù, con gli sci ai piedi. Vaghe reminiscenze alpinistiche studentesche e immagini di vecchi film lo aiutavano a ricostruire la scena.

Lui il professore, se ne veniva giù per la valle fatata con meravigliosa destrezza. Dietro a sé sentiva (vederli non poteva, assorbito tutto dalla velocità) due o tre amici, anch'essi bravissimi ma un po' meno di lui. Veniva giù con armoniose curve, ad ogni voltata il suo corpo si piegava tutto come un motociclista in viraggio, con elegante stile, incidendo una traccia sinuosa, bellissima a vedersi. Ogni cristiania, gli pareva bene si dicesse così, faceva esplodere una alta nube di pulviscolo argenteo, che poi ricadeva lentamente come i tizzoni dei fuochi artificiali.

(«Intere catene delle Alpi» egli intanto diceva «hanno un'altezza superiore ai 3000 metri e la neve perciò vi rimane da un anno all'altro, perché nelle nostre regioni il limite delle nevi persistenti è a circa duemilasettecento metri.»)

La deliziosa corsa fra la neve continuava senza neppure una caduta, mentre invece ogni tanto i suoi amici sprofondavano a capofitto nel bianco, sollevando alte colonne di nevischio. Avvicinandosi man mano al fondovalle (procedeva sempre ad almeno 50-60 chilometri all'ora) gli capitava di incontrare o sorpassare gruppetti di altri sciatori, per lo più stranieri (c'era anche qualche ragazza bellissima) che lo osservavano invidiosamente mentre piombava giù per le vertiginose coste, leggerissimo e sicuro, simile a un uccello in volo.

(«La cresta delle Alpi,» profferiva intanto meccanicamente

«la cresta delle Alpi è intaccata da numerosi e bassi passaggi i quali, con le valli in cui sboccano...»)

Gli sciatori che incontrava erano per lo più ricoperti da spesse croste bianche, documenti di innumerevoli cadute. Lui invece era asciuttissimo. Solo i calzoni, fino al ginocchio, erano cosparsi della neve sollevata dagli impetuosi cristiania. Se volgeva indietro la testa, poteva vedere i suoi amici ormai molto lontani e qualcuna delle sciatrici bellissime che agitavano cordialmente un bastoncino, come per salutarlo.

(«Le Alpi» egli continuava imperterrito «cominciano al Passo di Cadibona, a nordovest di Savona e descrivendo un arco gigantesco...»)

Finalmente una breve sosta dopo milleduecento metri di discesa. Caldo e silenzio. Il sole splendeva sugli immensi panettoni di neve immacolati, con luce immobile e potente. La giornata era ancora lunghissima, davanti. Tutto, le bianche distese, gli omini piccoli e lontani, gli abeti, le belle sciatrici, le cupole dei grandi alberghi, in fondo alla valle, il fruscio delle valanghette che ogni tanto smottavano giù dai pendii più ripidi, gli abeti immensi (almeno quaranta o cinquanta metri d'altezza) si univano a formare una esistenza spensierata e felice.

Ma il riflesso magico della neve lontana non entrava forse anche nello studio dell'avvocato Tazio Carlo Mariani, nella casa proprio di fronte il ginnasio? E non dava forse anche il giovane legale indubbi segni di disattenzione e nervosismo?

«Gustavo!» aveva gridato poco prima, chiamando il fattorino dello studio «quanto tempo è che non pulisci i vetri?»

Fino allora, come del resto la maggioranza degli uomini, l'avvocato si era ben poco curato di guardar fuori delle finestre. Ma quel giorno aveva aperto le tendine e, tra una frase e l'altra della comparsa, continuava a voltar gli occhi da quella parte.

Aveva tirato fuori da un cassetto un piccolo cannocchiale da teatro, e, attraverso due camini del tetto di fronte, si era messo a osservare una sconosciuta valle candida contornata da solenni picchi. Chissà quanti uomini se ne giravano adesso da quelle parti. Ma lasciò il cannocchiale e riprese a scrivere.

«Ciononondimeno» scriveva «è assolutamente inoppugnabile, come giustamente osserva il Pacchioni, che, a ben vedere, l'obbligo di continuare la gestione non è fondato sulla volontarietà, comunque poi intesa, ma...»

Di nuovo si mise a guardar fuori. Dalla strada salivano i noiosi rumori di ogni giorno. Lassù doveva esserci un silenzio grande o, nella peggiore delle ipotesi, qualche allegra risata. Egli non aveva una idea troppo esatta di cosa fosse sciare, ma nella sua mente erano rimaste impresse fotografie di uomini in volo sospesi per aria come rondini, al cospetto di immense folle plaudenti.

Poter essere anche lui uno di quelli. Piombare come una saetta giù per la pista, balzare poi fuori dal trampolino, rimanere proiettato nel vuoto, tutto proteso in avanti, campioni norvegesi che lo stanno a guardare sbalorditi, è la prima volta che prova, eppure una miracolosa protezione del cielo lo assiste. Ancora è sospeso nell'aria. Ha già sorpassato il limite di tutti gli altri. Finalmente ciac! un elastico colpo sulla neve a novanta l'ora, senza il più piccolo tentennamento, giù come una schioppettata verso l'anfiteatro della folla. In fondo una fulminea frenata. L'amico suono degli applausi, le bandiere che sventolano sui pennoni nel cielo, il suono marziale di una banda che si ripercuote fra le nere foreste.

«... ma sul puro fatto della gestione di un affare obbiettivamente alieno. Ciò risulta dallo stesso carattere di volontarietà della gestione – specificatamente nel caso in esame – nonché dal noto requisito dell'*animus negotia aliena gerendi...*»

O non sarebbe stato ancora più bello partire all'alba per una di quelle altissime cime? Se fosse partito quella mattina, a quest'ora sarebbe già sulla via del ritorno. Proprio su quella vetta, che scintillava fra i due camini del tetto di fronte, sarebbero rimaste le sue orme. Lente faticose tracce in salita, costeggiate dai segni dei bastoncini, sottilissime tracce in discesa, tese come la traiettoria di un proiettile. Sprofondare giù per i valloni a velocità pazza, con l'animo perfettamente sgombero di *negotia aliena gerenda*.

E anche la giovane dattilografa guarda insistentemente fuori della finestra dell'ufficio, verso il Nord, nella sera sopraggiungente. «Signorina,» la richiama il capufficio «ha scritto "discutibile utilità"? Bene, andiamo avanti: "il tempo e la mano d'opera che richiederebbero un sicuro collaudo non compenserebbero, a nostro avviso, il vantaggio pratico ed economico di simile impianto. Pregiatevi pertanto... pregiatevi pertanto informarci se eventualmente vi fosse possibile rinnovare l'offerta su nuove..."»

Le montagne si sono fatte violette e, diffondendosi lentamente la notte, stanno nuovamente allontanandosi dalla città, per rientrare nel loro misterioso esilio. Si accendono adesso – pensa la signorina d'ufficio – le luci policrome dei grandi alberghi di montagna e più in alto, molto più in alto, i lumini dei piccoli rifugi. Non li ha mai visti da vicino quei famosi *grands hôtels*. Devono essere abbastanza simili ai castelli antichi e dentro fatti come transatlantici, con solenni portieri, maggiordomi diplomatici, velocissimi ascensori dorati. Immagina di entrare, dopo avere lasciato gli sci, nel vestibolo fulgente di luci. Tutti si voltano a guardare, tutti ammirano il suo elegantissimo vestito da neve. Un'atmosfera da film, echi di musica, profumo di avventura.

Ancora la voce del lavoro quotidiano: «Ha scritto, signorina? Ma che cos'ha stasera? Ha scritto "su nuove basi"? Bene, andiamo avanti: "in attesa di vostro sollecito riscontro a giro di posta, ben distintamente..."».

Ora il lavoro è finito. La dattilografa però indugia dinanzi alla finestra. Il giorno sta per morire e ultime incredibili luci fiammeggiano sul felice regno delle nevi. Anche il capufficio si è fermato a osservare. Bella sera, commenta.

Sono quei minuti di immobile sospensione che precedono l'accensione delle lampade elettriche nelle strade. Dietro a mille e mille finestre, uomini stanno a guardare verso le montagne, senza nemmeno capire il perché, assorbiti in sciocchi ed assurdi sogni. Due persone serie però discorrono per la via. «Lo sci,» dice uno «un magnifico esercizio, hai ragione. Ma ci sono cose ben più importanti nella vita.»

«La lettura», febbraio 1937

La sorprendente carriera
di due inseparabili gemelli

Il passante che in una rigida e nebbiosa giornata di dicembre, nel lontano 1900, si fosse trovato ad attraversare la piazzetta Camposanto, dietro l'abside del Duomo di Milano, non avrebbe mancato di notare un capannello di persone raccoltosi dinanzi a un negozio. E se a sua volta, spinto da curiosità, si fosse avvicinato, detto passante avrebbe avuto modo di vedere, disposto in bella mostra, un paio di lunghissime assicelle di legno ricurve a una estremità e nel mezzo provviste di legacci complicati, per mezzo dei quali due grosse scarpe erano fissate alle assicelle stesse. Chiedendosi a che diavolo potessero servire quei due affari, egli li avrebbe a lungo contemplati, senza rendersene conto; né il cartello esplicativo con su scritto «Sky norvegesi» lo avrebbe in alcun modo illuminato. Ma l'enigma si sarebbe sciolto solo ch'egli avesse porto le orecchie alla vivace discussione tra due giovani.

«Ma che si può mai combinare con questi arnesi?» diceva uno.

«Si vola, addirittura» l'altro rispondeva. «Chi ha portato dalla Norvegia questi legni è il dottor Giacomo Casati, alpinista di vaglia, che conosco. E lui dice che con gli sky lassù fanno meraviglie. Non solo corrono sul piano, non solo scendono come fulmini giù per i pendii nevosi, ma spiccano salti lunghissimi nel vuoto. Un campione, mi diceva, è riuscito, proprio quest'anno, a fare un volo, e tu non crederai, di quasi trenta metri.»

«No certo che non credo. I viaggiatori che vengono da terre lontane le raccontano sempre un po' grosse, questo è nella regola, ma dovrebbe pur esserci un limite... Ma poi, dimmi, che utilità potrebbero avere qui in Italia queste trappole? La neve noi dovremmo andare a cercarcela in montagna. E sui nostri monti così accidentati mi sai dire a che cosa servirebbero?»

«Ah, questo sì, credo anch'io che non sia cosa per noi. A Torino, ho sentito dire, si sono fatti dei tentativi, ma non si combinerà niente di sicuro. C'è sempre qualche originale che vuol farsi notare. Tira fuori qualche nuova stramberia. Fa chiasso per un'ora. E il giorno dopo non se ne parla più.»

Erano quelli i primi sky che comparivano a Milano. A Torino li aveva portati quattro anni prima Adolfo Kind ed erano stati provati al Valentino con meravigliosi capitomboli. (Ben trent'anni prima, a Chamonix, un medico francese ne aveva fatto esperimenti in pubblico, tra le risate generali.) Ma il primissimo italiano a servirsene era stato don Francesco Negri, parroco di Ravenna che nella seconda metà del '600 li calzò in Scandinavia.

A Milano, dietro l'abside del Duomo, i due mai visti arnesi fanno colpo. Ma già il morbo fatale degli sky sta scendendo nelle Alpi. In Svizzera il maggior pioniere è Guglielmo Paulcke che nel '96 con tre compagni traversa da ovest a est l'Oberland Bernese per ghiacciai e sul Rosa raggiunge i 4200 metri. Poi, sotto la guida di Kind, si forma il primo gruppo di «maniaci» a Torino. E dei nuovi attrezzi si occupa anche la rivista del Club Alpino decantandone i pregi ma avvertendo che «gli sky non possono usarsi in alta montagna perché troppo ingombranti». Ciononostante Svizzeri e Tedeschi, con le tavolette ai piedi, sbalordiscono i circoli alpinistici toccando d'inverno la Dufour, il Finsteraarhorn, il Moench e altre cime sopra i 4000.

Ed ecco che nel 1902 a Milano, i 41 soci del Club Alpino fondano lo Sky Club Milano, preceduti appena di tre mesi dai colleghi di Torino. Su una circolare di propaganda si diceva: «Non è il caso di enumerare i vantaggi che nell'alpinismo invernale lo sky offre al confronto della racchetta ed alla scarpa ferrata... *Non è da ripromettersi che gli sky trovino nelle nostre montagne il largo campo di applicazione e l'utilità pratica che hanno raggiun-*

to nei Paesi nordici, tuttavia essi costituiranno indiscutibilmente un valido ausiliario dell'alpinismo invernale».

«Non è da ripromettersi?» Cinquant'anni dopo, cioè stasera 31 maggio 1952, lo Sky Club Milano, che nel frattempo ha cambiato il «k» in «c», celebrerà il suo giubileo. I due legni gemelli esposti dietro l'abside del Duomo si sono moltiplicati intanto con un crescendo vorticoso, oggi non c'è una casa, si può dire, dove non se ne trovi almeno un paio. I 41 matti di allora sono diventati, soci o no, decine e decine di migliaia, solo in Milano. E là dove due-tre temerari si avventuravano nelle bianche e silenziose solitudini oggi salgono rombando (ahimè) valanghe di macchine e autopullman, e sono nate, per virtù delle medesime assicelle, vere piccole città che con le teleferiche protendono le loro lunghe braccia fino sulla groppa dei ghiacciai. Valli intere hanno cambiato faccia, nuovi costumi di vita sono invalsi, popolazioni intere hanno lavoro; e tutto a motivo degli sci.

Stasera, seduta a pranzo, la vecchia guardia dello Sci Club potrà voltarsi soddisfatta indietro; perché forse nessun sodalizio del genere in Europa vanta al suo attivo non solo una altrettanto efficace opera di propaganda ma anche una più intensa, estesa e seria attività alpinistica, portata specialmente all'alta montagna, dove si fa lo sci più difficile, più rischioso e più di sacrificio. Sono circa 400 che celebrano le nozze d'oro o d'argento con gli sci. Invitati, e insigniti di diploma, tutti i soci che abbiano calzato gli sci almeno da trent'anni. Quanti dei fondatori interverranno? Purtroppo appena due: Guido Silvestri e l'avvocato Labadini. Ma con pari o quasi anzianità parecchi si faranno vivi. Al 1902 risalgono le tessere del conte Alberto Bonacossa, grande nome in numerosi sport, di Bartolomeo Figari, presidente del CAI, e di Saverio Passeroni di Torino, fanatico frequentatore ancora adesso di Clavières, che venti giorni fa si è preso il gusto di raggiungere il Colle del Theodulo senza teleferica. Al 1904 quella di Vittorio Anghileri che per primo importò a Milano gli sci svizzeri. Al 1906 quella del dott. Guido Bertarelli, consigliere centrale del CAI che ogni inverno si vede scendere dalle piste più famose. Al 1907 quelle del dott. Aldo Crespi, che tra i primissimi portò gli sci sulle Alpi Orobie e sulle Dolomiti, e del suo compagno di gite ing. Gianfranco Casati Brioschi. E potranno mancare Piero Oneglio, oggi presidente della FIS, e David Valsecchi, figura addirittura proverbiale tra i vecchi sciatori di Milano?

Quante memorabili avventure, quante faticacce, quante ore di felicità al sole delle vette, saranno rivissute questa sera? E quanti cari compagni si ricorderanno che non ci sono più? E che incalcolabile miniera di storie non ci si potrebbe far raccontare dai presenti? E spaventosisissime cadute, e sci rotti, e notti gelide, e tormente, e litigi coi ferrovieri che non lasciavano salire in vettura con quei trespoli, e discese a velocità da manicomio nel crepuscolo per non perdere l'ultimo treno per Milano, ed epiche spompate sotto il peso di sacchi giganteschi, e crepacci traditori, e catastrofici sbagli di sciolina, e, purtroppo, anche qualche gamba rotta. E in fondo a questa immensa selva di ricordi, laggiù, nel remoto inverno 1905 ecco la storica adunata dei soci dell'ex Fortino di Porta Vittoria per assistere ai salti del ragionier Eugenio Moraschi e alle discese dell'avvocato Cleto Tosi (ma il primo cadde subito malamente e si slogò un piede, tra la costernazione dei presenti che se n'andarono scuotendo il capo e mormorando: «Eh, sì, lo sky è un arnese pericoloso!»).

Ma in tante rimembranze non ci sarà la malinconica atmosfera che accompagna in genere le assemblee dei veterani, dove i bei ricordi non bastano a cancellare i segni degli anni. Infatti, a giudicare dai risultati, lo sci è un siero di giovinezza formidabile. Abbiamo già citato alcuni casi assai eloquenti. Oltre ad essi, valgano come esempio tre nomi: il conte Aldo Bonacossa (anzianità 1905) che fu alla testa nell'esplorazione invernale delle vette alpine e che continua imperterrito, con decine di ascensioni ogni inverno; il conte Ugo di Vallepiana (anzianità 1906), pioniere tra i pionieri, già vincitore di molte gare anche di salto, per molti anni presidente del Club, combattivo propugnatore dello sci d'altissima montagna e tempra addirittura fenomenale tanto che perfino domenica scorsa si è bevuto tranquillamente in salita 2200 metri di dislivello; e l'ing. Piero Ghiglione (anzianità 1905), famoso per le salite in ogni continente, recordman mondiale d'altezza in sci sul Golden Throne nel Caracorum (7700 metri) che alla tenera età di 68 anni se ne va a spasso sulle più alte catene del Globo dove i giovanotti, che fanno i bulli sulle piste delle Tofane e del Ventina, non gli terrebbero dietro neanche un'ora. E poi si dice tanto di Bartali.

«Corriere della Sera», 31 maggio 1952

Stanno facendosi gambe, cuore e fiato

È vero, come alcuni dicono, che fra i discesisti austriaci e i nostri c'è un netto distacco? È vero che gli austriaci hanno realizzato uno stile superiore che rappresenta l'*optimum* in tutti i sensi e garantisce loro un margine sicuro di vantaggio?

Li abbiamo osservati a lungo l'inverno scorso, proprio su queste stesse nevi di Cervinia. Effettivamente facevano impressione, uomini e donne. Dritti in piedi come se non valesse la pena di scomodare per così poco la normale positura, volavano giù con meravigliosa leggerezza, gli sci incollati l'uno all'altro. Un gioco, apparentemente minimo, di caviglie e di ginocchia, nelle curve. Di quando in quando, si divertivano a guizzare in un velocissimo zig-zag con una pulsazione, a ogni virata, delle spalle, che ricordava il tango e che sembrava contraddire la regola canonica impartita dalle più reputate scuole: «nel chiudere il cristiania, portare avanti la spalla a valle». Infatti essi facevano il contrario, o almeno era tale l'apparenza. Con un risultato indiscutibile di massima eleganza e autorità.

Ma non è, a quanto pare, solo questione di bellezza. Lo stile austriaco, si sente dire, per la sua compattezza e fluidità, per l'aderenza ininterrotta sulla neve di tutta la superficie dello sci, ottiene pure in gara il massimo risultato con lo sforzo minimo. Non solo: la loro scuola allinea oggi al massimo livello non uno o due o tre atleti, ma un gruppo numeroso di campioni che, per così dire, parlano tutti nella stessa lingua.

E gli italiani? A poco più di due mesi dalle Olimpiadi di Cortina la domanda è del massimo interesse. Siamo venuti qui a vederli. Gli azzurri – uomini e donne – stanno allenandosi sul tratto più alto della pista del Ventina, perché più in basso non c'è neve: da Plateau Rosà al laghetto che si trova all'altezza di Cime Bianche, circa 500 metri di dislivello, su un percorso abbastanza ripido, ma liscio, uniforme e senza trappole: il meglio che offra sulle nostre Alpi la stagione, ancora povera di neve.

Veniamo giù a morigerate serpentine dalla prima maestosa pancia del ghiacciaio. A Milano, probabilmente, sta piovendo ma qui c'è un sole da settembre, con il Cervino senza una nuvoletta. Intorno, solitudine e silenzio. Mentre stiamo per fare una voltata, abbiamo la stessa inquietante sensazione di colui che, attraversando una via deserta, veda irrompergli addosso Fangio proiettato alla massima andatura.

Dal ciglione superiore del ghiacciaio qualcosa che ha la vaga apparenza di un uomo saetta verso di noi lungo la linea della massima pendenza. Una sia pur parziale collisione determinerebbe un doppio funerale. Con un guizzo di cui non ci ritenevamo assolutamente capaci balziamo a un lato della pista. Ma già l'uomo è lontanissimo, giù in fondo, un minuscolo puntino.

«Ah non c'è pericolo che vengano addosso anche se si è nel mezzo della pista. Quelli lì sanno scansarsi!» ci avverte ridendo il dott. Gian Vittorio Fossati-Bellani, commissario tecnico della FISI per la discesa, che segue gli allenamenti degli azzurri con la amorevole passione di un fratello maggiore.

Ma già è in pieno corso un mitragliamento di proiettili. Il primo era l'allenatore della squadra maschile, il maestro austriaco Hans Senger. Di chi è adesso quel maglione rosso che gli si lancia avidamente alla riscossa? E quel giubbetto aerodinamico, quella allegra faccia tesa nell'impeto dei novanta all'ora che ci è passata rasente? Bruno Alberti? Lino Zecchini? Riconoscerli è un affare serio, tanto fulminea è la visione. Dove sono Guido Ghedina, Gino e Bruno Burrini, Carlo Schenone, David Davide, Italo Pedroncelli, Paride Milianti, Otto Gluck, Dino Pompanin, Osvaldo Picchiottino? Sono passati, questo è certo, di più non sapremmo dire. Soltanto Piero Viotto manca, bloccato alla base da un noiosissimo «bugnone». Ci sono anche due campioni finlandesi dai nomi difficili: Paavo Kalevi Hàbbinen e Kalpala Eino Onni Alpo.

E dunque, filano bene i nostri? Ahimè, ci vien quasi fatto di rispondere alla Ferravilla: come si fa a giudicarli se non stanno fermi? E lo stesso dicasi delle azzurre che piombano giù poco dopo con alla testa il loro allenatore Roberto Lacedelli: Giuliana Minuzzo, Maria Grazia Marchelli (da 5 giorni dottoressa in scienze politiche e sociali), Carla Marchelli, Anna Pellissier, Cristina Ebner, Vera Schenone, Jole Poloni (la più piccina di tutte) e la intrepida Celina Seghi che sembra cancellare gli anni con una volontà di ferro; oltre alle «aggregate» Guendalina Mola e Pia Riva, che non è escluso possano entrare in squadra.

Certo, abbiamo visto in azione dei tipi piuttosto consolanti per forza, sicurezza e decisione. Dire di più, in questa prima fase degli allenamenti, non avrebbe senso. Fossati-Bellani, pur senza cedere alle utopie, crede di avere per le Olimpiadi più di una legittima speranza.

Ma, lo stile, si può dire all'altezza degli austriaci? Alla sera, nell'ospitalissimo rifugio Pirovano dove alloggiano gli azzurri – e dove in dicembre è attesa la squadra americana – le discussioni sono interminabili; non tanto fra gli atleti, che come tutti i lavoratori seri preferiscono non parlare di sé, quanto fra i maestri di sci, i «tifosi», gli studenti che frequentano assiduamente questo ormai celebre cenacolo dello sci. Stile? Ma l'eleganza ha poi importanza decisiva? Forse che aveva bisogno di eleganza e di sci uniti Zeno Colò per vincere le Olimpiadi di Oslo? I profani non immaginano a quali dissertazioni bizantine, a quali vertiginosi tecnicismi dia luogo l'arte di scendere un pendio nevoso con due pezzi di legno attaccati ai piedi. E il bello è questo: che, dopo essersi imbottita la testa dei più astrusi virtuosismi, attraverso diffuse analisi comparate fra le più celebri scuole del mondo (l'americana compresa, che adesso sta diventando preoccupante), quando si chiede il parere dei maggiori responsabili, cioè dei veri campioni, tutte queste teorie trascendentali si sbriciolano, riassumendosi in una sola vecchia verità: che gli stili, la posizione eretta o abbassata, eccetera, le mode insomma, contano fino a un certo punto, che l'importante è la classe dell'uomo e che sopra ogni valutazione estetica, al momento buono, è il solo cronometro a decidere (Colò insegni). «I nostri principi?» dice lo stesso Senger che è tipico esponente della scuola austriaca. «Ma sono ancora quelli del vecchio Schneider! Passano gli anni, cambiano i gusti, si inventano nuovi sci, nuovi attacchi e nuove scarpe, si allungano e si accorciano i bastoncini, ma non cambia il corpo umano, non cambiano le nevi; e neppure la forza di gravità.»

«Corriere d'informazione», 15-16 novembre 1955

È aumentata di statura
Cortina stazione invernale

In questi giorni Cortina d'Ampezzo, come stazione di sport invernali, è aumentata di statura: una crescita, esattamente, di cinquecentocinquantacinque metri, dai 2343 dei Tondi ai 2898 di Forcella Staunies.

Nel mondo dello sci, Cortina, pur con tutta la sua meritata fama, ha sempre sofferto, in passato, per un complesso d'inferiorità. Milleduecento metri sopra il mare sono pochini, infatti, a paragone dei milleottocento di Saint Moritz, ai duemila di Sestriere e di Cervinia, per non citare che i rivali più famosi. «Quest'anno, a Natale, dove andrete?» «A Cortina ci piacerebbe andare, per me un posto più bello non esiste. Ma... ci sarà neve?»

Ci sarà neve? È la domanda ansiosa che si fanno, o meglio, si facevano, i cortinesi al principio dell'inverno. La pochezza di quei milleduecento metri pesava come una condanna. Non ci sono uomini dotati di tutte le possibili virtù tranne quella di superare metri 1,60 e che non sanno darsene pace? Del resto, in fatto di sport bianchi, è fin troppo ovvio come una buona altimetria sia la condizione base: prima di tutto perché garantisce la neve, in secondo luogo perché quanto è più alta, tanto più la neve dura.

Di qui gli sforzi tenaci e intelligenti di Cortina per alzare la testa, per tirarsi su, per far dimenticare la misera quota del suo fondovalle. E ne sentiva sempre più il bisogno via via che lo sci di pista diventava legge generale.

Superata ormai dai tempi la veneranda pista di Pocol, si cercò quindi di organizzare percorsi più sportivi e più generosamente serviti dalla neve. Quanti ricordano l'epoca eroica del canalone delle Tofane, che allora si nominava a bassa voce tanto incuteva soggezione (e oggi lo fanno quasi i principianti)? Per arrivare alla partenza, là dove ora sorge il rifugio Duca d'Aosta, c'era uno slittone primordiale issato da una fune metallica su per un pendio che dava i brividi. Poi la tecnica aprì nuovi orizzonti. Ecco le seggiovie del Col Druscé e delle Tofane, la funivia del Faloria e dei Tondi, e infine la seggiovia di Pomèdes, dalla cui stazione d'arrivo parte la discesa olimpica. Ormai Cortina si era messa al riparo dai cattivi scherzi dell'inverno. Da una parte e dall'altra della valle meccanismi modernissimi e sicuri sollevavano di peso sciatori, fotografi e turisti fino a oltre 2300 metri.

Di più non si poteva? Le Dolomiti intorno non offrivano qualcosa di ancor più audace e spettacoloso? Sì. Fra il Cristallo e il Cristallino, proprio dalla ultima cresta, un bianco, vertiginoso e regolarissimo canalone precipita incassato fra le rupi. Mi ricordo che fin da ragazzi la potente perentorietà di quello sdrucciolo ci aveva impressionati. È la grava di Staunies, allucinante ghiaione che precipita, liscio come sabbia di clessidra, per oltre settecento metri. Lassù sulla cresta, annidati in caverne e aeree baracchette, combatterono i nostri alpini nella prima grande guerra. Quota, 2898 metri.

Bene. In questi giorni si è aperto al pubblico un coraggioso impianto che, risalendo di petto il canalone, deposita lassù chiunque sia disposto alla modica spesa di lire 500. La salita, da Rio Gere, sulla strada di Passo Tre Croci, è divisa in due tratti: il primo raggiunge la località Son Forca (m. 2113). Il secondo porta alla forcella. In tutto 1200 metri di dislivello, da Cortina 1600. Si tratta di un'apparecchiatura simile alle seggiovie solo che invece di seggiolini singoli, la fune porta delle «telecabine», dove stanno comodamente due persone in piedi: simili a minuscoli pulpiti da predicatore o meglio alla piattaforma degli auriga (tanto che qualcuno l'ha battezzata «bigovia»).

Il primo giorno, di gente con gli sci se ne è vista poca, per la maggioranza era una ricognizione prudenziale. Il canalone infatti è come certi tipi di indole ragionevolissima ma dalla grinta minacciosa. Si direbbe che stia molto sulle sue. Prima che si siano avuti contatti personali, è decisamente intimidatorio: la pendenza, che non ha mai un istante di respiro e si accentua progressivamente man mano si sale, le selvagge pareti a picco che lo chiudono, le gialle guglie che fanno da corona, quel predominio delle linee verticali, l'aria rarefatta dei tremila metri, tutto contribuisce a non dare confidenza.

Ma non c'è dubbio che questo canalone costituisce una delle più perfette, grandiose ed eleganti piste delle Alpi. Per nostro conto, sarà questione di gusti, supera di una netta misura sia la Stratofana sia i celebrati Vitelli: come ambiente poi, non c'è neanche da fare paragoni. E se alla prima volta ci si pensa su due volte prima di buttarsi giù per quel taboga di quasi due chilometri, ben presto si prende confidenza col largo e regolarissimo pendio e ogni preoccupazione svanisce. Sulla neve morbida e cedevole di questi giorni, in pieno sole, i cristiania si snodavano uno dopo l'altro senza sforzo, sbocciati dalla stessa forza di gravità. Insomma, una discesa ripidissima, ma destinata a diventare classica.

Quando poi sarà fatto, o in galleria o in sentiero tagliato nella roccia, un comodo passaggio alla successiva forcella della Cresta Bianca, di là dal Cristallino, e di qui si potrà lanciarsi giù nel vasto meraviglioso Circo Pra del Vecchio, dove la neve esposta a nord dura fino a giugno inoltrato, Cortina, sciisticamente parlando, non avrà più nulla da desiderare.

Di neve ora ce n'è parecchia e, pur se continuerà a battere il sole, fino ai primi d'aprile gli sciatori potranno qui cavarsi molte soddisfazioni. Ma, finita la neve, le telecabine continueranno a lavorare forse anche di più. In estate, Forcella Staunies sarà una risorsa d'eccezione per tutti i villeggianti.

Dalla forcella, dove c'è un ospitale baracchino e sorgerà probabilmente un rifugetto belvedere, si può salire senza difficoltà sul sovrastante pinnacolo che dà, panoramicamente parlando, le emozioni delle grandi vette, tanto lo sguardo spazia lontano. In agosto, garantito che si farà la coda.

Se non sbagliamo, è la prima volta che i turisti, senza la minima fatica, possono entrare veramente nell'intimità segreta delle altissime crode. E la sensazione è anche più patetica per le moltissime tracce della lontana guerra: scalette di ferro, ponticelli in legno, resti di baraccamenti, caverne, cartucce, fili metallici, feritoie spalancate sugli abissi. Si direbbe che gli alpini siano rimasti quassù fino a ieri sera. E sono passati quarant'anni.

«Corriere d'informazione», 11-12 marzo 1957

La Provvidenza può nascondersi perfino in un attacco da sci

Chi è quell'uomo che vive nelle alti valli e non è montanaro? che accompagna i clienti su e giù per le montagne e non è guida alpina? che insegna ma non è professore? che comanda ma non è padrone? che è servizievole ma non è servo? che se la intende con persone di tutte le lingue, ma non è portiere d'albergo? che è galante ma incita le donne a non cadere? che fa ciò che i ricchi vorrebbero fare, ma ricco non è? che ricava il pane dal cattivo tempo ma per lavorare ha bisogno del sole? che affascina le ragazze ma non è attore di cinema né divo della TV? che senza la forza di gravità sarebbe disoccupato ma fa di tutto per eliminarla?

È un tipo umano che solo mezzo secolo fa non esisteva, un personaggio tipicamente moderno, una figura a sé, differenziato dalla restante umanità per ambiente, abitudini, carattere, vestito, e perfino faccia. È il maestro di sci.

Ha un po' della guida alpina, un po' del campione sportivo, un po' dell'insegnante, un po' dell'uomo di mondo, un po' dello psicologo, un po' del regista, eppure è differentissimo da tutti costoro. Creatura senza precedenti, sbucata veramente dalla neve: cordiale, allegro, comprensivo, semplice, paziente come Giobbe, e in genere bello. È il suo stesso mestiere a imporgli un certo livello estetico.

Di anno in anno, moltiplicandosi le masse degli sciatori e raffinandosi sempre più la tecnica, cresce il suo prestigio. Uomini importantissimi e potenti, che in città dirigono aziende gigantesche, da cui dipendono migliaia di impiegati e di operai, alla presenza del maestro di sci si trasformano in umili scolaretti e con indecorose astuzie mendicano da lui una paroletta di elogio. Sui campi di neve crollano le distanze sociali, anzi si capovolgono i rapporti. Il miliardario si sottomette supinamente agli ordini di un giovanotto che potrebbe essere suo figlio e che guadagna poche decine di migliaia di lire al mese.

Ma non è un mestiere facile. Non basta intanto, come una volta, andare bene in sci. Bisogna andare benissimo. Bisogna poi tenersi aggiornati, cosa quasi sgomentante dati i capricci della moda internazionale che, sia detto sinceramente, arrivano al limite dell'assurdo (fino a ieri, mettiamo, bisognava nel cristiania avanzare la spalla esterna e non farlo era eresia e oggi invece bisogna fare esattamente il contrario altrimenti si è disonorati: mah!).

Poi occorre sapere insegnare, cosa più difficile che andare bene in sci, come succede un po' in tutti gli sport dove su dieci grandi campioni, di grandi maestri ce n'è al massimo uno. Basti pensare che per insegnare bene, primissimo requisito è saper riconoscere i difetti dell'allievo, capire il modo di guarirli e poi escogitare un sistema didascalico particolare per fare entrare questo rimedio nella sua testa; tutte e tre imprese molto delicate che ricordano le prestazioni dei grandi clinici e richiedono intelligenza, intuito psicologico, lunga pratica e smisurata pazienza. È questo anzi l'aspetto più impegnativo della professione per cui uno che scia come un angelo, come maestro magari non vale un fico secco.

La difficoltà del mestiere è dimostrata del resto dall'esiguo numero dei maestri patentati: 563 soltanto in tutta Italia al maggio 1957; e ad ogni nuova sessione d'esame sono stragi. Per farsene un'idea c'è un libro, che non è di tecnica, al contrario è fatto tutto di casi umani, confidenze, aneddoti, avventure, episodi straordinari, un libro quindi divertente che come tale ha il pregio di essere molto grosso: quasi 400 larghe pagine: *I segreti dei maestri di sci* di Fulvio Campiotti, Edizioni Librarie Italiane. È una galleria di ben sessanta ritratti di maestri fra i più popolari di Bormio, Cervinia, Cortina, Madesimo, San Martino di Castrozza e Sestriere, studiati a fondo uno per uno, con la loro fisionomia, le prodezze infantili, le vicissitudini in gara, la casa, l'ambiente familiare, le virtù, i difetti se occorre, le manie, le più strane e impressionanti esperienze. L'autore, vecchio lupo ormai del giornalismo alpino – tra l'altro ha al suo attivo un'altra analoga quadreria: *Le guide raccontano* –, ha evitato il pericolo più insidioso, che era quello di riuscire monotono, con il sistema più semplice ed efficace, che è stato quello di andare sul posto e di ricavare le biografie da lunghissime conversazioni a tu per tu. Ora, quando si tratta di uomini, basta essere veri per riuscire vari; la realtà infatti batte immancabilmente la fantasia. E così è stato anche stavolta.

A questo punto sarebbe quasi doveroso offrire almeno un boccone d'assaggio della imponente e variopinta torta. Ma la torta ha sessanta sapori diversi, quale scegliere? Un diabolico capitombolo? Un cliente bizzarro? Un salvataggio drammatico? Una cliente innamorata? Qualcosa di dolce o di pepato, o di gelido o di bollente, o di frizzante o di amaro? Lo spazio è quello che è.

Personalmente, fra tante centinaia di aneddoti, che nel ricordo, come è fatale, formano adesso una tumultuosa confusione, mi ha fatto colpo soprattutto un caso toccato a Ferdinando Gaspard, di Cervinia, che è una guida di grande classe oltre che uomo schietto, modesto e simpaticissimo. L'anno scorso, scendendo dal Plateau Rosà per la pista del Teodulo, poco prima del cosiddetto «passaggio» (c'è uno sciatore in Italia che non conosca il posto?) là dove centinaia di migliaia di persone sono passate senza la minima preoccupazione, Gaspard trovò un enorme crepaccio spalancato; e fin qui poco male, nessuno può mai dire di conoscere abbastanza un ghiacciaio.

Ma attraverso al crepaccio, a guisa di esile ponticello sopra il baratro, stava uno sci, rimasto confitto con le estremità nelle due pareti di ghiaccio. E fin qui pazienza.

Ma attaccato per un piede allo sci, a testa in giù come il batacchio di una campana, stava un giovane francese. Si trattava dunque di una faccenda grama. Ma il peggio viene adesso.

Al primo colpo d'occhio Gaspard si accorse che l'«attacco» dello sci, che teneva sospeso quel disgraziato, era un attacco di sicurezza, cioè uno di quei volubili dispositivi inventati da alcuni anni per evitare la rottura delle gambe: basta un colpo, uno strattone brusco, una improvvisa torsione, basta un niente, perché si aprano lasciando il piede libero.

Ma non è ancora tutto. Dopo che fu tratto in salvo – e fu un'operazione estremamente delicata – lo sciatore francese raccontò che nel breve tragitto dalla stazione di Plateau Rosà al crepaccio, gli «attacchi» – non regolati bene, evidentemente – gli si erano aperti ben tre volte da soli, tanto erano rilassati. E lui era seccatissimo. E già aveva giurato in cuor suo, appena arrivato in paese, di farli cambiare.

L'avrà poi acceso, alla Madonna, un cero grosso così?, e appeso all'altare come «ex voto», il prodigioso attacco di sicurezza, che al momento giusto, inesplicabilmente, aveva all'improvviso cambiato umore facendosi duro da tenero che era? Soltanto che quel marcangegno avesse seguito pedissequamente «le istruzioni per l'uso», funzionando a dovere, il giovanotto sarebbe partito a capofitto per l'aldilà. Le risorse della Provvidenza non sono infinite?

«Corriere della Sera», 21 marzo 1958

La signora che scodinzola

Ho incontrato sulla discesa del Plateau una simpatica e brillante signora, vecchia conoscenza delle nevi:

«Buongiorno, che piacere di vederla» mi ha salutato con speciale *verve*. «Anche lei ridimensionato?»

«Come?»

«Dico: già fatta la riconversione?»

«Scusi io non...»

«Spero bene che lei scodinzoli, oramai.»

«Se parla per enigmi!»

«Ma sì, benedetto uomo, la nuova scuola, la tecnica austriaca, avrà pur dovuto aggiornarsi anche lei, no?»

«Io sa, veramente... alla mia età oramai.»

«Che età e non età, cosa dovrei dire io? Eppure, da che ho fatto la cura, sulla neve sono un'altra. Le giuro: come una rivelazione. Le difficoltà scomparse per incanto. E niente più fatica, sa? Mi par d'essere rinata.»

«Su, allora, mi faccia un po' vedere.»

«Peccato che, scendendo le scale dell'albergo, ieri, mi son presa una storta... e poi oggi non mi sento in forma, stanotte abbiamo fatto le due e mezzo... e poi oggi la neve è un po' ventata, non si vede quasi più la pista... Comunque...»

Era un pendio mediocre, battuto ogni centimetro quadrato, liscio, morbido, perfetto. Lei si poggiò sui bastoncini, prese un po' di slancio, si lasciò portare via. Le sue capacità sciatorie le conoscevo benissimo (prima della cura, si intende): una via di mezzo, come se ne vedono a migliaia, specialmente di domenica; una tecnica morigerata, per dir così, con ampi e circospetti stemmcristiania, fermate frequentissime, incoercibile antipatia per la linea di massima pendenza.

Ma adesso. Aveva fatto un completo corso di sci austriaco, era rinata. Chissà che meraviglie.

Notai subito che se ne andava tutta sghemba, con una spalla avanti come quando il tram è zeppo e per fendere la calca si cerca di farsi sottili come un foglio. Poi stava curiosamente incurvata in fuori, quasi avesse una lombaggine. Strano, pensai. Le immagini di Sailer, Molterer e Toni Spiess mi balenarono alla mente. Anche loro, spalla a monte avanti, anche loro ripiegati in fuori. Ma non c'era parentela.

A questo punto la signora puntò a terra un bastoncino e fece, o meglio cercò di fare, un guizzo laterale. Gli sci si disunirono. Notai un barcollamento. Lei allora puntò il bastoncino dalla parte opposta e accennò a un secondo scarto. Credetti di capire. Quello doveva essere, nelle intenzioni almeno, il famoso cortoraggio, o scodinzolo, da lei poc'anzi nominato, il Wedeln dei tedeschi, la Godille dei francesi, la leggiadra danza che è supremo traguardo dei campioni.

Poco più sotto, c'era una gobba. Lei disparve alla mia vista. Quando giunsi anch'io al ciglione, guardai in basso. Mi aspettavo di vederla, lontanissima, abbandonarsi mollemente alla voluttà del cortoraggio. Stava invece rialzandosi da terra, a pochi metri, e precipitosamente cercava di togliersi, sul sedere, le obbrobriose tracce bianche.

«Ah quella maledetta storta» lamentò. «Inutile, oggi era meglio che non mettessi neanche gli sci.»

Io, per un minimo di educazione, feci finta di non aver visto né sentito. E mi eclissai.

Di questi minuscoli drammi, che tuttavia impegnano nel profondo la psiche degli interessati, è piena, in questi giorni l'intera cerchia delle Alpi. Qualche profano potrebbe pensare che la rivoluzione dello sci portata dalla nuova tecnica austriaca – il suo grande «boom» cominciò dopo le ultime Olimpiadi – sia una faccenda esclusivamente tecnica, che coinvolge soltanto la ristretta schiera dei campioni, dei maestri e degli specialisti. Non è così. Il nuovo verbo, a guisa di ciclone, ha investito tutti i campi di neve quanto è lunga e larga l'Europa, per non parlare delle due Americhe, e dell'Estremo Oriente. Granitiche coscienze di vecchi sciatori, fin qui fedeli ai classici dogmi, ne sono rimaste sovvertite. Sitibondi, gli eserciti delle giovanissime reclute anelano all'iniziazione. È un fenomeno imponente. Ma anche qui l'oscurantismo reazionario sta in agguato, ansioso di rivincita. Si impegnano velenose discussioni, si polemizza per ore e ore, si incrinano antiche amicizie. E poi al mattino, con o senza maestro, ciascuno cerca, e si illude, di aver decifrato il gran segreto, il sesamo apriti che spalanca le porte del bianco paradiso. Decine di migliaia di italiani, uomini e donne, giovani e vecchi, ne sono coinvolti.

Ma cos'è dunque questa famosa tecnica per cui gli assi austriaci hanno conquistato la signoria incontrastata delle gare? Si può darne un'idea in quattro parole? È veramente così diversa dallo stile di ieri? Un testo autentico, il più autorevole anzi, è oggi a disposizione anche di chi non conosce a fondo il tedesco. La Editrice Sportnova di Como ha infatti pubblicato (*Sci austriaco*) la traduzione della nuova Bibbia dell'Arlberg, cioè dello *Oesterreichischer Schi-Lehrplan*, stilato, dopo anni e anni di studi, da Stefan Kruckenhauser, il massimo teorico della nuova scuola e dal maestro Furtner, che ne è l'esponente pratico più qualificato. Non è, diciamo subito, un testo divulgativo. A qualcuno sembra anzi esageratamente macchinoso, meticoloso, e talora quasi ermetico per lo scrupolo di sottigliezza. Comunque, è indiscutibilmente l'«ipse dixit» della moderna tecnica e, dove il testo apparisse intricato, sovviene la esemplificazione fotografica, assolutamente perfetta (e che deve essere costata una fatica orba).

Per chi volesse averne una idea sommaria, ecco qui alcuni principi fondamentali:

Il vecchio termine «cristiania», che si usava per le voltate in velocità, è abolito. Ora si usa il termine «virata» (*Schwung*). Elementi essenziali sono: la Vorlage o *posizione avanzata*, ben diversa dalla posizione avanzata prebellica per cui si era «appesi» agli attacchi con tutto il corpo proiettato in avanti, mentre ora l'avanzamento è limitato alle ginocchia e il tronco invece deve restare eretto; la *posizione a sbalzo*, o a virgola (*Aressenlage des Oberkorpers*), per cui le ginocchia sono piegate lateralmente a monte e il tronco a valle; posizione che, per fatale conseguenza meccanica, porta avanti la spalla a monte (e quindi nelle curve si ha esattamente l'opposto della vecchia «rotazione»); la *pressione dei talloni*, che girano all'esterno, pressione che deve avvenire nonostante l'avanzamento delle ginocchia; l'*uso dei bastoncini*, su cui far perno, specialmente nelle voltate a cortoraggio, o scodinzolo massimo orgoglio dei pochi «arrivati». Resta immutato il caricamento del peso sullo sci a valle (con ginocchio piegato!), che costituiva il cardine anche della vecchia scuola.

Un'altra domanda, a questo punto. Più facile o più difficile di prima? Senza dubbio più facile. Tuttavia maledettamente difficile. Ne conosciamo parecchi, che per allinearsi al nuovo stile, stanno facendosi i capelli bianchi. Certo, per chi comincia dallo zero, la faccenda è molto più semplice. Ma per gli altri, poveracci, ormai incancreniti nell'antico vizio!

Si vuol dire con questo che si è fatta tabula rasa degli aurei precetti con cui, fino a pochi anni fa, i pazientissimi maestri ci riempivano la testa? È stato dunque distrutto ciò che si era costruito fino a ieri? No, certo. La rivoluzione, come la maggior parte delle rivoluzioni, si è valsa proprio di quello che ha distrutto. Non punto e a capo. Ma piuttosto un passo avanti. Per esempio, sarebbe ingiusto, oltre che ridicolo, negare la meravigliosa efficienza di certi grandi maestri come Leo Gasperl e Hans Nöbl. Ancor oggi, pur dopo aver letto il *Lehrplan*, veder scendere Gasperl è uno spettacolo bellissimo. La bellezza dei «nuovi» austriaci, ecco, è di un genere diverso. Più sinuosa e divincolante, in un certo senso, più morbida, più apparentemente facile, talora quasi femminea (forse per l'accentuato movimento delle anche). In certi momenti sembra che ballino il tango, o il *cha cha cha*.

Comunque, sinuosi o no, vincono le gare; e a un certo momento è proprio questo che conta.

Ma fino a quando? Il progresso non dà tregua. La gente non

si è ancora fatta un'idea della tecnica dell'Arlberg, che già si favoleggia di una nuova scuola trascendentale e innovatrice, praticata da alcuni superstilisti in America del Nord, Svizzera e anche da noi. La chiamano «Mambo». Gli spostamenti del sedere sembra vi abbiano parte decisiva. Chi vivrà, vedrà.

«Corriere della Sera», 1° gennaio 1959

Due professori di carta tengon cattedra sulla neve

Quale miraggio credete che chiami le migliaia di automobili che in questi mesi, nel pomeriggio del sabato, convergono affannose all'autostrada e sulle vie del Nord, con il tetto ispido di sci? Che rabbia mi viene quando passano mentre vado a lavorare. Attraverso i vetri si intravedono maglioni, pellicce, cumuli di valige e valigette, facce contente. Uomini e donne, in quelle macchine, sono già staccati da Milano, dagli affari, dai pensieri del lavoro e della famiglia, lontani decine e centinaia di chilometri. Ma a che cosa pensano? Al riposo che li aspetta, alla distensione dei nervi, alle allegre sere in albergo, al sole, alla magnificenza delle candide montagne, alle inebrianti volate giù per meravigliosi pendii di neve vergine? Nemmeno per idea. Il loro pensiero è avidamente concentrato su una linea sinuosa, a biscia, una figura geometrica, per così dire, che è diventata la loro comune ossessione. Riusciranno domattina a realizzarla personalmente, con gli sci ai piedi? Ecco il problema.

Di queste linee a biscia se ne è vista ormai una quantità, in fotografia, tracciate sulla neve dai campioni. Sono le tracce degli scodinzoli, detti altrimenti cristiania a raggio corto, o cortoraggio tout-court, o Wedeln alla tedesca, o Godille alla francese: ultimo e più elegante traguardo della tecnica austriaca, ormai trionfante nell'intero mondo dello sci.

Sarà la moda, sarà l'invidia per i più bravi che sanno fluttuare come serpentelli sulla neve con le movenze armoniose e un po' femminee di ballerini spagnoli, fatto è che oggi più nessuno si accontenta, come una volta, di sciare decentemente, con un minimo di cadute, controllando velocità e rotta, quel tanto insomma che bastava a divertirsi. No. Oggi tutti, giovanissimi e no, pretendono di fare lo scodinzolo anche se principianti; proprio con lo scodinzolo la cosiddetta scuola austriaca ha colpito l'immaginazione delle folle.

Recentemente ho ritrovato, sul Plateau Rosà, a Cervinia, quella signora (di oltre quarant'anni) che l'inverno scorso mi aveva annunciato con orgoglio di essere stata toccata dalla rivelazione, e di avere imparato il cortoraggio. Poveraccia, non era neanche ai primordi. Eppure, agitandosi da destra a sinistra con goffi dimenamenti delle anche, assaporava – grazie alla forza dell'autosuggestione – le voluttà supreme del Wedeln. Comunque, era felice.

L'ho rivista. E sono rimasto sbalordito. Mica che gli sciatori intorno si fermassero a guardarla con la bocca spalancata. Era uno scodinzolo alquanto rozzo, sforzato e irregolare, privo di disinvoltura e *souplesse*. Ad ogni modo scodinzolo era. L'angolazione dell'anca, lo scaricamento delle code, la presa degli spigoli, il contromovimento delle spalle, la pressione dei talloni, il lavoro dei bastoncini, eccetera, tutti gli ingredienti, insomma, c'erano, anche se non proprio fusi in un solo guizzo armonico.

Percorse così un centinaio di metri, poi si fermò con un secco bloccaggio. Nella notte erano caduti cinque centimetri di neve e la traccia risultava netta. La signora si voltò a guardarla. La linea a sinusoide c'era, una biscia per la verità coi crampi allo stomaco, passabile comunque. Infine mi guardò, con un'occhiata da Napoleone ad Austerlitz.

«Accidenti,» le gridai «sa che non l'avrei riconosciuta? È meraviglioso. Ma come ha fatto? Chissà quante lezioni ha dovuto prendere. Un capitale, avrà speso.»

«Neanche per idea. Qualche lezione, certo. Ma per il resto ho provveduto io.»

«Una specie di segreto?»

«Qualcosa del genere: semplicemente, studiare, studiare, studiare.»

«Studiare come?»

«Come si è sempre studiato. Sui libri.»

«Vuol dire che lo scodinzolo l'ha imparato sulle pagine dei manuali?»

«Esattamente.»

«E io dovrei crederci? Ma per chi mi ha preso?»

Sono sempre stato scettico, confesso, sulla possibilità di imparare gli sport dai libri. Tra i suadentissimi insegnamenti scritti e la realtà di una rimessa sapientemente tagliata a tennis, di un tuffo a regola d'arte, di un bel «drive» al golf, di una traversata su parete a strapiombo, ci passa un oceano di delusioni. Ma la signora dello scodinzolo giurò che sarebbe riuscita a persuadermi.

Alla sera quindi mi fece vedere i testi che l'avevano, diceva, meravigliosamente trasformata. «Ecco, questo è il vangelo dell'Arlberg. C'è, dall'A alla Z, tutta la scienza distillata dai padreterni della nuova scuola. Ma per me, devo ammettere, perfin troppo analitico.» E mi fece vedere l'ormai famoso, e tanto discusso, *Sci austriaco*, di Stefan Kruckenhauser, il cenobita di Schrunz, il sapientissimo, l'oracolo, il legislatore della tecnica moderna.

A instillarle più confidenzialmente nelle gambe il ritmo segreto dello scodinzolo erano stati – diceva lei – due altri più recenti libri. Il primo, *Wedeln* di Friedl Wofgang e Clemens Hutter con la supervisione del grande caposcuola Kruckenhauser, che gli dà il crisma della assoluta ortodossia (editore Franco Mandelli, Sportnova, Como): testo brevissimo e stringato, moltissime fotografie, un volumetto nel suo genere esemplare, adatto a chi dello sci ha già i primi rudimenti.

L'altro e più grosso libro è *Il vero sciatore* di Francesco Freund e Fulvio Campiotti (editore Longanesi): un completo corso d'insegnamento realizzato attraverso le fotografie e un minimo di testi esplicativi sotto ciascuna immagine (un particolare elogio agli esempi figurati di ciò che bisogna *non fare* a proposito dei singoli esercizi). Freund è un nostro maestro di sci che vanta uno stile non inferiore ai sommi assi austriaci, tanto che al concorso internazionale a Zakopane, l'anno scorso, ottenne un grande successo personale. È lui che agisce nelle fotografie, e sono tutti modelli impeccabili. Il libro rappresenta un notevolissimo risultato di chiarezza e semplicità espositiva, di precisione tecnica, di evidenza didascalica, di bravura fotografica. Anche i più intransigenti discepoli del verbo austriaco, che aspettavano questo tentativo italiano con aperta diffidenza, ne sono rimasti disarmati.

Le discussioni di oggi sul film *La dolce vita* sono uno scherzo al paragone di quello che si è detto e scritto in questi anni a proposito della tecnica austriaca. Da noi il «boom» del nuovo stile si ebbe dopo le Olimpiadi di Cortina. La schiacciante superiorità austriaca fece capire che lo sci, anche per gli sportivi della domenica, era a una grande svolta. Ma la rivoluzione non ha subito trovato la via facile. In pratica si dovevano adottare delle regole all'antitesi o quasi di ciò che si era fatto fino allora. Esempio: non più il peso sulle punte ma sui talloni, non più corpo portato in avanti ma diritto, non più rotazione con la spalla «esterna» in avanti ma posizione a sbalzo (o a virgola) con la spalla «esterna» indietro e così via. Nei rifugi, negli alberghi, nelle funivie, sui giornali specializzati, le polemiche non finivano più.

In realtà non si trattava di rinnegare il passato, di negare che anche prima esistevano dei grandi sciatori e dei meravigliosi stilisti. Era una evoluzione, un progresso, solamente. E col nuovo metodo anche per i novizi lo sci diventava più semplice e si imparava molto più presto.

Oggi, da noi almeno, le polemiche si sono ormai placate. I vantaggi del sistema hanno finito per imporsi dovunque. E anche i maestri coi capelli grigi, ancorati alle vecchie regole e dapprima riluttanti, alla fine si sono persuasi; e hanno preso un tremendo gusto allo scodinzolo.

Ora pretendere – come faceva quella signora – che leggere e rileggere, guardare e riguardare le pagine dei due citati libri basti per diventare dei campioni, è forse assurdo. Certo *Il vero sciatore* e *Wedeln* sono dei maestri utilissimi, anche se muti e fatti di carta.

Personalmente, se mi è lecito tirare in campo il sottoscritto, dopo averli scrupolosamente studiati, i due libri, mi è parso di aver fatto discreti progressi. Niente da fare con lo scodinzolo, intendiamoci, dopo lunghe disperate prove ho finito per rinunciare. Ma per il resto non c'è male. Gli amici con cui vado a sciare, perdono, vedendomi, un po' del loro consueto buonumore, il che è un ottimo segno. E di quando in quando, perfino, qualche ragazza, dai bordi della pista, mi segue con gli sguardi: frazioni di secondo, per la verità, non è che ne restino stregate. Però, un'occhiata me la danno. E che cosa uno sciatore potrebbe desiderare di più, alla mia tenera età?

«Corriere della Sera», 16 febbraio 1960

La sciatrice ha quattro età

«Lo sci è un pretesto per andare sui campi di neve pieni di maschi.»

«Lo sci, tranne il caso di qualche valchiria od amazzone, non è adatto alle donne: si fa troppa fatica.»

«Una bella discesa in sci è come un viaggio nell'Arizona, o nel Messico.»

«Lo sci ci serve per indossare i pantaloni e andare a prendere l'aperitivo al bar del Posta a Cortina o del Palace a St. Moritz.»

«Lo sci è fatto per la donna: la donna ha bisogno della grande velocità per riempire il cuore di quello che le manca.»

«Le donne che vanno in sci? Che barba!»

Ecco sei giudizi di donne sulle donne che vanno in sci. Evidentemente non sono tutte d'accordo.

Ma non tocca alle donne giudicare, siamo noi uomini che dobbiamo dire la nostra.

Ebbene, il parere è nettamente favorevole per le quattro seguenti ragioni.

LA TECNICA. Non è una mia impressione personale, ma è opinione anche di vari maestri, che la donna assimila più facilmente e più rapidamente dell'uomo la tecnica moderna, impostata sui canoni dell'Arlberg. La base della scuola austriaca infatti è il contromovimento cioè la rotazione del tronco nel senso opposto a quello in cui girano i talloni; contromovimento da cui deriva inevitabilmente l'«angolazione dell'anca», o posizione a virgola, per cui il peso del corpo viene scaricato sullo sci a valle. Il centro dinamico del contromovimento è costituito dalle anche. Nelle anche risiede quel particolare stile che vi fa distinguere uno sciatore moderno da uno sciatore vecchia scuola a centinaia di metri di distanza. Ebbene, in questo gioco di anche la donna sembra avere, proprio per costituzione, una netta superiorità sull'uomo, quasi le riuscisse naturale, mentre è noto come i movimenti base della tecnica moderna riescono esattamente contrari all'istinto (questa anti-istintività si riscontra del resto in altri sport come il golf, la equitazione, il nuoto). Così nelle prime classi delle scuole di sci i ragazzi, che magari domani diventeranno infinitamente più bravi, appaiono più goffi, duri e incartati, delle ragazze che si sciolgono subito.

Non solo: il passaggio del peso da uno sci all'altro all'atto della virata, così fondamentale, le donne in genere lo eseguono con una rapidità e un tempismo straordinari. Per cui, anche se tengono rigida la gamba a valle – forse il difetto più diffuso – ce la fanno ugualmente e magari anche in modo simpatico a vedersi.

LA BELLEZZA. Non c'è alcun dubbio che una donna quando scia bene diventa più bella. Incontrate giù in paese un tipetto insignificante a cui non dareste un soldo, anzi quasi vi fa pena così pallida, mingherlina, dimessa. La mattina dopo la rivedete sulla pista: è venuta giù a serpente per quel ripidissimo canale ghiacciato ondulando lentamente come se avesse i freni sotto gli sci, poi si è buttata giù a picco e adesso con perentorio ma soffice bloccaggio si è fermata a un passo da voi. I capelli carichi di vento, palpitano e si allungano stranamente, il faccino, ierisera smorto ed insulso, è diventato qualcosa, le gambette che parevano insussistenti, rivelano una personalità. Accidenti se è carina. Voglio dire insomma che lo sci vi è nettamente favorevole. Ma non si può neanche pretendere da lui dei miracoli assurdi. Una regina della cellulite non si illuda di poter trasformarsi in una cavalletta solo perché ha calzato un paio di «Devil», di «Gazelle» o di «White Star».

LA GIOVINEZZA. Altrettanto indubbio che lo sci può servire moltissimo alle donne per restare giovani. Non so se il sole, il freddo, il vento contribuiscano o no a mantenere fresca e viva la pelle. Certo il fatto stesso di saper sciare dà alla donna una consapevolezza di funzionalità fisica che si rispecchia inevitabilmente sulla faccia e la sua espressione. Ed è ovvio che la pratica dello sci non è fatta apposta per ingrassare. Si capisce; per una simile cura di giovinezza non basta andare a sciare tre o quattro *week-ends* per stagione. È una cura piuttosto da signori. I risultati, comunque, sono spesso sorprendenti. Ho visto l'altro giorno, mentre scendeva dalla Banchetta, la moglie di un mio amico. Ha cinquantun anni; se la vedete vestita da sci non gliene date più di trentotto; se la vedete in corsa non gliene date più di ventisette; a distanza poi, mentre scodinzola, può sembrare una ragazzina di diciotto.

I PANTALONI. Anche qui grandi discussioni. C'è chi sostiene che per le donne sono pericolosi i pantaloni da sci, specialmente quelli in uso da qualche anno, detti «a fuso», aderentissimi come calzemaglia, spesso con bande laterali di diverso colore. E pericolosi specialmente per le italiane che non vanno famose nel mondo per la sottigliezza delle anche e la microscopicità del sedere. Ora non si può negare che abbastanza spesso viene da ridere. Ma una figliola ben messa con un paio di pantaloni fatti bene ci guadagna; se non altro, occorre dirlo?, perché non nasconde più delle cose che possono essere gradevoli all'occhio. E noi uomini si può capire, o per lo meno intuire vagamente, il «complesso dei pantaloni», per cui la donna in calzoni da sci si sente un'altra, e indossarli le procuri una sensazione perturbante e deliziosa.

LE GARE NO. Sarò retrogrado ma le sciatrici cessano di piacermi quando si mettono a fare gare. Lo sci può essere femminile al massimo; in gara no. In gara anche le più belle fuste diventano stranamente brutte: osservatele nelle fotografie, quelle grinte contratte, quelle facce dure e cattive. Perfino nello slalom speciale, che dovrebbe essere il trionfo della pura tecnica, le donne, anche bravissime, perdono grazia ed eleganza, ciò che invece agli uomini non succede. In gara si salvano, esteticamente, soltanto quelle che nella vita normale hanno, esteticamente, tutto da perdere. E adesso, sorelline Goitschel, datemi pure del cretino.

«Corriere della Sera», 14 marzo 1964

Sci con pericolo d'orso

Non è vero che la neve, di là della cortina di ferro, sia molto migliore della nostra, come sosteneva un mio amico di avanzate tendenze marxiste. In realtà la differenza è minima, seppure esiste.

A parte gli scherzi, almeno qui negli Alti Tatra, la neve è più sicura che da noi, data la latitudine. Non ho consultato gli annuari degli istituti meteorologici competenti ma suppongo che gli sciatori slovacchi non siano mai rimasti a corto di materia prima, come accade abbastanza spesso nelle stazioni invernali delle Alpi.

Come si scia in Cecoslovacchia? La tecnica socialistizzata si differenzia dal modo di sciare capitalistico? Il Wedeln, o scodinzolo, è forse considerato frivolo e non confacente all'austerità della rivoluzione perpetua? Le piste e gli impianti come sono?

Io non ho visitato tutti i centri cecoslovacchi di sport invernali ma ciò che ho visto qui a Tatranska Lomnica può essere abbastanza indicativo.

Per prima cosa guardiamoci intorno a considerare il paesaggio il quale è senz'altro superbo e per noi italiani veramente insolito.

Due sono le caratteristiche che fanno l'originalità degli Alti Tatra. La prima è che essi non sono «preparati», come le Alpi, da un sistema di colline, di «premontagne», di contrafforti e di propaggini. Pretatra, contrafforti e propaggini non esistono. Gli Alti Tatra spiccano senz'altro il balzo dalla pianura offrendosi alla vista, se l'aria è limpida, da parecchie decine di chilometri. Di sagoma sono abbastanza avventurosi e selvaggi da soddisfare anche un alpinista abituato alle Alpi, offrendo considerevoli pareti e picchi di granito nerastro. Certo non vi troverete delle Grandes Jorasses o delle Civette. La massima altezza, 2655 metri, non è di per sé grande cosa, ma è appunto compensata, oltre che dalla latitudine, dall'assenza di contrafforti e dallo slancio complessivo. E i loro fianchi rivolti al sud, ripidi ma lisci come vulcani, sembrano progettati apposta dalla natura per disseminarvi centinaia e centinaia di piste da sci una meglio dell'altra (per ora si contano sulle dita di una mano).

Seconda caratteristica degli Alti Tatra, che li rende molto diversi dalle nostre montagne, è l'immensa foresta di abeti che ne cinge il basamento. Boschi simili noi non li conosciamo. I fusti sono talmente fitti che, dopo pochi metri, non si scorge altro che una massa compatta e nera, apparentemente impenetrabile. Ci si domanda come i cacciatori vi si possano muovere. È il Parco Nazionale dei Tatra. Visto dall'alto, è uno spettacolo da togliere il fiato: quella fiumana di abeti che da tutte le parti scende lentamente alla pianura perdendosi nelle azzurre nebbie dell'estremo orizzonte. Alcune piste da sci sono integralmente tagliate in piena selva, finora però non si è avuta notizia di sciatori assaliti dai lupi, dai cinghiali, dalle linci e dagli orsi che popolano l'immensa foresta. Mi hanno detto che in territorio slovacco (l'altro versante degli Alti Tatra è polacco e vi si trova Zakopane) gli orsi (adulti) sono esattamente venti. Ho chiesto: «Come avete fatto a contarli?». «È un segreto dei guardacaccia» è stata la risposta. «Ma il loro sistema di conta si è dimostrato praticamente infallibile. Volendo, potrebbero fare il censimento anche delle lepri, che, se non sono milioni, poco ci manca.»

Le piste, come ho detto, non sono molte e gli impianti di risalita sono antiquati. Da Tatranska Lomnica, per esempio, l'anziana funivia di Skalnaté Pleso – divisa in due tratti, tre corse all'ora per complessive sessanta persone – fa sorvolare lentamente la meravigliosa foresta e porta alla base della cosiddetta French Mulde, brillante discesa che può ricordare il canalone della Tofana. La seggiovia che la serve è pure prebellica e sgradevole particolarità dei seggiolini è che il piano pende lievemente in fuori e manca il bracciolo di destra, per cui, almeno le prime volte, si ha la sensazione di volare giù da un momento all'altro.

Dalla base della French Mulde si continua la discesa nel bosco seguendo uno dei due lunghi percorsi che ben presto si placano in un falso piano di sapore turistico: interesse sciistico scarso ma emozionante il sentirsi sperduti nelle viscere misteriose di tanta selva.

Più breve ma graziosa la pista di Hrebinek, a qualche chilometro da Tatranska, interamente tagliata nel bosco. La parte superiore assomiglia alla Druscè A di Cortina, la inferiore è una passeggiata attraverso l'abetaia quasi identica alla discesa da Ciantarella su Saint Moritz. In quanto a mezzi di risalita, qui bisogna accontentarsi di una lenta cremagliera nata probabilmente sotto gli Absburgo e di uno skilift quasi di fortuna (una volta, proprio nel tratto più ripido, il piattello che serve da sedile si è staccato volando giù per il bosco e piantandomi in asso).

Un'altra bella pista, a 24 chilometri da qui, è quella di Strbské Pleso. Anche il suo skilift però è antidiluviano. Modernissima invece, a un centinaio di chilometri da qui, la doppia funivia a cavallo del monte Chopok (m. 2024) nei Bassi Tatra, sopra Liptovski Mikulas, che offre due lunghe, varie e affascinanti discese. Ma, nella vasta zona, credo sia la unica novità del genere.

Mi hanno detto che in alta stagione ogni domenica circa duecentomila cecoslovacchi (su una popolazione di 13 milioni) lasciano le città con gli sci in spalla, diretti ai campi della Selva Boema, degli Erz Gebirge, dei Riesen Gebirge, dei Carpazi Bianchi, degli Alti e dei Bassi Tatra. Sarà. Ma non mi sembra che la complessiva civilizzazione sciistica sia arrivata qui al punto di poter assorbire settimanalmente un simile esercito di sportivi. E poi dove sono le strade? Dove gli alberghi? Le attrezzature turistiche, tranne eccezioni, sono ancora quelle di trent'anni fa.

Il Grand Hotel Praha, per esempio, qui a Tatranska Lomnica, si può quasi definire sontuoso. Ricchi saloni da ricevimenti, vaste camere da bagno, moquettes, tappeti, spesse porte imbottite di cuoio *capitonné*. Ma è un tipico albergo dei tempi precomunisti che con molta buona volontà si cerca di fare ancora apparire tale (profusione di camerieri e cameriere, precisi, lenti e burocratici, cucina di notevole tono, degno del miglior Occidente un pranzo in piedi offerto dal presidente slovacco ai giornalisti sciatori stranieri ospitati qui per il loro annuale *rencontre*).

Del mondo sciistico oltre cortina una cosa mi ha fatto soprattutto impressione: che qui, al sole, tra le nevi, gli abeti e le montagne, non ci si accorge quasi di trovarsi in un paese comunistizzato e non si avverte il clima greve e squallido che colpisce così fortemente lo straniero giù nelle città, anche splendide come Praga (basta spostarsi di sedici chilometri alla prossima cittadina di Poprad per fare un rude balzo in quell'atmosfera depressa).

Sarà che mi ci sono trovato in occasione di un raduno internazionale, dove la festosità, la spensieratezza e perfino il lusso erano di prescrizione ufficiale. Ma le facce erano veramente allegre, le conversazioni, gli scherzi, le bevute, le risate erano tali e quali le nostre, e gli uomini in costume da sci (non le donne, poverine, conciate sempre da far paura) erano eleganti quasi come i nostri fusti del Sestriere. Sci, attacchi, bastoncini dello stesso tipo dei nostri (rare le scarpe chiuse coi ganci, in possesso dei soli campioni), tecnica di discesa aggiornata al verbo austriaco. Insomma, ci si poteva dimenticare di trovarsi oltre la cortina di ferro.

Soltanto al ristorante si notava qualcosa di diverso: per il compunto e formalistico comportamento dei *maîtres*, camerieri e cameriere, assiduamente intenti a compilare moduli e documenti fosse pure per una spremuta d'arancia. In tutto questo cerimoniale, che ripeteva pedissequamente ma senza convinzione i costumi di un mondo defunto, c'era qualcosa di falso. Quasi che uomini e donne, clienti e servitori, recitassero una commedia a cui era vietato credere: una dorata finzione messa in scena per noi, ospiti venuti da fuori. E balenava il sospetto che, alla nostra partenza, tutto sarebbe stato precipitosamente smontato, *hors d'oeuvre*, leccornie, gelati, vini, liquori, cristalli e argenterie inventariati, schedati e chiusi in magazzino ad uno ad uno, perfino il grande albergo, le piste, gli abeti e le montagne riposti gelosamente in naftalina, a disposizione dell'autorità.

«Corriere della Sera», 26 marzo 1965

Il «canalone»

Si può presentare una pista di sci come un'opera d'arte senza cadere nella vuota retorica? Io penso di sì.

E allora se i confini dell'arte sono ormai tanto elastici, è poi tanto irriverente definire capolavoro la pista del Groppera sopra Madesimo? Se la sorvolate in elicottero, vi sembrerà soltanto uno dei tanti canaloni che solcano i fianchi di queste montagne, le quali non vantano straordinari splendori. Se invece la percorrete in sci, vi sentirete aprire a una travolgente meraviglia. Gli sciatori che me ne hanno parlato – e alcuni di essi conoscevano bene l'intero repertorio sciistico d'Europa – sono stati concordi: è la più bella pista delle Alpi.

Infatti quando sono uscito dalla stazione sommitale della funivia, esattamente a 2960 metri, e mi sono affacciato alla svasatura che precipita di sotto, la prima volta confesso di essere rimasto perplesso.

Dal ballatoio non si può ancora scorgere l'enorme imbuto, ma se ne scorge appena l'inizio. E la pendenza e la livida penombra non lasciano presagire nulla di buono.

Si mettono gli sci, si traversa a destra per una trentina di metri in scivolata diagonale, ci si immerge col batticuore nel botro.

La pista non è stata battuta, la neve non sarà assestata, le virate su di un pendio così severo saranno un problema. E se si cade dove ci si fermerà?

Ma la neve tiene, benché non battuta, esposta a nord com'è, ha, fino a metà giugno, la perfezione tipica dell'alta montagna.

Le concavità del primo erto cunicolo lusingano i movimenti aiutando le curve con elastico rimbalzo da un versante all'altro.

Ben presto la stazione della funivia scompare lassù in alto, ci si trova immersi nel cuore del canalone. E all'improvviso le rocce, le creste, i contrafforti, le gobbe che da lontano parevano insulse forme, acquistano, visti da presso, una intrigante personalità.

Che cos'è un canalone? Perché, rispetto alle piste aperte che sono la grandissima maggioranza, offre singolari voluttà? Il canalone è un corridoio, uno scosceso viale, una lunga prigione in cui si resta chiusi. Da una parte e dall'altra impraticabili quinte di rupi. C'è molto più carica di solitudine. C'è un gioco molto più fantastico di luci e di suoni. E c'è l'incanto della intimità, lo stesso che si assapora in parete, su per i grandi camini e diedri, intimità veramente simile a quella della nostra camera da letto; per cui le lingue di neve, le infossature, i macigni, gli aerei baldacchini assumono un'espressione pressoché umana. Si direbbe che qualcuno ci aspetti, che ci spii tra le rocce. Ogni angolo, cavità, anfratto, sembra invitarci a restare, promettendo misteriose beatitudini. Nei canaloni, non sulle pareti o sulle creste, vivono gli elfi, i gnomi, gli antichi spiriti della montagna.

Attraverso il favoloso scenario, la pista si incurva, si allarga, spaziando in vertiginosi anfiteatri, si raccoglie a cucchiaio, concede respiro, poi si restringe di nuovo, si impenna come se dietro quella gobba si spalancasse un impossibile abisso. Ma anche l'erta strettoia fa di tutto per non scoraggiare come le curve sopraelevate dei velodromi felici, anzi trascina agilmente gli sci in armoniosi zig-zag che riescono da soli. Quindi si allarga ancora in maestose cavee ciascuna delle quali ha una luce particolare, un'espressione e una atmosfera diversa dalle altre.

Altri due canaloni sono giustamente famosi nelle nostre Alpi, tutti e due sopra Cortina: le Tofane e il Cristallo. Quello del Groppera (che brutto, zotico e inelegante nome però), li supera per potenza architettonica. Mille metri secchi di dislivello, tre chilometri e mezzo di percorso. Dopodiché il divino toboga si estingue a ventaglio su di un vasto pianoro.

E qui riprende la febbre. Presto allo skilift che riporterà su alla stazione intermedia della funivia, tornare in cima, rimettere gli sci, buttarsi ancora giù per il favoloso scivolo, scrivere sull'innominabile cateratta bianca irrigidita tra i dirupi, la nostra piccola fatua personale illusione. Fino a quando?

«Corriere della Sera», 18 maggio 1965

Il discorso d'apertura dei corsi invernali alla Scuola internazionale di sci del maestro Rudi Natuerlich

Nella splendida mattinata del 22 dicembre 1968, gli oltre cinquecento iscritti ai corsi della Scuola internazionale di sci a Wegen Wegen, si riunirono, sotto la stazione delle funivie, nel vasto campo di esercitazioni detto Prati del Vescovo. E il direttore, Rudi Natuerlich, vecchio campione di fama internazionale, al suo trentaduesimo corso di insegnamento, prese la parola.

«Ragazzi e ragazze,» disse «signore e signori, questa è la prima lezione della stagione, la prima lezione per moltissimi di voi che fino ad oggi non hanno mai calzato un paio di sci; e la più importante.

«Mio scopo è, oggi, di orientarvi, iniziarvi al meraviglioso mondo dello sci da cui potete attendervi, per una serie quasi interminabile di anni, soddisfazioni senza limiti.

«Lo sport dello sci ha infatti questo di straordinario. Di offrire una quantità di gioie e di piaceri come forse nessun altro sport.

«Ebbene, le molteplici gioie che procura lo sci sono di due categorie: le gioie sicure, e quelle incerte.

«Cominciamo dalle gioie sicure. La lista è imponente.»

Gli allievi, in relativo ordine chiuso, erano tutti orecchie, in piedi, nei loro costumi fiammanti, gli sci, anche questi intatti, tenuti verticali a formare una piccola selva di lance. Di fronte a loro, schierati impeccabilmente cinquanta a destra e cinquanta a sinistra di Natuerlich, i cento maestri della scuola, le celebri «vespe delle nevi», coi famosi maglioni a righe gialle e nere. Tutt'intorno il sole faceva rutilare abbacinanti riverberi dai pendii immacolati vicini e, più in alto, al di là della corona selvosa, dalle allucinanti pareti della Trauenspitze.

«Intanto, la prima gioia dello sci» scandì l'autorevole maestro «consiste nella decisione di andare a sciare. Voi tutti l'avete già provata, certamente ne siete consapevoli, è inutile quindi che mi dilunghi.

«Segue un repertorio di eventi modesti in sé, piccolissimi, eppure piuttosto deliziosi. La visita, per cominciare, ai magazzini specializzati, le trepidazioni per la scelta degli indumenti e degli attrezzi. I sorrisi diplomatici e promettenti dei commessi o, meglio, delle competentissime commesse. Le lunghe prove dinanzi alle specchiere, mentre il vostro pensiero costruisce un favoloso avvenire di *week-end* e di vacanze in montagna, con adorabili amici, di successi mondani e perfino sportivi, di paradisiache discese come angeli, accompagnati dall'invidia del bel mondo internazionale.

«E poi i preparativi a casa? L'apprestamento delle valige? La programmazione dei vestiti, dei maglioni, delle toilettes? E la vigilia nevrotica della partenza, le telefonate, i dubbi, quella inebriante apprensione? Arriviamo così a uno dei momenti più significativi ed entusiasmanti: in pieno pomeriggio, mentre la grande maggioranza degli sciagurati cittadini è ancora assorbita nell'abbietto lavoro, ecco voi scendere con valige, sacchi e strane borse, e caricare gli sci sul tetto della macchina. E la gente che passa, vede, guarda, e magari vi maledice. Non è meraviglioso?

«La strada, poi. Lunga strada spesso, insidiata dalla nebbia e dai lastrichi di ghiaccio. Le chiacchiere nel buio dell'abitacolo, le risate, le sigarette accese, la dolce calda vicinanza di lei, se permettete. E il momento che ai lati della macchina improvvisamente cominciano a biancheggiare, pur nel fondo della notte, le prime macchie di neve, la porta del paradiso!

«Dopo tanto buio, finalmente, le luci di Sestriere, Saint Moritz, Cervinia, Ortisei, Cortina, Sangrilha, miraggio favoloso di giovinezza, di ebbrezze, di amori, di mondanità, di vittorie, di medaglie d'oro. L'ingresso nella *hall* del grande albergo, il più caro di tutti, possibilmente. Il guardiaportone in uniforme di antico boiardo, o, se non c'è il guardiaportone, l'adorabile kellerina in costume valligiano.

«Ancora. Il caldo affettuoso della camera, i piumini, quell'impareggiabile senso di intimità, il gioioso pranzo con i simpaticissimi amici, gli interminabili discorsi sul tempo, la neve, le piste, oh come tutti si sentono formidabili campioni alla sera, dopo qualche bicchierino di grappa o di brolio.

«Non vorrei dilungarmi. Potremmo rimanere qui fino al tramonto del sole se vi dovessi descrivere a uno a uno gli impareggiabili minuti, le indimenticabili ore di una giornata di sci. Il risveglio al mattino successivo, la emozionante vestizione, paragonabile a quella di un torero, quei pantaloni collanti, che fanno risaltare il gioco muscolare delle magnifiche gambe, i possenti scarponi a sette ganci, come quelli di Killy, di Schranz, di Perillat. E la giacca a vento che vi fascia rendendovi simili a ballerini di flamenco.

«Poi l'ansiosa, travolgente, felice ressa alla funivia. Le code, anche, per quanto vi possano sembrare antipatiche; le code piene di scherzi, di ritrovamenti, di risate, purché non ci sia il solito indisponente che si mette a fischiettare la canzone di tre anni fa.

«Sulla funivia! Quel volo! Sentirsi tutti giovani, forti, bravissimi. Ecco si vede di sotto la pista battuta come il sagrato del duomo, e quei cosini neri che ondeggiano come rondini, divorandola, ma voi farete sicuramente ancora di più.

«Queste, le gioie sicure. E di sicuro ce ne sarà un altro incantevole assortimento alla sera, quando avrete finito di sciare, e, assaporando dentro di voi le prodezze compiute, rientrerete in albergo: il tè caldo, e il bagno bollente, e quel sonno verso le sei di sera, il più divino sonno della vita.

«Una parola ancora, se permettete, sulle gioie incerte. Anzi sulla gioia incerta, ce n'è una sola. È quella che intercorre dalla stazione superiore della funivia, o della seggiovia, o dello skilift, e la stazione d'arrivo in fondovalle. È quella che riguarda particolarmente la discesa in sci, il fulcro, almeno teoricamente, di tutta quanta la faccenda.

«Incerta perché può darsi che il tempo sia cattivo. O che la pista non sia battuta. O che la neve sia schifosa. O che le scarpe vi facciano male. O che i vostri sci non tengano sulla neve ghiacciata. O che i vostri compagni siano molto più bravi di voi, rendendovi infelice.

«Ma io sono qui appunto per farvi evitare delusioni di questo genere. Meditiamo insieme, per qualche minuto, la sorte dello sciatore. Guardiamolo al momento che dalla sommità della pista si accinge alla grande prova, per tanti mesi sognata.

«Cerchiamo anzi di interpretare il suo animo. Che cosa desidera sommamente, nell'atto che si getta giù per lo scivolo vertiginoso? La risposta è ovvia. Egli desidera arrivare in fondo nel più breve tempo possibile. Se non fosse così, perché i più bravi si scaraventano giù come razzi?

«Ecco la grande e, se volete, paradossale verità che è mio dovere presentarvi. La massima aspirazione dello sciatore, all'inizio di ogni discesa, è quella di trovarsi al più presto in fondo, cioè al medesimo punto da cui era partito. Annullare il dislivello, quanto più velocemente possibile.

«E allora, cari amici, perché non esaudire, noi sciatori, questa irresistibile istanza? Perché non assecondarla? Perché non risparmiare le fatiche, i rischi, i batticuori? Perché non togliere di mezzo questa ridicola formalità che gli sciatori, anche campionissimi, desiderano ridurre al minimo spazio di tempo?

«Eccomi al punto fondamentale. Godiamo, godete tutte le delizie immancabili che vi offre lo sci. La delizia incerta, problematica, in realtà inesistente, lasciamola ai pazzi, ai dissennati, a quelli che dello sci non capiscono niente di niente.

«Orsù, ragazzi miei, piantate gli sci nella neve. E seguitemi al qui vicino solarium, dove vi abbrustolirete in santa pace a regola d'arte. E ridiamo insieme di quei poveri diavoli che, travolti dalla forza di gravità, per una puerile illusione, rischiano femori, tibie e ossi del collo.»

«Lo Scarpone», 1° novembre 1968

La prima volta*

Ve lo immaginate uno che andava per la prima volta a sciare quarantatré anni fa, quando probabilmente non era ancora nata vostra mamma?

Ero io.

Con due amici – si chiamavano Alfredo Bartoli** ed Enrico Bozzi, uno poi morì giovanissimo cadendo da una parete dolomitica, l'altro è diventato un medico notissimo a Milano – andammo al Club Alpino Italiano, in via Silvio Pellico, dove davano gli sci a nolo.

Gli sci di allora erano molto diversi da quelli di oggi. Erano fatti di un solo pezzo di legno, non avevano lamine e sulla cima portavano una specie di crestina con un piccolo buco, crestina che serviva per tenerli in forma.

In quanto agli attacchi, vi mettereste a ridere.

Cominciamo a dire che per andare in sci si adoperavano allora le stesse scarpe che si portavano in montagna, scarpe dal collo basso, larghe, in cui si mettevano per lo meno due paia di calze grosse di lana.

* Di questo articolo, ritrovato nell'archivio personale di Dino Buzzati, si possiede soltanto la pagina ritagliata della rivista sulla quale apparve, priva però della fonte, oltre che del mese e dell'anno di pubblicazione. Dopo alcune ricerche si è potuto stabilire con un buon margine di sicurezza l'anno di uscita, il 1966, ma non il nome della testata, che rimane a tutt'oggi sconosciuto.

** Si tratta in realtà di Alessandro Bartoli, la cui tragica scomparsa Buzzati ricostruisce nel suo primo articolo, *Studente precipitato dal Vaiolet* («Corriere della Sera», 24 luglio 1928). Qui vol. I, pp. 263-64.

Gli attacchi avevano davanti due orecchiette metalliche ricurve in cui si infilava la punta; e da una orecchietta all'altra si stringeva una cinghia.

Dietro, la scarpa non era tenuta da un cavo metallico come si usa oggi, ma da una cinghia che lasciava completamente libero il piegamento in avanti del piede. Il piede quindi restava bloccato per modo di dire. Se non mi sbaglio questo attacco si chiamava Huitfeld.

C'era a quei tempi anche un altro attacco, che era stato usato dagli austriaci nella prima guerra mondiale. Molto ben fatto, per la verità. Ma pericoloso. Si chiamava Bilgheri. Era fatto da una lastra metallica a cui si fissava la scarpa: questa lastra, davanti, terminava in una robustissima molla. Si poteva quindi piegare il piede in avanti. Lateralmente era invece rigorosamente bloccato. Se in una caduta gli sci si piegavano in fuori, erano guai.

Nessuno dei tre era un tipo specialmente avventuroso. Eppure quello che si fece in quel sabato lontanissimo di febbraio oggi sembrerebbe una avventura insensata.

Col treno, e poi con una corriera, si raggiunse Barzio, in Valsassina.

Di qui, a piedi, dovevamo raggiungere il rifugio del CAI al piano di Bobbio.

Da allora non sono più stato lassù. Ho sentito dire che adesso esistono alberghi, sciovie, seggiovie, una modernissima organizzazione.

A quel tempo esisteva soltanto un rifugio abbastanza primitivo, senza riscaldamento, naturalmente, senza neppure custode durante l'inverno. Le chiavi ce le avevamo fatte dare dal Club Alpino.

Non si avevano certo soldi abbastanza per assumere dei portatori.

Con gli sci in spalla e in groppa un sacco di almeno quindici chili a testa, ci si incamminò su per una mulattiera che diventava sempre più ripida.

Scendeva oramai la sera ma, una volta scomparso il sole, venne su una bellissima luna che illuminava il cammino.

Con quel peso in spalla oggi non farei neppure cento metri di salita. Ma a quei tempi avevo fiato da vendere. Si marciò allegramente fino al ciglione del piano di Bobbio, dove cominciava la neve.

A pensarci adesso, dovevamo avere poco cervello. Mettere gli sci per la prima volta in vita nostra in un posto completamente deserto, di piena notte, con almeno un'ora e mezzo di salita da fare!

Figurarsi se avevamo le pelli di foca. Non sapevamo neppure che cosa fossero.

La pesante salita ci aveva messo una sete tremenda. Nel sacco avevamo degli aranci. Quegli aranci mangiati al lume di luna li ricordo come una delle esperienze più deliziose della mia vita.

Immediatamente il pendio si faceva abbastanza ripido. Con gli sci ai piedi cominciammo ad annaspare pietosamente, stramazzando ogni due o tre metri.

Fu una lotta epica e quasi disperata. Nessuno dei tre però si lamentava, a nessuno dei tre passò per la mente l'idea di fare dietro front.

Ma a poco a poco si cominciò a intuire che salire direttamente era assurdo e che conveniva fare dei lunghi zig-zag. A questo punto ci sentimmo già degli autentici sciatori.

A che ora arrivammo al rifugio? Era già mezzanotte? L'una? Le due? Di letti, manco a parlarne. Cuccette, con ruvide coperte tipo militare. E la nostra giovinezza, si intende.

Accendemmo la lanterna, ci riscaldammo una minestrina con un fornelletto a «meta». Eravamo padroni del mondo. Troppo tardi per tentare di accendere il fuoco.

Dovevano essere, lì dentro, almeno dieci o dodici gradi sotto zero. La mattina dopo, la pipì, nel vaso, era una lastra di ghiaccio.

Assurdità dello sci*

Innumerevoli le cose che dimostrano la stupidità e la follia dell'uomo d'oggi. Però la prova più sorprendente e più grandiosa consiste nello sport dello sci.

Considerate spassionatamente la questione. Che fanno gli animali al sopravvenire dell'inverno? Risposta: gli animali cercano di evitare il freddo. Ecco le rondini che lasciano in ottobre le nostre plaghe per trasferirsi in Africa. Ecco le quaglie che scendono dal Nord Europa per svernare in Libia e in Algeria. Ecco il tasso che si chiude nella tana e così dicasi per la marmotta, il ghiro, eccetera. Non solo: dopo le grandi nevicate, caprioli, cervi e perfino camosci, di solito così timidi e paurosi, calano dagli alti valloni, arrischiandosi fino alla soglia dei villaggi. Né diversamente i lupi, al colmo dell'inverno, costretti dalla fame. Gli esempi potrebbero continuare a sazietà.

Pure l'uomo, quando viveva secondo la ragione, in domestica intimità con la natura, vogliamo dire l'uomo com'era fino a una cinquantina di anni fa, ebbene anche costui non si comportava differentemente dalle quaglie e dai camosci. Giunto l'inverno, egli cercava di combattere i rigori. Pastori e mandriani chiudevano le baite di montagna diventate eccessivamente inospitali e scendevano con le greggi al fondoval-

* Come già successo con *La prima volta*, anche di questo articolo, ritrovato nell'archivio personale di Dino Buzzati, si possiede soltanto la pagina ritagliata della rivista sulla quale apparve, priva della fonte, oltre che del mese e dell'anno di pubblicazione. Dati ai quali non è stato possibile risalire.

le, verso i tepidi paesi. Gli stessi montanari costretti a passare tutto l'anno nei villaggi più rupestri e fuori mano, si disponevano ad affrontare l'inverno come il presidio di una cittadella all'apparire del nemico determinato ad assediarla. Perciò foderavano di legno le stanze, mettevano doppi vetri alle finestre, costruivano stufe mastodontiche sopra le quali poter disporre il letto. E quando tutto era sepolto dalla neve e i lavori all'aperto erano sospesi, nessuno più metteva il naso fuori casa se non per le cose indispensabili: comprare il pane, liberare il tetto minacciante di crollare sotto il peso, andare alla messa la domenica.

Dalle comode città della pianura c'era poi qualcuno che d'inverno muovesse al Nord, verso le montagne e il gelo? No certo. Perché mai avrebbe dovuto farlo? Sarebbe stato preso per un matto. I signori, quelli che disponevano di soldi, prendevano se mai il treno per Nizza, San Remo e Bordighera, dove riscaldarsi al sole di dicembre, quando addirittura non si imbarcavano alla volta dell'Egitto e del Marocco.

Questo fino a una quarantina d'anni fa.

Oggi invece, non appena il mercurio del termometro comincia ad abbassarsi, e gli spazzacamini fanno udire il loro grido, e si delinea un grande afflusso alle botteghe di carbone e legna, e sui tetti si mettono a fumare dei camini rimasti spenti tutta estate, allora una quantità incredibile di gente entra in uno stato di speciale agitazione e nelle giornate limpide sbircia all'orizzonte se mai le montagne abbiano messo la mantellina bianca. Poi, quando sanno positivamente che lassù è caduta molta neve e si può contare sopra un freddo cane, allora partono in grandi comitive, come se andassero a una festa, con stranissimi vestiti: vanno a battere i denti, a bagnarsi, a faticare, a spendere un mucchio di quattrini, a congestionarsi i nasi, a storcersi le braccia e le caviglie, a rompersi le ossa, a ammalarsi di congiuntivite, influenza, tonsillite e così via.

Perché ci vanno? Hanno scoperto che la neve è buona da mangiare? O per caso il freddo, ritenuto da che mondo è mondo una cosa deplorevole, oggi determina uno stato di piacere? O si tratta di una cura eroica per qualche misteriosa malattia? No. Chi va in montagna sta benissimo. E il freddo dà noia per lo meno come prima. E la neve non è buona da mangiare, anzi chi l'ha provata garantisce che fa venire il mal di pancia.

E allora? Perché gli uomini d'inverno risalgono le raggelate valli, più in alto che è possibile, trattenendosi settimane e mesi, e così spendono interi patrimoni?

Credere o no, d'inverno la gente va in montagna per fare delle scivolate sulla neve! Cercano i pendii più lisci, ripidi e senza alberi; se gli alberi ostacolano il passaggio, li tagliano. Con gran fatica vi si inerpicano e quando sono arrivati in cima, manco si guardano intorno a considerare il panorama. Giù subito, lasciandosi precipitare per la china. E bravo è chi precipita più svelto.

Con gran fatica? Adagio: la fatica la si faceva fino a una trentina di anni fa. Allora si diceva che la salita, per quanto laboriosa, servisse a ritemprare muscoli, polmoni, cuore e altri visceri. Non solo: il percorrere di pieno inverno le erme creste delle Alpi, ivi affrontando pericoli e disagi fino al rischio della vita, pareva una bella dimostrazione di coraggio, quasi appagasse la sete di ignoto e di avventure che è propria degli intrepidi pionieri.

Ma adesso di fatiche non se ne fanno più. Niente più rischi di valanghe e di tormente, niente più sete di ignoto e di avventure. Oggi ci sono dei potenti macchinari, che costano decine e decine di milioni, con funi metalliche, vagoncini, carrelli, slitte, seggiolini pensili, e ogni anno ne inventano di nuovi. Si paga un tanto, ci si siede e in pochissimi minuti ci si trova in cima, là dove ieri per arrivarci bisognava spompare tre quattr'ore. E quando ci si trova in cima, immediatamente giù a rotta di collo.

Si potrebbe immaginare che per questo ingenuo divertimento da bambini vengano usate delle slitte, su cui stare seduti. No. Sarebbe stato troppo semplice; e l'uomo ha bisogno di complicarsi l'esistenza. Perché le cose diventassero difficili, che cosa si è andati a escogitare? Invece di una slitta, come il buon senso consigliava, due assicelle, una per piede, sulle quali stare in equilibrio. Queste assicelle, per dir la verità, le avevano inventate i popoli del Nord a scopo pratico: per poter uscir di casa, andare a scuola, al lavoro, in chiesa, senza affondare fino al collo nella neve. E al Nord sì erano una cosa ragionevole, uno strumento d'uso quotidiano; servivano a viaggiare, mica a scivolare giù per i pendii, senza un costrutto al mondo, come dei ragazzetti senza testa!

In piedi su due assicelle dette sci. Né ci vuol molto per capire che sulle pendenze forti è un affar serio. Semplicemente per imparare a stare ritti, bisogna fare settimane di esercizi. E poi si prospetta una quantità immensa di problemi: come fermarsi per non andare a sbattere contro gli alberi e i macigni? come voltare per evitar gli ostacoli? come rallentare? come voltarsi? come salire senza che i piedi scappino di sotto?

Di fronte a tanti scogli, visto che non c'era da ricavare nessun apprezzabile vantaggio, qualsiasi creatura ragionevole avrebbe detto: e chi me lo fa fare? E sarebbe tornata ai fatti suoi.

L'uomo no. L'uomo, una volta messi gli sci ai piedi, ha smarrito il ben dell'intelletto. Su e giù, su e giù lungo i bianchi pendii per giorni e giorni, con orrendi capitomboli, pestandosi, storcendosi, slogandosi, bagnandosi, rompendosi perfino tibie e femori. Se un decimo di tali patimenti gli fosse inflitto come punizione, invece che il carcere e le multe, ci sarebbero proteste sui giornali, con pubblici ricorsi all'Aja e all'ONU. Ma siccome è di moda, la sofferenza diventa paradiso.

Su questa via si è giunti all'incredibile. A poco a poco l'arte per dir così, di usare gli sci, è diventata una scienza astrusa. Uomini fatti, padri di famiglia, professionisti stimatissimi, dottori, industriali, magistrati, professori, si direbbero tornati, mentalmente, al livello di quando avevano tre anni. Lo scivolare a regola d'arte sembra improvvisamente diventata la preoccupazione più grande della vita, più della famiglia, dei soldi, del lavoro. Ne discutono per ore, assoldano istruttori specialisti, di fronte ai quali stanno tremebondi, ansiosi di un elogio o di un sorriso, come gli alunni di ginnasio quando il preside entra in classe. E questi istruttori, del resto brava gente, senza volerlo ne approfittano. Vedendosi venerati come dei, finiscono per credersi personaggi importantissimi e fanno come i dittatori, proclamando sempre nuove leggi.

Un anno dicono: bisogna stare accoccolati sugli sci, senza di che non si riuscirà a nulla di buono. Ed ecco migliaia e migliaia di persone rattrappirsi come ricci. Poi cambiano parere: chi vuol sciare bene – dicono – deve stare dritto come un palo; e guai allora a chi non adotta il nuovo verbo, tutti al mattino inghiottono una scopa. Dicono: gambe larghe: e tutti gambe larghe. Il giorno dopo: gambe unite; nessuno si sogna di discutere; e per chi non esegue è il disonore, la vergogna, l'irrisione.

Evidentemente, al di là di poche norme semplicissime, tutto dipende dalla pratica: dai e dai, a un certo punto si riesce a stare in piedi, a non cadere, a frenare, a voltarsi a piacimento. E il resto sono quasi tutte storie. Nessuno però oserebbe dirlo apertamente. Sembrerebbe una bestemmia, uno scandalo, un dir male di Garibaldi. Le cose devono essere molto più difficili e complesse, altrimenti non ci sarebbe gusto. Si scrivono libri, si polemizza, si compilano trattati che al paragone i testi di Einstein sono puerili abecedari.

E intanto si inventano attrezzi sempre più strani e raffinati; grossi cervelli si affaticano per escogitare modelli inediti di attacchi, di scarpe, di molle, di cinghie, di legacci. E più gli arnesi si complicano, più costano. Ci sono scarpe messe in vendita a quasi 20.000 lire. Ci sono sci, americani, fatti con foglie di alluminio incollate l'una all'altra: il *non plus ultra*: 80.000 lire, chi li vuole.

Dopodiché, alla nostra tenera età di poveri vecchietti, da un mese, ogni mattina, appena alzati, facciamo quaranta piegamenti per sgranchire un poco le ginocchia. Tra un mese forse c'è la speranza di andare a sciare qualche giorno. E già ci ha preso il nervosismo. Alla sera, prima di coricarci, diamo sempre un po' di grasso agli scarponi (c'è chi dice che è meglio dare il lucido, ma noi seguiamo ancora i vecchi usi). Agli sci abbiamo fatto cambiare le lamine; e metter sotto una lacca brevettata che li rende scivolosi come pesci. Inoltre stiamo studiando l'ultimo trattato scritto dal maestro più di moda. Comincio infatti a persuadermi che ci sia del buono. L'avvitamento delle ginocchia, per esempio, che secondo la tecnica di ieri doveva corrispondere all'avanzamento della spalla a monte nell'attimo preciso che la spalla a valle accenna a ritirarsi per intraprendere il movimento di torsione, va anticipato – ne ho il dubbio – di quel tanto che porti il baricentro, anziché al vertice del classico triangolo di Mueller A-B-B2, a una quota definibile con il coefficiente NP, risultante, come è noto, dalla radice cubica di B2 x π^2 diviso r; tanto che la curva si sviluppi secondo la funzione vettoriale del Melchpronner.

Nell'attesa di quei giorni sospirati, mi sveglio di soprassalto in piena notte con l'impressione di precipitare a capofitto, con gli sci ai piedi, giù da un ponte. E ho già prenotato le lezioni del maestro. Due ore al mattino e tre nel pomeriggio. Dopo un anno – ne converrete – bisogna pur che mi aggiorni con gli ultimi progressi della tecnica.

Perché sicuramente lo sci, con la frenesia di andare in montagna nei mesi meno adatti, con le spese pazze, i capricci della moda, gli abiti ridicoli, i virtuosismi, le infatuazioni, le stoltezze, le gambe rotte e gli altri guai, è una forma di pazzia che nell'Ottocento sarebbe riuscita incomprensibile. Quando siamo lassù, il cervello automaticamente si riduce alle dimensioni di quello di un grillo o maggiolino. Cose del tutto bambinesche assumono un'importanza assurda, molto più che il Patto Atlantico.

Eppure come è bello. Questa immensa stupidaggine è in fondo una delle poche cose buone che l'umanità moderna abbia inventato. Personalmente non conosco immagine più perfetta, ingenua e spensierata di felicità – la felicità consentita sulla terra – che un mattino di sole limpido, quando si è giunti in cima e ci si affaccia sull'orlo della pista e si vedono risplendere le grandi montagne fino ai lontanissimi orizzonti, e gli altri sono già scomparsi laggiù in fondo come bolidi, lasciandosi dietro piccole scie d'argento, e intorno c'è la pace, e ci si sente gli sci ben sicuri ai piedi, e si sta per lanciarsi in basso: quell'impazienza, quell'insensato appagamento, quel non pensare a nulla, quel sentirsi così bene, quell'illusione, ahimè, di giovinezza; anche se dura un breve istante.

Sciatore d'autunno

Ma che cosa succede in montagna? Si può sapere perché da oltre un anno a questa parte non tengono più in ordine le piste?

Io non so: una volta erano belle, levigate, morbide, accoglienti, con quel polverino sopra che «teneva» anche sul ripido. E venire giù era un piacere, oltre che la cosa più semplice di questo mondo. Adesso invece! Enumeriamo gli inconvenienti di questa incuria incomprensibile.

Prima di tutto ho notato che quasi dovunque le piste si sono fatte più strette. Si sa, costa più fatica battere una pista larga quindici metri che batterla larga dieci metri. È chiaro che ci si è messi sulla via di un indiscriminato risparmio. Fatto sta che dove prima si girava con tutto comodo, oggi si gira appena appena, ammesso che ci si riesca e non si vada a finire fuori pista, nella neve molle o ventata, infossandosi malamente.

Secondariamente, la cattiva manutenzione si riflette anche sulle condizioni della neve. Una volta le lastre ghiacciate le si eliminava con un buon lavoro di vanga. Appena veniva segnalato uno di questi passaggi pericolosi, ecco un nutrito drappello di guardapiste affrettarsi sul posto e sistemare le cose in men che non si dica. Andate a trovarli voi, oggi, se siete capaci, i guardapiste. Le discese si trasformano in repulsivi toboga di vetro e allora l'unica è lasciarsi andare giù in schuss come fanno quei pazzi di vent'anni che anche se si fracassano una gamba a quell'età è poco più di una influenza. Mentre io confesso che, magari mi romperò una gamba quest'oggi stesso perché non si sa mai, però faccio di tutto per evitare le fratture, magari posso guarire anch'io benissimo ma alla mia età è grave quello che chiamano il fattore psicologico, per cui dopo verrebbe a mancarmi la necessaria confidenza, quindi sciare diventerebbe un continuo patema d'animo, e addio divertimento.

E se uno non si butta giù in schuss per quei muri di cristallo, me lo sapete dire poi che cosa fa? Lo spazzaneve per caso? Si ha un bel mordere con gli spigoli, far pressione sui talloni, accentuare la posizione a sbalzo, chi riesce a controllarli, gli sci, sui maledetti lastroni?

Terzo, le gobbe. Oramai da qualche anno ma soprattutto nell'ultima stagione, quelle che erano liscie distese di neve si sono trasformate in altrettanti mari in burrasca. Soprattutto dove la pendenza è forte, là sono proliferati tanti mammelloni uno attaccato all'altro, per cui non si può più girare dove si vuole ma si è costretti a contornare le gobbe nelle infossature prestabilite e guai se si sgarra un momento, subito le punte si piantano nel fianco di una di quelle protuberanze cretine e si pesta la faccia, insomma una sgradevolissima gincana a percorso obbligato.

Come mai tutto questo? Dicono che è perché oggi si scia molto meglio di prima e a forza di cortiraggi un pendio viene tutto scavato a serpentine così che da lontano, se il sole batte di striscio, sembra una di quelle carte per imballaggio che si trovano per esempio in certe scatole di cioccolatini. Sarà. Niente però impedirebbe di livellare le escrescenze via via che accennano a formarsi. Attualmente ci sono delle stupende discese, come il Piz Corvatsch, diventate pressoché impraticabili a motivo appunto delle nefaste gobbe.

Quarto. È chiaro che se migliaia e migliaia di persone passano sullo stesso pendio, a poco a poco il terreno smotta in basso e la pendenza si accentua. Lo stesso io penso avvenga sulle piste di sci. Morale: io ho la netta impressione che in certi tratti molte piste si sono fatte più scoscese e impegnative.

Non solo. A proposito dei lastroni di cui sopra, mi sono convinto che – sarà in conseguenza delle bombe atomiche, sarà per effetto dei cicli di glaciazione – il ghiaccio oggi è molto più duro e scivoloso di una volta.

Mi par già di sentire il solito coro di obiezioni maligne: ma va là, altro che gobbe, altro che piste strette e lastre di ghiaccio – mi dicono –, abbi invece il coraggio di ammettere che tutto dipende da te, i muscoli e il fiato non sono più quelli di una volta, l'elasticità a poco a poco va a farsi benedire, insomma gli anni sono anni e non zuccherini. Un vecchietto sei, oramai, caro il mio bel fusto, ed è ridicolo inventare tutti quei pretesti che non esistono, la faccenda è semplice: ogni giorno che passa, inevitabilmente tu fai un passo indietro, piccolo può darsi, piccolissimo, ma sempre all'indietro.

E invece io rispondo: non è vero niente, quello che dite sarà giusto per la generalità degli sciatori anziani, non per me che sono una eccezione. Anzi: io adesso vado in sci molto meglio di tre o quattro anni fa, lo stile è migliorato decisamente e, in proporzione, anche la sicurezza. Diciamo la verità: non ho sciato mai bene come adesso, tanto è vero che lo stesso Franco Mandelli, severissimo censore, me lo conferma giornalmente (riconosco che è mio intimo amico ma è anche incapace di ingannarmi).

Devo tuttavia ammettere che, se io adesso vado meglio, gli altri intorno a me vanno meglissimo. Solo una decina danni fa – e sì che a quei tempi la mia posizione era alquanto deficitaria –, io facevo in genere un'ottima figura, non dico che le folle si fermassero estasiate a contemplarmi ma sul Sises, sul Canin, sulla Mayerhofer qualche sguardo di rispetto invidioso me lo sentivo arrivare addosso. Oggi al contrario, non so come sia, tutti vanno meglio di me. Qualche ultima grama consolazione posso cavarmela solo la domenica quando irrompono sulle nevi gli ultimi aspiranti cannibali che a malapena sanno reggersi in piedi. Ma anche questi stanno diventando una rarità. Gli altri, tutti, mi passano al fianco come tortuose saette, caracollando a folate da una gobba all'altra, e già sono scomparsi laggiù in fondo.

E io fermo, ansimando, solo, perché anche i miei amici, tutti più giovani di me, mi hanno piantato e sono ormai in basso. Sì, il mio stile negli ultimi anni è progressivamente migliorato. Però dopo un paio di Plateau o di Banchette ne ho abbastanza e se il tempo è così, la scusa è buona per rimanere a letto, e alla sera i mirifici resoconti degli amici non mi fanno più nessun effetto.

Ma è poi vero che il mio stile è migliorato? È proprio escluso che io mi illuda? Per caso non dipende tutto dal fatto che le piste più rebarbative le pratico sempre meno e sulle altre si può fare il bullo a buon mercato? Con affettuosa quanto crudele schiettezza il vecchio amico Rolly Marchi l'altro giorno mi ha detto la verità (a me, che avevo la civetteria di prediligere i «muri» più scoscesi delle Alpi!): «Vedi, le piste che vanno per te sono Mietres, Corviglia, non so, magari anche il Bondone, se la neve è bella».

Fermo, e solo, in mezzo alla montagna che mi guarda e tace; e gli altri sono già spariti in fondo. Ahimè, anche per lo sciatore viene, presto o tardi, l'autunno. Ci se ne accorge all'improvviso, per la contemporanea rivelazione di tanti piccoli sintomi che prima non si erano notati o non si erano voluti notare. E da quel momento comincia la grande discesa. Di stagione in stagione, fatalmente, sempre meno velocità, sempre meno difficoltà, sempre meno fiato (magari per differenze inavvertibili, ma è inutile farsi illusioni, nessuno è riuscito a risalire mai la china degli anni); e quel che è peggio, sempre meno voglia.

Tutto sta nel saperla far bene, questa ultima, e speriamo lunga, grande discesa. (Si raccomanda soprattutto il contromovimento, secondo la scuola dell'Arlberg.) In un certo senso è la pista più difficile che esista. Anche dei grandissimi campioni non l'hanno saputa fare come si deve. Eppure, anche senza essere dei maestri, si possono fare delle bellissime ghirlande di virate, dei wedeln stupendi. Dipende dalla saggezza, dalla bontà, dalla rassegnazione, dall'humour, dal buon gusto. Soltanto così ci si può salvare.

«Dove lo sci», 11 dicembre 1967

Parla un caposcuola

Per motivi che ignoro, da moltissimi anni, tutte le notti, invariabilmente, io sogno di sciare. Non è divertente come si potrebbe credere. Quasi sempre c'è un intoppo. O la strada è bloccata, o si arriva troppo tardi, o la funivia non funziona, o mi hanno rubato gli sci, o gli attacchi non tengono, e così via. Però qualche volta le cose vanno per il giusto verso.

Naturalmente, nel mondo dei sogni esiste una quantità di Cortine, Saint-Moritz, Sestriere e Davos che voi non conoscete, con piste di ogni genere. Ed esiste una popolazione di sciatori un po' diversa da quella in carne ed ossa. Per esempio: in quel bianco regno notturno la tecnica austriaca ha stentato a farsi strada. Fino a pochi giorni fa anche i cannonissimi che saettavano al mio fianco praticavano ancora, nelle virate, la famigerata rotazione. Credere o non credere, sono stato io personalmente a lanciare la posizione a sbalzo, la pressione dei talloni, la scivolata diagonale. Perché, nei sogni, a differenza della vile realtà, io sono bravissimo e le ragazze mi guardano, ammirate. Giù per dei pendii quasi verticali, scendo armonioso, con stupende curve, in una tale posizione a virgola da fare invidia a Furtner.

Così sono diventato - sempre in sogno s'intende - un capo scuola. Mi imitano. Mi chiedono consigli. Assaporo trionfi che la vita purtroppo mi ha negato.

Ma lo scodinzolo no. Neppure in sogno, per quanti sforzi io faccia, il Wedeln mi riesce. Spazzaneve perfetti, virate da maestro, stemm da campionato di bellezza, questo sì. In fatto di scodinzolo, però, zero via zero.

Dimodoché ho deciso, stasera, di portarmi questo libriccino in letto. Lo infilerò sotto al cuscino e chissà che, di straforo, non riesca a portarmelo di là; e là, nel sogno, a farne tesoro. Se ci riesco, scommetterei che, questa notte stessa, farò degli scodinzoli da re.

Dino Buzzati.

Da *Sci austriaco*, Sportnova, Como 1959

Indice

RACCONTI

OLIMPIADI

SCI

«I fuorilegge della montagna.
Scalate, discese e gare olimpiche»
di Dino Buzzati
a cura di Lorenzo Viganò
Oscar scrittori moderni
Arnoldo Mondadori Editore

Questo volume è stato stampato
presso Mondadori Printing S.p.A.
Stabilimento NSM - Cles (TN)
Stampato in Italia - Printed in Italy